Mila Lippke, geboren 1972, lebt in Köln. Nach ihrem Studium der Theater-, Film- und Fernsehwissenschaften arbeitet sie heute als Fernsehautorin. Im Emons Verlag erschien der historische Kriminalroman »Mehr zu fürchten als den Tod«.

MILA LIPPKE

ZÄRTLICHKEIT DES MÖRDERS

HISTORISCHER KRIMINALROMAN

Emons Verlag

Umschlagzeichnung: Heribert Stragholz
Druck und Bindung: Clausen & Bosse GmbH, Leck
Printed in Germany 2006
ISBN 3-89705-432-9

www.emons-verlag.de

Für Gioia
in tiefer, schmerzvoller Liebe

Die Welt treibt fort ihr Wesen,
Die Leute kommen und gehn,
Als wärst du nie gewesen,
Als wäre nichts geschehn.
Joseph von Eichendorff

Sie zieht sich die dünnen Lippen rot nach, dass sie wie blutig aussehen. Heute hat sie zwei Verabredungen, deshalb braucht sie nicht auf die Straße, Männer ansprechen. Es ist gut, sich die Beine nicht in den Bauch stehen zu müssen. Das müssen nur die hässlichen Mädchen.

Ihr Magen knurrt vor Hunger. Sie streicht mit der Hand darüber, steht auf und trinkt ein Glas Wasser. Mehr kann sie nicht tun. Sie hat nichts zu essen. Sie muss warten bis zu ihrer zweiten Verabredung. Gleich kommt erst mal der verrückte Künstler, der ihr Angst einjagt. Entweder ist er zornig, oder er weint. Am schlimmsten ist es, wenn er weint. Daran will sie nicht denken. Die nächste Verabredung ist leichter. Sie muss ihrem Ausbeuter, wie sie ihn nennt, nicht mal was davon abgeben. Davon weiß er nichts. Nur Paul weiß davon und bekommt seinen Anteil.

Mit dem verdienten Geld kauft sie Bonbons für Clara und Hubert. Ganz bestimmt isst Clara sie alle an einem Tag. Hubert teilt sie sich ein. Er ist ihr ganzer Stolz, ihr Hubert, so klug, obwohl er erst vier ist. Die ältere Clara dagegen ist blöd.

Hubert ist von einem Wandergesellen. Ein hübscher Bursche mit sanftem Gemüt. Oder vom Knecht wie Clara. Sie denkt lieber an den Hübschen. Lange hat sie davon geträumt, dass er wiederkommt, um sie und die Kinder zu holen. Dann ist sie selbst weggezogen in die Stadt. Weg von dem Kuhmist, dem kalten Nebel, dem Keifen von Mutter, dem Schweigen von Vater. Hubert und Clara hat sie dagelassen. Nicht für immer. Vielleicht findet sie ja doch mal einen netten Mann, einen, der nicht trinkt, nicht schlägt und die Kinder duldet.

Es klopft an der Tür. Sie wirft einen letzten Blick in den Spiegel. Was sie sieht, gefällt ihr nicht. Sie verzieht das Gesicht und versucht, an etwas Schönes zu denken. Es ist Mittwoch. Noch drei Tage, dann fährt sie in die Eifel zu Hubert und Clara.

Sie weiß nicht, dass sie dies nicht mehr tun wird.

EINS

Den Schlag hatte sie nicht kommen sehen. Tränen schossen ihr in die Augen. Für zwei, drei Sekunden war sie nahezu blind. Nur schemenhaft vermochte sie den Angreifer zu erkennen. Breit ragte seine Gestalt vor ihr auf. In hilfloser Abwehr streckte sie die Arme nach vorn. Der Mann packte ihre Handgelenke; sein Griff war fest wie ein Schraubstock. Sie schrie auf, wollte sich losreißen. Vergeblich. Mit einem Ruck zog er sie an sich heran. Sie verlor den Halt, stolperte in seine Richtung, unfähig, sich ihm zu entziehen. Sein Atem blies ihr ins Gesicht. Sie konnte riechen, was er zu Mittag gegessen hatte, etwas fettig Gebratenes mit Zwiebeln. Ihr wurde übel. Er drehte ihr den Arm auf den Rücken. Die Schmerzen sollten sie in die Knie zwingen. Panik stieg in ihr auf. Sie wollte weg, nur weg von ihm. Aus einem Reflex heraus biss sie zu. Der Mann stöhnte, stieß sie zu Boden. Sie hatte ihn am Hals erwischt.

»Verdammt!« Er presste seine Hand auf die Bissstelle.

»Verzeihung, es tut mir unendlich Leid«, sagte Magalie, während sie aufstand. Das hatte sie nicht gewollt. In der Hoffnung auf Zuspruch, Hilfe, irgendwas, blickte sie hinüber zu ihren Kollegen, alles Frauen. Sie glaubte, einen Anflug von Amüsement auf den Gesichtern der Engländerinnen lesen zu können.

»Watch your necks, ladies. There's a vampire among us.« Die Bemerkung wurde von den anderen mit Lachen quittiert. Die Deutschen hingegen schwiegen. Magalie war ihnen dankbar dafür.

»Ich muss die Beherrschung verloren haben.« Sie suchte nach einer Erklärung, weshalb sie sich bereits in der ersten Stunde, in der sie eine aus Japan stammende Kampftechnik einübten, so peinlich benommen hatte. Ausgerechnet vor den Engländerinnen, vor denen sie sich doch tapfer und unbeugsam zeigen wollte.

Der Jiu-Jutsu-Trainer klatschte in die Hände. »Meine Damen, ich bitte um Konzentration.« Das Gekicher und Getuschel verstummte. »Ich demonstriere Ihnen nun einen Hebelgriff, mit dem Sie sich aus einer schier ausweglosen Situation befreien können.«

Herr Arnold, der Trainer, drückte sein Kreuz durch und spannte die Muskeln an. Seine Erscheinung war stattlich und attraktiv. Dass es ihm gelungen war, den Krieg ohne den Verlust oder die schwere Verwundung eines Körperteils zu überstehen, grenzte an ein Wunder, fand Magalie. Aber vielleicht war er gar nicht als Soldat an der Front gewesen.

»Jiu-Jutsu ist eine elegante Form des Kampfes«, erläuterte Herr Arnold. Bei dem Wörtchen »elegant« senkte Magalie den Kopf. »Wer möchte es als Nächstes probieren?«

Der Trainer musterte die sechs Frauen, die vor ihm standen. Neben Magalie trat Fräulein Christ einen Schritt zurück. »Hoffentlich nimmt er mich nicht dran.«

Stattdessen winkte Herr Arnold eine der Engländerinnen zu sich, eine Miss Fairchild, die nach vorne ging. In dem schwarzen Gymnastikanzug schien ihre blasse Haut wie aus Porzellan. Magalie fühlte Mitleid mit der zarten Erscheinung in sich aufsteigen. Sie selbst war groß und kräftig und hatte dennoch keine Chance gegen den Trainer gehabt. Wie übel mussten seine Schläge der kleinen Frau zusetzen.

Die beiden nahmen voreinander Aufstellung. Der Trainer führte ihr die Armbewegungen vor, die sie anzuwenden hatte, brachte sie in exakt die gleiche Position wie zuvor Magalie. Anstatt sich aber als hilflos zu erweisen, befreite sich Miss Fairchild aus seinem Griff.

»Hervorragende Technik, *very good*«, lobte Herr Arnold, bevor ihn die Engländerin mit einer überraschenden Beinbewegung zum Stürzen brachte.

»Das ist ja unglaublich«, sagte Fräulein Bachem voller Ehrfurcht.

»In der Tat«, pflichtete Magalie bei. »Woher nimmt Miss Fairchild nur diese Kraft?«

»Wenn Sie mich fragen«, meldete sich Fräulein Christ zu Wort, »ist das vollkommen unweiblich. Ich verstehe nicht, warum wir Frauen Kampftechniken erlernen sollen.«

»Da es zu unserer Ausbildung zum Polizisten dazugehört, werden wir wohl nicht darum herumkommen«, klagte Magalie, die nach dieser Erfahrung liebend gerne auf weitere Unterrichtsstunden verzichtet hätte.

*

Durch das offene Fenster vernahm Jane das Klappern von Pferdehufen, schrilles Quietschen der Straßenbahn und die Schreie spielender Kinder. Das Jiu-Jutsu-Training war sehr schweißtreibend gewesen, weswegen sie immer noch transpirierte. Von draußen kam keine Abkühlung. Dort klebte die Schwüle des ersten Augusttages auf dem Pflaster. Jane lockerte ihre Krawatte, um den obersten Knopf ihrer Bluse zu öffnen, was ihr den strengen Blick ihrer Vorgesetzten, Commandant Mary S. Allen, eintrug. Die erläuterte gerade das Wesen des polizeilichen Dienstes, den sie an diesem Tag gemeinsam mit den deutschen Frauen in Köln antraten.

Inspector Harburn war eifrig zugange, den Deutschen Allens Ausführungen zu übersetzen. Durch dieses Prozedere dauerte die Ansprache doppelt so lang, und Jane langweilte sich, weil sie fließend Deutsch sprechen konnte – ein Grund, warum sie für den Auslandseinsatz ausgewählt worden war. Ihre Großmutter väterlicherseits stammte aus deutschem Adel und hatte mit Jane nur Deutsch gesprochen.

»Heute, *ladies*, ist ein denkwürdiger Tag. Heute, am 1. August 1923, werden wir Geschichte schreiben.«

Schläfrig von der Hitze lauschte Jane dem leidenschaftlichen Vortrag Allens. Sie dachte daran, dass auf den Tag genau vor neun Jahren der Krieg begonnen hatte, als Deutschland Russland den Krieg erklärte. Neun Jahre, die den Menschen in vielen Ländern nichts als Leid und Elend gebracht hatten. Was für ein Tag, um in Deutschland mit der Einführung weiblicher Polizei eine kleine Revolution auszulösen.

»Unser Einsatz als Cölner Frauen-Wohlfahrtspolizei ist von großem Wert für unsere beiden Länder, sowohl für Deutschland als auch für Großbritannien.« Salbungsvoll fuhr Allen fort: »Es liegt in der Natur der Sache, dass die Tausenden von jungen britischen Soldaten hier in Köln auf der Suche nach Vergnügungen sind. In Anbetracht der daraus resultierenden Folgen für die gesellschaftliche und militärische Moral wurden wir beauftragt, das Übel an der Wurzel zu packen.« Sie tupfte sich die schweißnasse Stirn mit einem Taschentuch ab, klemmte ihr Monokel ein und blickte in die Runde.

»Wenn die mich so mit ihrem Zyklopenauge anstarrt, habe ich das Gefühl, sie sieht mir auf den Grund«, flüsterte Miss Moody.

»Als ob sie einen durch eine Lupe betrachtet«, bestätigte Jane.

Commandant Allen schien mitbekommen zu haben, dass sie sich unterhielten. Sie räusperte sich auffällig lang, bevor sie sich direkt an die deutschen Frauen wandte:

»Sie werden gemeinsam mit meinen Damen auf Streife gehen. Jede von Ihnen hat die Befugnis zu verhaften und zu vernehmen. Sie sollten jedoch beachten, dass nur verdächtige Frauen und Mädchen, die Sie allein oder mit Zivilisten antreffen, in Ihren Aufgabenbereich fallen. Befinden sich die Frauen in Gesellschaft von britischen Soldaten, liegt die Zuständigkeit bei uns.«

Von ihrem Platz aus konnte Jane die Kathedrale Kölns betrachten. Das Headquarter war im Hotel Excelsior direkt neben dem Dom untergebracht. Ein spitzer Schrei veranlasste sie, sich vorzubeugen. Auf dem Pflaster war ein kleines Mädchen gestürzt und hatte sich offenbar die Knie aufgeschlagen.

»Denken Sie immer daran, *ladies*«, Miss Allen hob ihre Stimme, »es ist das erste Mal in der Geschichte, dass eine militärische Macht ausgebildete Frauen in ihren Dienst stellt, um die Moral der Truppen aufrechtzuerhalten.«

Das Mädchen wurde von einer gleich großen Freundin an der Hand weggeführt. Es schluchzte laut. Jane zwang sich, sich auf die Rede Miss Allens zu konzentrieren, die endlich bei ihrem Schlusssatz angelangt war: »Erweisen wir uns dieser Aufgabe als würdige Dienerinnen.«

Die Frauen klatschten. Jane schloss sich ihnen an.

»Any questions?«

»Noch Fragen?«

Eine der deutschen Frauen, die alle in Zivilkleidung gekommen waren, zeigte auf. Sie war recht korpulent und verhüllte ihre üppigen Formen mit einem weiten Sommerkleid. Auf ihrem Schoß lag feinsäuberlich zusammengefaltet die ihr zugeteilte Uniform. Jane erinnerte sich, dass sie als Fräulein Christ vorgestellt worden war.

»Könnten wir nicht etwas anderes als die Uniformen anziehen? Sie sind so wenig weiblich.«

Kaum hatte Commandant Allen die Übersetzung vernommen, zog sie ihre Augenbrauen zusammen, ein untrügliches Zeichen dafür, dass sie verärgert war, wie Jane aus eigener Erfahrung wusste.

»Die Uniformen unterstreichen den offiziellen Charakter unseres Einsatzes. Durch sie erhalten wir den nötigen Respekt in der Bevölkerung, den wir brauchen, um unsere Ziele durchzusetzen.«

Nach dieser harschen Antwort wagte die Deutsche keinen Einwand mehr. Nur Magalie Hemmersbach öffnete kurz den Mund, als ob sie etwas sagen wollte, schloss ihn aber wieder. Das war auch besser so, dachte Jane, die Fräulein Hemmersbach als abstoßend empfand. Sie war diejenige in der Trainingsstunde gewesen, die den Trainer in den Hals gebissen hatte. Das war ... Jane suchte nach den richtigen Worten. Das war primitiv, richtiggehend animalisch, eben deutsch. Zum Glück hatten die Krauts, die Deutschen, den Krieg verloren. Nicht auszudenken, wenn es anders herum gewesen wäre, wenn nicht ihre Landsleute das Rheinland besetzt hätten, sondern die Deutschen London. In diesem Fall würden sie wahrscheinlich alle mit Pickelhauben herumlaufen.

Angesichts dieser lächerlichen Vorstellung musste Jane grinsen. Das Lachen verging ihr jedoch schlagartig, als Allen sie in Zweiergruppen aufteilte. Jeweils eine Engländerin sollte mit einer Deutschen eine Patrouille bilden, um auf der Straße für Recht und Ordnung zu sorgen.

»Miss Moody und Fräulein Christ. Miss Ley und Fräulein Bachem. Miss Fairchild und Fräulein Hemmersbach.«

Ungehalten blickte Jane zu der Deutschen.

*

Der Schweiß sammelte sich unter Magalies Uniform, deren schwerer Stoff für die Hitze nicht geeignet war, die sich in den engen Häuserschluchten der Altstadt zwischen Pflaster und Wänden staute. Unterrock und Bluse waren bereits durchweicht. Darüber trug sie eine Jacke mit einem breiten Ledergürtel, einen wadenlangen Rock und Reitstiefel. Wenn sie wenigstens den Hut abnehmen oder die Krawatte ausziehen könnte. Schwarze Punkte begannen vor ihren Augen zu tanzen.

Ein Seitenblick auf Miss Fairchild, deren Stirn glänzte und deren Wangen gerötet waren, sagte ihr, dass diese ebenso litt wie sie selbst. Doch da die Kollegin schwieg, tat es Magalie ihr nach. Sie würde nicht den Anfang machen und um eine Pause bitten. Einer Engländerin gegenüber würde sie keine Schwäche eingestehen. Niemals.

Zum Glück lag die Mühlengasse weitgehend im Schatten, in dem sich die Passanten drängten. Magalie und Miss Fairchild gingen forschen Schrittes an ihnen vorbei. Frauen, Männer und Kinder, gleich welchen Alters oder gesellschaftlichen Standes, gafften sie an.

»Ich glaub, ich hab ‘nen Sonnenstich. Polizisten in Röcken? Wo gibt's denn so was«, krakeelte ein Greis. Magalie hatte gewusst, dass sie als eine der drei ersten Polizistinnen Deutschlands für Aufregung sorgen würde, daher zeigte sie sich bemüht, jeden freundlich anzulächeln, mochte er noch so stieren, als wären sie exotische Tiere im Zoo.

Zwei Jungs stießen sich an und feixten. »Guck mal! Sind das Männer, wo sich als Frauen verkleidet habn?«

»Nee, ich glaub, Frauen, wo gern Männer wärn.«

Ein Mann ohne Beine, der sich mit Hilfe eines Bretts mit Rädern und seiner Armen fortbewegte, vergaß, dass er eigentlich für seinen Lebensunterhalt bettelte, und glotzte die beiden Mitglieder der Cölner Frauen-Wohlfahrtspolizei mit offenem Mund an. Die Sensation, die sie darstellten, verunsicherte Magalie, auch wenn sie von der Wichtigkeit ihrer Mission überzeugt war. Wieder blickte sie zu Miss Fairchild, der der Spott der Leute nichts auszumachen schien. Die Engländerin hatte das Kinn in die Luft gereckt und die Schultern nach hinten gezogen. Auf Magalie wirkte sie stolz und hochmütig.

Unter der sengenden Sonne hatten sie einen Bogen durch die Altstadt zum Eigelstein geschlagen, dem Viertel, in dem die Prostitution blühte. Die Häuser sahen nicht nur von außen heruntergekommen aus, sie schienen es auch von innen zu sein. Durch die offen stehenden Eingangstüren schlug ihnen feuchte, abgestandene Luft entgegen. Dürre Kinder in zerlumpter Kleidung lungerten auf dem Bürgersteig herum und spielten mit dem Unrat, den sie im Rinnstein fanden. Jane war in den letzten Wochen öfter hier entlangspaziert mit ihrem »Guide to Cologne«, in dem hinten ein Stadtplan eingeklebt war, und in Zivil. In Uniform fühlte sie sich wesentlich sicherer. Sie mochte das dunkelblaue Kostüm, das der Uniform ihrer männlichen Kollegen in England glich und ihren offiziellen Auftrag unterstrich. In Deutschland trug sie die gleiche Uniform wie die britische Women Police; nur die Farbe ihrer Dienstgradabzeichen war Rot anstelle von Lila, und die Abkürzung auf ihrem Emblem lautete anders: F.W.P. stand für Foreign Women Police.

Für diese hochsommerlichen Temperaturen war die Uniform jedoch nicht geeignet. Sie spürte, wie der Schweiß ihr Rückgrat entlanglief, und fühlte sich klebrig. Jane musterte Fräulein Hemmersbach, mit der sie bislang kaum ein Wort gewechselt hatte. Auch sie sah erhitzt aus.

»Wenn Ihnen zu heiß ist, dann nehmen Sie die Krawatte und den Hut ab«, schlug sie vor. Es war an der Zeit, die angespannte Atmosphäre im Interesse einer professionellen Zusammenarbeit aufzulockern.

»Nein«, war die ganze Antwort, worüber sie sich ärgerte. Der Deutschen fehlte jeder Anstand und jede Höflichkeit. Doch was erwartete sie auch von dem Mitglied einer Nation, die auf den Schlachtfeldern in Frankreich und Belgien nicht davor zurückgescheut hatte, ganze Dörfer zu brandschatzen und Zivilisten zu morden wie im barbarischen Mittelalter.

Abscheu überkam Jane, als sie sich Berichte in Erinnerung rief, wie deutsche Soldaten Überlebende mit Bajonetten niedermetzelten. Und in Frankreich hatte sie mit eigenen Augen Unmengen an von Deutschen verstümmelten und getöteten Menschen gesehen.

Magalie hatte die Engländerin sofort durchschaut. Ihr Vorschlag hatte freundlich geklungen, gewiss, dahinter steckte allerdings die herablassende Gönnerhaftigkeit des Besatzers. So waren sie, die Engländer, die mit ihrer militärischen Präsenz den Kölnern tagtäglich vor Augen führten, dass die Deutschen den Krieg verloren hatten. Es widerstrebte Magalie, mit einer von ihnen zusammenzuarbeiten, andererseits war sie heilfroh über diese Arbeitsstelle. Als Fürsorgerin hatte sie weniger verdient als jetzt. Und Geld konnte man gar nicht genug haben, so schnell, wie es an Wert verlor. Was heute für einen ganzen Laib Brot reichte, war morgen schon Makulatur. Ein Schein war nichts mehr wert, es musste mindestens ein ganzer Koffer voll sein. Die Deutschen schienen in diesen Zeiten gänzlich auf der Verliererseite zu schwimmen. Inständig hoffte Magalie, das Blatt möge sich bald wenden. Auf alle Fälle würde sie dieser Miss Fairchild beweisen, dass die Deutschen zwar den Krieg, nicht aber ihren Stolz verloren hatten.

Wenn nur diese Hitze nicht wäre. Sie kramte in ihrer Uniformjacke nach einem Taschentuch, um sich den Nacken zu trocknen, als ein Automobil auf sie zuraste. Der Fahrer machte keinerlei Anstalten zu bremsen oder die Richtung zu wechseln.

»Vorsicht!« Sie stieß einen Warnschrei aus und riss die Engländerin am Ärmel aus der Gefahrenzone. Miss Fairchild taumelte. Bevor sie fiel, fing Magalie sie auf. Wenige Zentimeter entfernt brauste der Wagen vorbei.

»Unverschämter Flegel, Sie!«, rief Magalie ihm nach. Ein paar Meter weiter kam das rot lackierte Automobil mit dem offenen Verdeck zum Stehen. Der Fahrer stieg aus. Magalie stemmte die Hände in die Hüften. Jetzt war sie froh, eine Uniform zu tragen. Sie hoffte, dem Halunken mit der nötigen Autorität begegnen zu können. Streng sah sie ihm entgegen.

»Haben Sie sich was getan?« Der Fahrer sprach mit einer irritierend hohen Stimme. Als er die Lederkappe abnahm, erkannte sie, dass es eine Frau war. Sie trug den in Mode gekommenen Kurzhaarschnitt, den Bubikopf, und war ausgesprochen attraktiv.

Eigentlich hatte Magalie zu einer kräftigen Standpauke ansetzen wollen. Jetzt sagte sie nur: »Alles in Ordnung.«

»Da bin ich aber froh. Manchmal geht einfach das Temperament mit mir durch, und ich trete ohne Sinn und Verstand aufs Gaspedal.« Die Frau in den Hosen lächelte. Magalie sah ihr nach, wie sie in den Wagen stieg.

Das Auto, das rasant davonfuhr, war ein Audi Typ K. Jane beneidete die Frau, die bei dieser Hitze durch die Straßen brausen und den Kopf im Fahrtwind kühlen konnte. Beinahe sehnsüchtig dachte sie an ihre grau-schwarz glänzende Morris-Limousine, als sie ihre Patrouille fortsetzten.

Den Morris fuhr sie an Regentagen durch die Straßen Londons. Zurzeit jedoch stand er unbewegt in der Garage, neben ihm der Talbot-Darracq, den sie bei schönem Wetter seines offenen Verdecks wegen bevorzugte. Die Schnelligkeit seines Acht-Zylinder-Motors beeindruckte sie immer wieder aufs Neue. Autofahren, das bedeutete Leben für sie. Niemand musste sie herumkutschieren. Sie stieg einfach in eines ihrer Autos und fuhr, wohin sie wollte. Stunden, ja ganze Tage konnte sie hinter dem Steuer verbringen. Die Unabhängigkeit war es, die sie daran so faszinierte. Aber manchmal wünschte sie sich, die Freiheit mit jemandem teilen zu können.

»Neiiiiiiiin!«

Ihre Gedanken wurden jäh unterbrochen.

»Hört sich an wie ein Hilfeschrei«, stellte sie fest.

»Ich glaub, das ist aus dem Haus gekommen.« Fräulein Hemmersbach wies mit dem Finger auf ein Gebäude, von dem die Farbe abplatzte wie Haut von einer Brandwunde. »Sehn wir nach.«

Die Deutsche wollte das Kommando an sich reißen und eilte voraus. Jane schluckte ihren aufkeimenden Ärger hinunter. Sie folgte ihr in den düsteren Flur. Erst allmählich gewöhnten sich ihre Augen an den Wechsel vom grellen Sonnenlicht zur Dunkelheit. Wieder war ein Schrei zu vernehmen. Fräulein Hemmersbach deutete nach oben. Sie stiegen die Treppe hinauf. Abertausend Schritte hatten die Farbe auf den Stufen abgenutzt. Das Geländer war vom Darüberstreichen der Hände blank poliert.

Erneute Schreie und heftiges Poltern veranlassten sie, das

Tempo zu beschleunigen. Niemand von den Nachbarn ließ sich auf den Fluren blicken. Im vierten Stock drang der Lärm durch eine Tür zu ihrer Rechten. Sie drückte die Klinke. Abgeschlossen. Fräulein Hemmersbach klopfte gegen das Holz.

»Aufmachen!«

»Hilfe! Helfen Sie mir bitte!« Die Frauenstimme klang verängstigt.

»Was ist da drinnen los?«

»Er schlägt und beschimpft mich.«

Das Poltern hatte aufgehört. Jane versuchte, ihrer Stimme so viel Autorität wie nur möglich zu verleihen. »Hören Sie, mein Herr. Kommen Sie raus, damit wir die Angelegenheit in Ruhe klären können.«

Nichts rührte sich. Es erschien Jane unwahrscheinlich, dass sie oder Fräulein Hemmersbach in der Lage wären, die Tür einzutreten. Selbst wenn es ihnen gelänge, wüssten sie nicht, wem sie da gegenüberstehen würden. Vielleicht war der Mann bewaffnet. Sie und die Kollegin verfügten über keinerlei Waffen, nur über eine Signalpfeife, um Verstärkung herbeizuholen.

In diesem Moment drehte sich der Schlüssel im Schloss. Ein junges Mädchen mit zerzausten Haaren und einem geschwollenen Auge riss die Tür auf und suchte hinter der groß gewachsenen Deutschen Schutz.

»Der ist irrsinnig. Er ist einfach auf mich losgegangen«, heulte sie.

Jane blickte in die kleine Kammer. Die spärlich durch die ungeputzten Fensterscheiben fallende Sonne beleuchtete eine armselige Umgebung. Neben einem umgestürzten Tisch stand ein Mann mit herabhängenden Armen und gesenktem Kopf. Sein Haar wirkte unnatürlich dunkel und voll. Darunter kam ein schmales Gesicht zum Vorschein. Er blickte zu Boden. Seine ganze Haltung drückte Passivität aus.

Zögernd trat Jane in den mit abgestandener Luft gefüllten Raum. Es roch penetrant nach menschlichen Ausdünstungen. Unter ihren Stiefeln knirschte es. Glasscherben lagen auf dem Boden. Ganz so zurückhaltend, wie der Mann tat, konnte er nicht sein. Hinter ihr folgte Fräulein Hemmersbach, die ihn ansprach:

»Was ist hier los?«

Er schwieg. Der Mann in Zivil wirkte auf Jane nicht wie ein britischer Soldat. Wahrscheinlich war die Deutsche für ihn zuständig.

»Ihre Papiere bitte.«

Keine Reaktion. Fräulein Hemmersbach wandte sich an das Mädchen, das laut vor sich hinschluchzte: »Was genau ist passiert? In welchem Verhältnis stehst du zu diesem Herrn? Willst du Anzeige erstatten?«

Die Schluchzerei endete abrupt.

»Eine Anzeige? Sind Sie von der Polizei?« Ungläubigkeit war aus der Stimme herauszuhören. Sofort änderte sie die Haltung. »Mein Cousin ist ein bisschen wütend geworden. Das kommt vor. Er hat zu viel gesoffen.«

Jane betrachtete das Mädchen. Sie trug ein Nachthemd, das von ihrem mageren Körper mehr preisgab als verhüllte. Ihre Lippen waren rot verschmiert; nicht von Blut, sondern von Lippenstift. Der Mann mit dem seltsamen Haar war garantiert ebenso wenig ihr Cousin wie King George der Fünfte Janes Stallbursche.

»So?«, Fräulein Hemmersbachs Stimme klang spöttisch. »Dann kann dein Cousin jetzt gehen.«

Das Mädchen wirkte erleichtert. Zu früh, denn die Deutsche setzte hinzu: »Du kommst mit uns.«

Die Menge ist groß,
aber der Menschen
sind wenige.

Diogenes von Sinope

Donnerstag, 13. Januar

Abreißen, loslassen 2022

Diogenes Kalender

ZWEI

Das Büro im Hauptbahnhof war strategisch günstig zwischen Altstadt und Eigelstein gelegen. Magalie empfand eine starke Abneigung gegen den hektischen Ort, unter dessen hoch gewölbtem Dach sich bettelnde Kriegsversehrte, die zwar nicht ihr Leben, aber ihre Arme, Beine oder ihr Augenlicht an der Front gelassen hatten, mit den Reisenden mischten. Auch für junge Mädchen war der Bahnhof der erste Anlaufpunkt. Sie kamen in der Hoffnung auf ein besseres Leben aus ihren gottverlassenen Dörfern in die Großstadt, um sich hier eine Geschlechtskrankheit oder ein Kind einzufangen. Zerlumpte Männer und Frauen lungerten auf der Suche nach Arbeit und Ablenkung unter dem Kuppeldach herum. Anhänger der verschiedensten Parteien verteilten Flugschriften direkt neben den kirchlichen Fürsorgeorganisationen, die schwarze Schäflein auf den Weg der Tugend zurückzuführen versuchten. Kinder rannten auf den Gleisen herum, um aus den Radgestellen der Güterzüge Öl zu stehlen.

Sie gingen am Fahrkartenschalter, der sich in der Nähe des Eingangs befand, vorüber. Zwischen Magalie und der Engländerin lief das Mädchen. Ein Gepäckträger kreuzte ihren Weg. Mit einem Blick zur Kontrollnummer an seiner Mütze vergewisserte sich Magalie, dass er amtlich gemeldet und kein wilder Dienstmann war. Als sie am Zeitschriftenstand vorbeikamen, kaufte sie für dreitausend Reichsmark die Morgenausgabe des Stadt-Anzeigers, um sie in der Pause zu lesen.

Sie schloss die Tür zum Büro auf und hieß das Mädchen einzutreten. Das Amtszimmer war nur mit dem Nötigsten möbliert. In seiner Kargheit stand es in krassem Gegensatz zu dem Prunk des Headquarters im Hotel Excelsior.

Miss Fairchild nahm in der Nähe der Tür Platz, während Magalie hinter dem Schreibtisch Stellung bezog.

»Setz dich.« Das Mädchen hatte das Nachthemd mit einem verblichenen Kleid getauscht, dessen Saum altmodisch lang zu den Waden reichte. Mit ihrem gewaschenen, ungeschminkten Gesicht sah sie wie ein Unschuldslamm aus. Unter all ihrer Armut spross eine seltene Art von Schönheit hervor wie eine Blume, die zwischen Pflastersteinen wächst.

Magalie blickte zu ihrer Kollegin, die keinerlei Anstalten machte, das Verhör zu beginnen, also schien sie zu akzeptieren, dass dieser Fall nicht in ihren Zuständigkeitsbereich fiel. Nervosität stieg in Magalie auf. Sie wollte, dass in Anwesenheit von Miss Fairchild alles so korrekt wie möglich ablief.

»Name?«

»Luise.«

»Weiter?«

»Röhl.«

»Staatsangehörigkeit?«

»Preuße.«

»Geboren?«

»10. April 1901.«

Das Mädchen war zweiundzwanzig Jahre alt. Magalie verglich Luises Angaben zunächst mit ihrer Ausweiskarte, dann ging sie zu den alphabetisch geordneten Akten und suchte nach dem Buchstaben R. Über das Mädchen lag bereits eine umfangreiche Akte vor. Von wegen Unschuld.

Sie blätterte in den Papieren, in denen der Nikotinmissbrauch Luises ab dem zwölften Lebensjahr ebenso verzeichnet stand wie ihr erster Beischlaf mit elf und ihr schlechtes Betragen als Fürsorgezögling in der Erziehungsanstalt. Die damals noch Minderjährige war schließlich in die Obhut ihrer Familie entlassen worden.

»Sag mal, wissen deine Eltern, was du hier treibst?«

»Was treib ich denn?« Luise hatte einen trotzigen Gesichtsausdruck aufgesetzt. Ihr geschwollenes Auge nahm mittlerweile eine rot-violette Färbung an.

»Du weißt ganz genau, dass heimliche Prostitution verboten ist.«

»Ich tu nichts Verbotenes.«

»Das sehen die Gesetze anders.«

Gerade die Mädchen, die im Verborgenen Unzucht trieben, stellten eine große Gefahr dar. Ihr Gesundheitsstatus wurde nicht regelmäßig durch den Amtsarzt kontrolliert. So verbreiteten sich

Geschlechtskrankheiten rasant. Außerdem bedeutete jede freiwohnende Prostituierte eine moralische Bedrohung für das Haus und für die jugendlichen Mädchen in der Nachbarschaft, die sich an der unzüchtigen Lebensweise womöglich ein schlechtes Beispiel nahmen.

Magalie stieß auf eine interessante Notiz in der Akte. Luise hatte bis vor kurzem unter sittenpolizeilicher Aufsicht gestanden. »Wieso bist du nicht mehr in einem Bordell tätig?«

Luise zuckte mit den Schultern. »Hab was Besseres gefunden.«

Miss Fairchild stellte sich vor das Mädchen.

»Du bist noch so jung. Du weißt, dass dir als heimliche Prostituierte im schlimmsten Falle fünf Jahre Zuchthaus drohen. Willst du nicht einen Beruf suchen, ein anständiges Leben beginnen?« Die Einmischung war Magalie nicht recht. Sie hätte das auch allein hinbekommen.

»Was soll das sein, ein anständiges Leben?«

»Du könntest beispielsweise als Dienstmädchen arbeiten«, schlug Magalie vor. »Ich kann dir einen Kontakt vermitteln und –«

»Kein Bedarf. Ich war schon mal Dienstmädchen.«

»Und?«

»Nichts und. Als mein Dienstherr über mich rübersteigen wollte, hab ich ihn gekratzt. Am nächsten Tag haben sie mich rausgeworfen.«

Von ihrer Zeit als Fürsorgerin kannte Magalie diese Fälle. Sie konnte dem Mädchen keinen wirklichen Ausweg aus ihrem Elend anbieten. Es war nur eine Frage der Zeit, bis Luise von einer ihrer häufig wechselnden Männerbekanntschaften ein unangenehmes Souvenir angehängt bekam. Und die Männer wurden nie zur Verantwortung gezogen.

»Was dir heute passiert ist, Luise, kann dir jederzeit wieder zustoßen. Du kommst vielleicht nicht immer so glimpflich davon. Hast du dir das mal überlegt?« Hartnäckiges Schweigen war die Antwort. Bei Luise würde sie kein Gehör finden. Magalie schrieb ein Protokoll des Vorfalls und schob es zusammen mit einem Federhalter über den Tisch. »Lies es dir gründlich durch, bevor du deine Unterschrift darunter setzt.«

Das Mädchen nahm den Stift ungelenk in die Hand. Ein hilfloser Blick begegnete Magalie. »Ich kann nicht.«

Sie nahm Luises Hand und schrieb deren Namen in krakeligen Buchstaben unter das Protokoll.

*

»Habe die Ehre, meine Damen. Mir ist Ihr Einsatz bereits angekündigt worden.« Im Keller des Polizeipräsidiums schüttelte Dr. Meents Fräulein Hemmersbach und Jane die Hände. »Na ja, ich wunder mich über gar nichts mehr. In diesen neumodischen Zeiten ist alles möglich, dünkt mir. Weibliche Polizei, weibliche Professoren … Demnächst wird wohl noch eine Frau Kanzler der neuen Republik.« Er lachte meckernd.

Säuerlich bemerkte Jane, dass die Deutsche mitlachte. Sie beschloss, dem Doktor einen Dämpfer zu versetzen. »Ab jetzt müssen wir bei allen amtsärztlichen Untersuchungen von Prostituierten hinzugezogen werden. Ich gehe davon aus, dass Sie in Zukunft nach uns rufen lassen, sobald die Herren von der Sittenpolizei in Begleitung von Dirnen bei Ihnen auftauchen.«

»Wenn Sie mich fragen, ich halte es für unnötig, diese Weibsbilder«, Dr. Meents wies auf Luise, die gekrümmt auf einer Liege hockte, »mit Samthandschuhen anzufassen. Ich wüsste nicht, was es denen schadet, dass die Sittenpolizei bei der Untersuchung anwesend ist.«

»Es geht um die Wahrung von Sitte und Anstand«, sagte Jane.

Dr. Meents lächelte süffisant. »Es ist ja nicht so, als ob ihren Körper noch nie ein Mann zu Gesicht bekommen hätte, nicht wahr. Da haben die Damen der feinen Gesellschaft ihr Herz für die Armen entdeckt und meinen, sie müssten den Prostituierten ein Schamgefühl beibringen. Ebenso gut könnte man einen Hund zum Vegetarier machen.«

Wieder ertönte sein meckerndes Lachen. Jane ging die Arroganz der Deutschen gehörig auf die Nerven. Dann erinnerte sie sich daran, dass die britische Männerwelt nicht viel anders auf die Einführung der weiblichen Polizei reagiert hatte.

»Das ist Luise Röhl«, unterbrach Magalie.

»Die Lulu, soso, lange her, dass wir uns gesehen haben«, erwiderte der Amtsarzt jovial, während er sich Gummihandschuhe überstreifte. »Wollen wir mal gucken, ob du dir in der Zwischenzeit die Lustseuche eingefangen hast.«

Luise hielt die Knie aneinander gepresst und machte keine Anstalten, ihren Unterleib zu entblößen. Das Mädchen war ihnen nur äußerst widerwillig zur amtsärztlichen Untersuchung gefolgt. Magalie wunderte sich, dass sie nicht ausgebüchst war. Vielleicht lag es an den Uniformen, denn als Fürsorgerin hatte sie weitaus mehr Scherereien mit den gefallenen Mädchen gehabt.

»Da haben wir die Bescherung.« Die Stimme des Amtsarztes schwoll vor Genugtuung an. »Schon glauben diese ausgekochten Frauenzimmer, sie könnten das Mitleid, das man ihnen entgegenbringt, zu ihrem Vorteil nutzen. Los, Lulu, mach die Beine breit. Da gibt es nichts, was ich nicht schon mal gesehen hätte.«

»Luise, mach es dir und uns nicht noch schwerer«, bat Magalie das Mädchen. Nun ließ Luise zu, dass Dr. Meents ihr Geschlechtsteil untersuchte. Mit Verwunderung registrierte Magalie, wie Miss Fairchild den Blick abwandte.

»Sieht ganz sauber aus«, befand der Arzt, während er sich über Luises gespreizte Beine beugte. »Zur Sicherheit mach ich einen Abstrich.«

Als Luise sich wieder anzog, lächelte Dr. Meents Magalie und die Engländerin an. »Darf ich Ihnen zu Ihrem ersten erfolgreichen Einsatz gratulieren?«

Magalie hörte den Spott aus seinen Worten wohl heraus.

*

Jane hatte die Deutsche überreden können, in der Pause in den Ceylon-Tee-Raum in der Hohe Straße Nummer 137 einzukehren. Hier saßen sie in gepolsterten Sesseln an einem Tischchen und ließen sich von einem befrackten Kellner mit Getränken und Gebäck versorgen. Außer ihnen waren nur ein paar gut gekleidete Damen anwesend, die sich vertraulich unterhielten, während ein Künstler-Trio konzertrierte. Ein Blick auf das Programmheft teilte Jane mit, dass sich der Meister der Geige Rudi Rhein, Heinz Heyden am Flügel und Walter Mertens am Violoncello die Ehre gaben. In diesen gediegenen Räumlichkeiten war von dem Elend, dem Jane in den letzten Stunden begegnet war, nichts zu vermuten. Das Leben plätscherte dahin wie die eingängige Musik. Sie lehnte sich zurück und genoss den herben Geschmack des Schwarztees mit der Farbe von Kirschbaum, den ihr der Kellner in eine Porzellantasse mit goldenem Rand nachschenkte. Über ihr sorgte ein Deckenventilator mit leisem Surren für eine angenehme Temperatur. Während sie einen Keks zu sich nahm, beobachtete sie die Deutsche. Fräulein Hemmersbach war ganz das Musterbeispiel einer Walküre, groß gewachsen, grobknochig und blond. Es amüsierte Jane, wie sie mit den zu breiten Fingern das zarte Porzellan an ihren Mund führte. Der Kollegin ging jeder Hauch von Eleganz vollständig ab. Jane mochte sie nicht, beschloss aber, sich Mühe zu geben, schließlich arbeiteten sie zusammen, und begann ein Gespräch:

»Kommen Sie aus Köln?«

»Ich bin hier geboren.«

»Wie alt sind Sie eigentlich?«

»Achtundzwanzig.« Die Deutsche machte eine lange Pause, bevor sie fragte: »Und Sie?«

»Vierzig.«

Fräulein Hemmersbach nickte. Jane suchte nach weiterem Gesprächsstoff: »Angenehm hier, nicht wahr?«

Wieder kam anstelle einer Antwort nur das Nicken. Die Unterhaltung war zäher als das wochenalte Fleisch, das sie in Frankreich zu essen bekommen hatte. Vielleicht war die Deutsche einfach zu provinziell für eine zivilisierte Konversation. Entnervt gab Jane auf, strich die Krümel von ihrem Rock und trank den Tee, bevor er erkaltete. Übrig blieb nur das Gefühl von Fremdheit, das sie in den vier Wochen ihres Aufenthaltes in Köln noch nicht ganz abgelegt hatte. Sie fragte sich, wann sie mit den Deutschen warm werden würde und ob dies überhaupt jemals der Fall sein könnte.

Es strengte Magalie an, ein Gespräch mit der Engländerin zu bestreiten, der sie nicht das Geringste zu sagen hatte. Nach einem Moment des Anschweigens, der sich unerträglich dehnte, erinnerte sie sich an den Stadt-Anzeiger, den sie gefaltet in ihrer Uniformjacke trug. Sie schlug ihn auf. »Kommunistischer Radau in Hamburg« titelte die erste Seite. Sie überflog den Artikel.

»Eine Anzahl kommunistischer Arbeiter aus der Hafengegend und aus anderen Stadtteilen zog nach Schluss der Betriebe zum Millerntor, nahe dem Heiliggeistfeld, alsbald bedeutend verstärkt durch den üblichen Zuzug von Gesindel, besonders halbwüchsiger Burschen, die in der Gegend Sankt Paulis ihre Schlupfwinkel haben. Blaue und Sicherheitspolizei waren zur Stelle und räumten Platz und Straßen, wobei sie jedoch hartnäckigen, in verschiedenen Fällen tätlichen Widerstand fanden, sodass einige Verletzungen von Beamten vorgekommen sind.« Magalie fragte sich, wie lange es wohl in Köln dauern würde, bis aufgrund der schlechten Versorgungslage Randale an der Tagesordnung waren. Mittlerweile gab es sie überall in Deutschland. »Als dann schonungslos mit Gummiknüppeln und flachen Klingen dreingehauen wurde, wich die Menge. Verschiedene Trupps fanden sich immer wieder an mehreren Stellen zusammen, sodass die Polizei viele Stunden zu tun hatte, ehe der Mob vollständig zerstreut war …« Ihre Lektüre wurde von vier Herren unterbrochen, die sich an den Nachbartisch setzten und freundlich herübergrüßten:

»Guten Tag, die Damen.«

Zusammen mit Miss Fairchild erwiderte sie den Gruß. Kaum hatten sich die Männer gesetzt, fingen sie an, sich auf Englisch zu unterhalten. An ihrem Akzent bemerkte Magalie, dass sie zu den deutschen Kriegsgefangenen gehörten, die während ihrer Gefangenschaft so anglophil geworden waren, dass sie untereinander nur noch in der Sprache des Feindes redeten. Sie warf ihnen einen verächtlichen Blick zu. Dieses angepasste Verhalten bestärkte die Briten doch nur in ihrer Besatzung.

*

Über die Straßen waren englische Reklamen gespannt. An Häuserwänden hingen Werbeplakate, die das »Army Amusement Scala Theatre«, das »Army Cinema« sowie den »Flora Garden« anpriesen. Die Bekanntmachung des Polizeipräsidenten über die Erhöhung der Droschkenpreise um das hundertzwanzigtausendfache war auf Deutsch und Englisch angeschlagen.

Obwohl sie die deutsche Sprache beherrschte, gefielen Jane die heimischen Wörter und Klänge. Auch wenn ihr Köln noch nicht ganz vertraut war, mochte sie die enge, unentwegt pulsierende Stadt. Sie empfand sich als Teil davon, sah sich als Pionierin im Zentrum des Geschehens.

Vor ihrem Einsatz hatte es in Deutschland nur Polizeiassistentinnen gegeben, die nicht einmal eine richtige Uniform trugen. Sie und die anderen Frauen des Empires sorgten nun dafür, dass sich dies änderte. Jane lächelte in sich hinein, doch ihre Zufriedenheit wich schnell einem dringenden Bedürfnis. Das musste an der halben Kanne Earl Grey liegen, die sie gegen den Durst getrunken hatte. Lange würde sie dem Druck nicht mehr standhalten. Zum Glück kamen sie in der Krebsgasse an einer Gaststätte vorbei.

»Wir sollten hier mal nach dem Rechten sehen«, schlug sie vor.

»Hier?« Fräulein Hemmersbach klang verwundert. »Beim Polizeipräsidium?«

»Genau deswegen. Eine gute Tarnung für krumme Geschäfte, finden Sie nicht?«

Die Deutsche verzog das Gesicht, widersprach aber nicht.

Der Wirt, der mit einem löchrigen Lappen die Theke abwischte, bedachte sie mit erstauntem Blick. »Sie wünschen, meine Damen?«

»Wir sind von der Cölner Frauen-Wohlfahrtspolizei. Zu unseren Aufgaben gehört es, dafür Sorge zu tragen, dass kein Alkohol an britische Soldaten ausgeschenkt wird«, erklärte Fräulein Hemmersbach.

»Die sind hier ohnehin nicht erwünscht«, die Stimme des Wirtes drückte Abscheu aus, »im Übrigen hatte ich noch nie Ärger mit der Polizei, weil die Herren Polizisten zu meinen Stammgästen gehören.«

Er wies auf eine Nische, in der ein paar Männer saßen. Da Jane im hinteren Teil der Kneipe ohnehin die Toiletten vermutete, ging sie auf den Tisch zu. Das Gespräch der Männer verstummte augenblicklich. Jane spürte die Blicke auf ihrem Körper.

»Guten Tag. Gestatten Sie, dass wir uns vorstellen. Ich bin Miss Fairchild, und das ist Fräulein Hemmersbach.« Sie deutete auf die Kollegin, die ihr nachgekommen war. »Wir sind heute zum ersten Mal auf Patrouille.«

Einer der Herren mit einem großen Kaiser-Wilhelm-Schnurrbart verschluckte sich an seinem Bier. Sein Nebenmann klopfte ihm auf den Rücken. Die Männer schwiegen. Schließlich stand der Rückenklopfer auf, deutete eine Verbeugung an und lächelte.

»Sehr erfreut. Dieser von Ihrem Anblick völlig überwältigte Herr ist Georg Neumann von den Kriminalen.« Er zeigte auf den Schnurrbartträger mit dem rot angelaufenen Gesicht. »Zu meiner Rechten befindet sich der ehrenwerte Dr. Desiderius Friedreich. Seines Zeichens Leichenaufschnibbler, Verzeihung, Gerichtsarzt. Wenn er nicht zu sehr mit seinen geliebten Toten beschäftigt ist, tut er uns den Gefallen und beehrt uns mit seiner erhabenen Gesellschaft. Desi, sag Hallo zu unserer Landsmännin und ihrer britischen Begleitung.«

Friedreich stieß ein Schnauben aus. Jane vermochte nicht zu sagen, ob er damit auf den Spott des Redners reagierte oder ob das Schnauben als Abneigung gegen ihre Person gerichtet war. Der wortführende Herr, der seinen kahl gewordenen Schädel mit darüber gekämmten Strähnen seines schütteren Haars zu verdecken suchte, stellte noch drei weitere Männer vor, dabei überging er einen schlaksigen jungen Mann, der seinen Kopf zwischen die Schultern gezogen hatte.

»Meine Wenigkeit ist Max Hanses von der Sitte. Wenn ich Sie einladen dürfte, ein Gläschen mit uns zu trinken?« Der Redner warf sich in die Brust.

»Ich ziehe es vor, im Dienst nicht zu trinken«, erwiderte Jane.

»Bier ist kein Alkohol, sondern Grundnahrungsmittel. Ihr Engländer nehmt doch sonst, was ihr kriegen könnt.«

Die Männer lachten höhnisch. Nur der Schlaksige hielt sich zurück. Jane kämpfte mit ihrer Empörung. Plötzlich wurde sie Fräulein Hemmersbachs gewahr, die sie am Ärmel zupfte.

»Lassen Sie uns gehen, Miss Fairchild.«

Aber Jane war schon mit ganz anderem Hohn und Spott fertig geworden. Als Suffragette hatte sie einschlägige Erfahrungen mit der arroganten Überheblichkeit der Männer gemacht und gelernt, wie man ihr begegnete. Sie setzte ihr freundlichstes Lächeln auf.

»Ganz genau. Wir Engländer nehmen uns, was wir kriegen können. Und wissen Sie was? Das können wir uns auch erlauben. Wir haben den Krieg nämlich gewonnen.«

Hoch erhobenen Hauptes verließ sie das Lokal. Auf der Straße fiel ihr ein, dass sie sich immer noch nicht erleichtert hatte.

*

Die Zeiger der Uhr waren im Schein der Gaslaternen schwer auszumachen.

»Es ist zehn Minuten vor Mitternacht«, informierte Magalie die Engländerin. Sie klappte den Deckel der Taschenuhr zu, die sie von ihrem Vater geerbt hatte. Trotz vorgerückter Stunde war es ausgesprochen warm. Ihr schmerzten die Füße, die in den Stiefeln mit Schweiß getränkt waren. Sie humpelte. Bestimmt hatte sie sich Blasen gelaufen.

»Hinter dem Deutschen Ring machen wir Schluss für heute«, entschied Miss Fairchild. Eigentlich passte es Magalie nicht, dass die Engländerin bestimmte, wann und wo sie ihren Dienst beendeten, sie legte jedoch keinen Protest ein. Für ihren ersten Arbeitstag reichte es ihr. Durch Miss Allens Einführung war er ausgesprochen lang geworden. Und morgen hatte sie Tagesdienst, der bereits um zehn Uhr begann.

Sie kamen in die dunkle Kunibertsgasse. Hier hingen die Lampen in größeren Abständen zwischen den Häusern. Etliche waren defekt. Dennoch oder gerade deswegen herrschte ein reges Treiben. Von Lokal zu Lokal torkelten Männer und Frauen und krakeelten mit den lauten Stimmen von Betrunkenen. Magalie bezweifelte, dass sie einem anständigen Beruf nachgingen. Aber damit würde sie sich an einem anderen Tag, zu einer anderen Zeit beschäftigen. Sie wünschte sich nur noch in ihr Bett.

In einiger Entfernung vor ihnen lag ein Besoffener auf dem

Pflaster. Ein Zechkumpan kniete neben ihm. Magalie spürte Widerwillen in sich aufsteigen. So kurz vor dem Nachhausegehen eine derart unangenehme Herausforderung. Miss Fairchild dachte wohl dasselbe, denn sie streifte ihre Handschuhe über. Magalie tat es ihr nach, als Schutz gegen Schmutz und Verwahrlosung.

Sie hatten die beiden Männer fast erreicht, da blitzte etwas vor ihren Augen auf. Etwas, das ganz und gar nicht dorthin gehörte. Der kniende Mann hielt eine Zange in der einen Hand, mit der anderen bog er den Mund des am Boden Liegenden auf. Miss Fairchild beschleunigte ihre Schritte.

»Stop it!«

»Passen Sie auf!«, warnte Magalie, als der Dieb mit der Zange zum Schlag ausholte. Die Kollegin duckte sich.

»Polizei!«, Magalies Schrei brachte den Dieb zur Besinnung. Er rannte los – genau auf sie zu. Bevor sie in der Lage war zu handeln, rempelte er sie an. Sie geriet ins Straucheln. Instinktiv griff sie nach dem Arm mit der Zange. Seine Faust sauste auf ihr Gesicht zu. Ihre Finger lockerten den Griff. Der Dieb riss sich los, ließ die Zange zu Boden fallen und lief davon. An der nächsten Straßenecke kam ihm ein Mann mit karierter Kappe auf dem Kopf entgegen.

»Halten Sie ihn fest!«, brüllte Magalie. Der Mann reagierte nicht; der Dieb entkam.

»Warum haben Sie nicht getan, was ich Ihnen gesagt habe«, fuhr sie den Kappenträger an, der sich rasch an ihr vorbeidrückte. Ihr fiel sein ausladender gezwirbelter Schnurrbart auf. Viel Sorgfalt steckte darin. Wahrscheinlich hatte er sich sein Kunstwerk nicht ruinieren wollen. Enttäuscht gab sie ihm ein »Feigling« mit auf den Weg.

»Nicht so schlimm«, beruhigte die Engländerin sie. »Den Dieb kriegen wir schon. Der ist bestimmt bei der Polizei bekannt. Wenn er seine Fingerabdrücke auf der Zange hinterlassen hat, ist er dran. Haben Sie ein Taschentuch?«

»Nur ein benutztes.«

»Kein Problem.« Mit dem Tuch hob Miss Fairchild das Werkzeug auf, das der Dieb fallen gelassen hatte. Sorgfältig eingewickelt steckte sie es in ihre Jackentasche. Dann hielt sie etwas Blinkendes hoch. »Ein Goldzahn. Deutsche Taschendiebe haben wohl umgesattelt.«

»Gold verliert nicht so schnell an Wert. Wenn man heute eine Million in Geldscheinen klaut, ist sie morgen nur noch die Hälfte wert«, sagte Magalie. Sie ging neben dem Opfer, das leise stöhnte, in die Hocke. Zum Glück schlug der Mann die Augen auf. Ihn erwartete neben den Schmerzen eine saftige Zahnarztrechnung.

»Hilfe!«

Magalie sah sich nach Miss Fairchild um. »War das der Dieb? Hat er wieder zugeschlagen?«

»Der Schrei kam daher.« Die Engländerin zeigte mit dem Finger auf ein Wohnhaus. Es war das Haus, in dem das gefallene Mädchen Luise wohnte.

Jane rüttelte an der Haustür.

»Aufmachen, hallo, aufmachen!« Irgendein Nachbar musste doch wach werden.

Mit einem Ruck wurde die Tür aufgerissen. Jane, die die Hand um den Knauf gelegt hatte, stolperte in den Hauseingang hinein. Ein Mann drückte sich an ihr vorbei. Sie konnte sein Gesicht nicht sehen. Gemeinsam mit der Kollegin stieg sie die Treppe hinauf. Im ersten Stock blickte eine aufgedunsene Frau durch einen Türspalt. »Ich muss in vier Stunden aufstehen. Schnauze!«

»Wissen Sie, woher der Schrei gekommen ist?«, erkundigte sich Fräulein Hemmersbach.

»Von der Hure von oben? Vom Besoffski nebenan? Oder von den Gören unten? Jede Nacht das gleiche Spiel. Es fehlt jemand, der mal aufräumt in diesem Land.«

Jane nahm die nächsten Treppenstufen. Hinter sich hörte sie die Schritte der Deutschen, die bald überholte. Mit ihren langen Beinen schaffte sie mühelos zwei Stufen auf einmal, während Jane hinterher keuchte.

Im vierten Stock bemerkte sie die offen stehende Tür zu Luises Zimmer.

»Der Schrei klang wie von einem Mann. Vielleicht hat Luise diesmal ihren Cousin verprügelt«, sagte Jane. Sie trat in das Zimmer. Was sie sah, verschlug ihr die Sprache.

DREI

Das Erste, was Magalie auffiel, waren die Blutspritzer ringsum an der Wand. Auf dem Messingbett lag ein nackter Frauenkörper, aus dem Blut auf die Matratze sickerte. Eine rot verfärbte Decke war auf den Boden gefallen. Dort kauerte ein Mann, die Hände blutverschmiert. Magalie schloss die Augen vor dem furchtbaren Anblick. In der Luft hing ein metallischer Geruch. Während sie gegen die aufkeimende Übelkeit ankämpfte, hörte sie die Engländerin neben sich heftig atmen.

»Lulu ...« Eine Stimme krächzte. Als sie die Augen wieder öffnete, erkannte sie den Mann an seinem gezwirbelten Schnurrbart. Die karierte Mütze war von seinem Kopf gerutscht. Er wiegte seinen Oberkörper wie in Trance vor und zurück und weinte.

Ein schriller Ton fuhr ihr durch Mark und Bein. Sie drehte sich zu ihrer Kollegin um, die einen kleinen Gegenstand an den Mund hielt. Erst jetzt erkannte Magalie, dass es die Signalpfeife war, die den Lärm verursacht hatte. Kurz darauf näherten sich im Treppenhaus Schritte. Weitere folgten. Schon drängten sich die Nachbarn an der Tür, erstickte Schreie ausstoßend.

»Wir müssen jetzt Haltung bewahren. Lassen Sie uns überlegen, was zu tun ist.« Miss Fairchild sprach ganz ruhig.

»Das ...«, Magalie suchte nach den richtigen Worten, »das hier fällt nicht in unseren Aufgabenbereich.«

»Solange die zuständigen Polizeibeamten nicht hier sind, stehen wir in der Verantwortung.«

Miss Fairchild ging zur Tür und scheuchte die Nachbarn nach draußen. »Bitte treten Sie zurück. Alarmieren Sie die Kriminalpolizei. Hier ist ein Verbrechen geschehen.«

Sie schloss die Tür. Erneut waren sie allein mit der Toten und ihrem Mörder. Verwundert stellte Magalie fest, dass sie keine Angst vor dem Mann hatte, nur vor der Leiche. Sie vermied es, dorthin zu blicken. Stattdessen betrachtete sie das Zimmer. Außer dem Bett, auf dem Luise lag, gab es ein zweites an der gegenüberliegenden Wand. Darauf waren Frauenkleider verstreut. Zwischen den Betten stand eine Kommode, über der ein Spiegel mit unzähligen blinden Flecken hing. Auf der Kommode war eine abgeschlagene Waschschüssel, in der rötlich-graue Seifenlauge schwamm, daneben lagen vom Gebrauch abgenutzte Toilettenartikel. Wasserlachen hatten darauf eingetrocknete Flecken hinterlassen. Einem Hornkamm fehlten mehrere Zinken. Alles machte den Eindruck von Nachlässigkeit und Armut. In der Mitte des Zimmers stand ein Tisch mit drei Stühlen, deren Strohgeflecht zerrissen war. Dreckiges Essgeschirr gammelte auf der Tischplatte vor sich hin. Magalie bemerkte, dass ein Stuhl in unmittelbare Nähe des Bettes gerückt worden war. Irgendwer, vielleicht sogar der Mörder, musste Luise betrachtet haben. Sie ertrug den Gedanken nicht, dass das Mädchen diesen Blicken schutzlos ausgesetzt gewesen war.

Jane trat näher an die Leiche heran. Das Mädchen war nicht ganz nackt. Sie trug schwarze Strümpfe, die die Waden hinabgerutscht waren, und Schuhe. Das Unterhemd war aufgeschlitzt. Weit auseinander klaffende Schenkel gaben den Blick auf die Vulva frei. Dort begannen die Verletzungen, tiefe Wunden, die über den Bauch bis zu den Brüsten reichten. Hier war geschlachtet worden. Jane kannte sich mit Verwundungen der unterschiedlichsten Art aus. Dies waren Schnittverletzungen. Die Schnitte im Unterleib schienen besonders tief zu sein, während sie, je höher sie wanderten, immer oberflächlicher wurden.

Jane zwang sich, der Frau in das unverletzte Gesicht zu sehen. Ohne Zweifel. Es war Luise, das Mädchen, mit dem sie am Nachmittag noch gesprochen, das Mädchen, dem sie ein paar halbherzige Ermahnungen mit auf den Weg gegeben hatten.

Fräulein Hemmersbach trat neben Jane und zog das blutbefleckte Laken über den leblosen Körper. In diesem Augenblick wurde die Tür aufgerissen. Der Polizist aus der Kneipe, der Kaiser Wilhelm so ähnlich sah, humpelte mit einem steifen Bein herein. Ihm folgte sein schlaksiger Kollege.

»Sie hier?«, herrschte Neumann sie an. Statt einer Antwort trat Jane zur Seite und gab den Blick auf das Bett frei.

»Wer hat das Laken darüber gelegt?«, verlangte der Kommissar zu wissen.

»Ich wollte nicht, dass man …« Fräulein Hemmersbach brach ab.

»Das darf doch nicht wahr sein. Immer irgendwelche Frauen, die den Tatort putzen oder sonst wie herumpfuschen«, polterte Neumann los. Mit einem Ruck riss er das Laken herunter. Beim Anblick der Leiche presste er die Hand vor den Mund. Sekunden vergingen. Dann gab er sich unbeeindruckt. »Da war wohl Jack the Ripper am Werk, was?«

»Sehen Sie mal!« Der Schlaksige stieß ihn an und deutete auf den am Boden zusammengekauerten Mann.

»Festnehmen!«

Sofort folgte der Schlaksige seiner Anweisung. Neumann wandte sich zu Jane und Fräulein Hemmersbach um.

»Was machen Sie hier?« Sein Ton war alles andere als freundlich.

»Wir haben die Tote gefunden«, sagte Fräulein Hemmersbach.

»Wie schön für Sie. Dann haben Sie ja was, was Sie heute Abend in Ihr Poesiealbum schreiben können.«

»Mir scheint es sich bei der Tatwaffe um ein Messer zu handeln. Ich kann es jedoch nirgends entdecken«, erklärte Jane.

»Nichts anfassen! Verdammt. Haben Sie außer dem Laken noch was im Raum verändert?«

»Nein. Wir haben dafür Sorge getragen, dass kein Unbefugter das Zimmer betritt.« Jane ließ sich nicht einschüchtern. »Vielleicht können wir uns nützlich machen?«

»Sie sind so nützlich wie ein Furunkel am Arsch. Sie haben bereits genug angestellt. Machen Sie, dass Sie rauskommen!« Neumann drehte ihr den Rücken zu. Deutlich hörte sie ihn »Weiber« murmeln.

Damit war der deutsche Polizist zu weit gegangen.

»Achten Sie besser auf das, was Sie sagen, Herr Neumann.« Jane baute sich vor ihm auf. »Wir sind wichtige Zeugen. Heute Nachmittag haben wir einen gewalttätigen Freier bei der Ermordeten gesehen, und gerade eben ist uns an der Haustür ein unbekannter Mann begegnet. Sie sollten uns vernehmen, vorausgesetzt Sie nehmen Ihren Beruf ernst. Und mit Verlaub, wir sind Kollegen.«

»Kollegen, dass ich nicht lache. Warten Sie gefälligst draußen.«

In der Tür kam ihnen der Amtsarzt entgegen, die Instrumententasche in der Hand, dicht gefolgt von dem Fotografen mit seiner Ausrüstung. Jane beobachtete die beiden, bis Neumann ihr die Tür vor der Nase zuknallte.

Auf dem Flur vor Luises Zimmertür bildeten die sensationsgierigen Nachbarn eine Lästermauer.

»War das die Luise? Ist sie tot?«

»Ich hab Blut gesehen.«

»Ist sie ermordet worden?«

»War es ein Stadtstreicher?«

»Meine Damen und Herren. Gehen Sie zurück in Ihre Wohnungen und halten sich für die Befragung der Polizei bereit.« Jane wollte für Ordnung sorgen.

Fräulein Hemmersbach sprang ihr bei: »Räumen Sie den Flur. Sie haben hier nichts zu suchen.«

Hartnäckig blieben die Leute stehen. Immer mehr Menschen versammelten sich auf dem Treppenabsatz, und die Schilderungen des Tatorts gestalteten sich von Mal zu Mal blutiger.

Jemand berührte Janes Schulter, ein Mann mit einem Notizbuch und einem Bleistift. »Können Sie mir sagen, was genau passiert ist?«

Ein Reporter. Sie wunderte sich, wie er so schnell von dem Mord erfahren hatte.

»Bedaure. Kein Kommentar.«

»Kommen Sie. Hier ist ein Mord geschehen ist. Die Spatzen pfeifen es ja schon von den Dächern.«

»Wer pfeift was?«, fragte Jane Fräulein Hemmersbach.

»Eine Redewendung. Er meint, dass jeder bereits von dem Mord weiß«, sagte diese. Dem Reporter gab sie zur Antwort: »Wir können Ihnen nichts sagen.«

»Fangen wir anders an. Ein einfaches Kopfschütteln genügt, sollte ich danebenliegen.« Der Journalist ließ nicht locker. In diesem Moment trat Neumann aus Luises Zimmer. Ein paar seiner Männer, die in der Zwischenzeit eingetroffen waren, folgten ihm.

Zwei führten den Mann mit den blutverschmierten Händen ab. Die Zuschauer wichen vor ihm zurück.

Der Reporter eilte auf Neumann zu. »Haben Sie den Mörder bereits gefasst? Es ist doch richtig, dass hier ein Mord geschehen ist?«

Neumann strich sich über den Schurrbart, zwirbelte ihn an den Enden, bevor er mit einem gönnerhaften Lächeln antwortete: »Ohne Zweifel liegt hier ein Lustmord vor. Das Opfer ist uns noch unbekannt ...«

»Luise Röhl«, warf Fräulein Hemmersbach ein.

»Was?«

»Das Mädchen heißt, ich meine, es hieß Luise Röhl und war als Prostituierte aktenkundig.«

»Ach so, ja, ja.« Der Kommissar zeigte sich ungehalten über die Störung. »Die Polizei kann auf jeden Fall einen schnellen Ermittlungserfolg vorweisen, da der Täter am Tatort gestellt wurde. Wie gesagt gehen wir von einem Lustmord aus.«

Eifrig schrieb der Reporter mit und machte nur Pausen, um die bleierne Spitze seines Stiftes anzulecken.

Jane drehte dem schwadronierenden Kommissar den Rücken zu und ertappte dessen schlaksigen Kollegen, der Fräulein Hemmersbach anstarrte. Als er sie bemerkte, wurde er rot.

»Ich glaube, wir hatten bislang nicht die Ehre«, sprach sie ihn an.

Der Schlaksige sagte: »Anton, gestatten Sie, Anton Stechemesser.« »Stechemesser?« Jane und Fräulein Hemmersbach wechselten einen Blick.

»Genau, tut mir Leid.«

»Sie brauchen sich nicht zu entschuldigen.« Fräulein Hemmersbach lächelte höflich. »Im Gegenteil, ich muss für mein Benehmen vielmals um Verzeihung bitten. Es ist nur so, dass Ihr Name recht ungewöhnlich ist für einen Polizisten. Vor allem in dieser prekären Situation.«

»Meine Dame, ich habe vollstes Verständnis für Ihre Reaktion. Mir erscheint er selber wie ein Fluch. Glauben Sie mir, wenn ich meinen Familiennamen ändern könnte, wäre ich sehr erleichtert.«

»Haben Sie die Tatwaffe mittlerweile gefunden?«, wechselte Jane das Thema.

»Leider nicht. Wir wissen bislang nicht, ob das Messer dem Fräulein Luise gehört hat oder ob der Täter es mitgebracht hat mit dem Vorsatz, sie zu töten. Ein Messer führt man doch nicht einfach so spazieren, nicht wahr?«

*

Die enge Wohnung hatte sich seit Tagen mit Hitze aufgeladen. Magalie lag auf ihrem Bett, das sich in einer Nische befand, nur mit einem Vorhang zur Küche abgetrennt. Obwohl die Tür zum einzigen anderen Raum der Wohnung geschlossen war, hörte sie das Schnarchen ihrer Mutter. Sie drehte sich auf den Rücken und starrte an die Decke, von der sich der Putz löste. Manchmal bedeckte weißer Staub ihre Haare, wenn sie morgens aufstand.

Ihr Nachthemd klebte am Körper, so sehr schwitzte sie. Sie setzte sich auf, um das Fenster zum Hinterhof zu öffnen. Mehr als wenige Zentimeter ließ es sich nicht bewegen, und anstelle frischer Luft kam Wärme herein. Sie legte sich wieder hin, ohne die Bettdecke über sich zu ziehen, und schloss die Augen.

In der Dunkelheit so schutzlos dazuliegen flößte ihr Unbehagen ein. Als sie nach Hause gekommen war, hatte sie die Wohnungstür zum ersten Mal nicht nur abgeschlossen, sondern zusätzlich einen Stuhl unter die Klinke gestellt. Sie überlegte, wie gut es wäre, bewaffnet zu sein. Die zu ihrer beruflichen Ausrüstung gehörige Trillerpfeife brachte im Notfall nicht viel. Eine Pistole jedoch …

Aber konnte man sich überhaupt gegen sein Schicksal schützen? Der Tod traf mit einer absoluten Gewissheit jeden Menschen.

Sie versuchte, den Gedanken an den Tod abzuschütteln. Es gelang ihr nicht. Immer wieder musste sie daran denken, wer Luise so brutal zugerichtet hatte. Ihr kamen Zweifel an der Schuld des Mannes, den sie bei Luise angetroffen hatten, vermutlich ein Freier oder ihr Zuhälter. Sie hatten ihn auf der Straße gesehen, daher wäre ihm gar nicht genug Zeit geblieben, Luise so zu verstümmeln. Und dann gab es noch den Unbekannten, der ihnen kurz nach dem Schrei an der Haustür entgegengekommen war.

Magalie wünschte sich Antworten auf die vielen Fragen, die ihr im Kopf herumspukten.

Die deutsche Polizei machte es sich zu einfach, befand Jane. Für die Polizisten war Luise nur eine Prostituierte weniger, und sie hatten angesichts der Leiche sogar Witze gerissen. Es schmerzte Jane, dass sie nicht wusste, ob überhaupt jemand um das Mädchen trauerte, ob sie überhaupt von jemandem geliebt wurde. Zwar schienen die Tränen des Mannes, bei dem es sich wahrscheinlich um ihren Zuhälter handelte, echt gewesen zu sein, doch er hatte Luises Tod gewiss nur so bedauert, wie er den Tod eines treuen Hundes betrauern würde. Luise verdiente etwas anderes.

Sie wollte den wirklichen Täter ausfindig machen, auch wenn Ermittlungen in einer Mordsache nicht in ihr Gebiet fielen. Dafür war sie streng genommen nicht ausgebildet, aber sie war lange vor keiner Herausforderung mehr zurückgeschreckt und würde es auch jetzt nicht tun. In Bewegung bleiben, das war es, was zählte. Auch wenn sie sich manchmal erschöpft fühlte. Eine Bekannte hatte ihr Rastlosigkeit unterstellt. Aber was sie antrieb, war vielmehr die Suche nach einem anderen Leben, einer Lebensart, von der sie nicht wusste, wie sie sein sollte.

Vor allem diesem Neumann würde sie es zeigen. Nur weil sie eine Frau war, hieß das nicht, dass sie den Kopf in den Sand stecken würde. In Frankreich wären etliche Soldaten auf dem Schlachtfeld verblutet, wenn sie sich nicht über Konventionen hinweggesetzt und sie als Krankenwagenfahrerin gerettet hätte. Angesichts eines Mörders, der frei herumlief und womöglich weitere Morde beging, spielten Befugnisse für Jane eine untergeordnete Rolle. Außerdem würde Fräulein Hemmersbach sicher keinen Verdacht schöpfen, wenn sie sich im Milieu ein wenig umhörte. Schließlich schadete sie mit ihren Nachforschungen niemandem. Außer dem Mörder natürlich.

*

Aus der Kühle des Doms, in dem sie in Gedenken an Luise eine Kerze entzündet hatte, trat Magalie in die Wärme des anbrechenden Tages. Sie stieg die Stufen zum Vorplatz hinab, wo etliche Kraftdroschken parkten, bereit, Fahrgäste zu chauffieren. Obwohl es erst kurz vor zehn war, hatten sich die Fahrer in den Schatten ihrer motorisierten Gefährte zurückgezogen.

In der Hoffnung auf ein paar Regenwolken sah Magalie zum Himmel, der sich in einem ungetrübten Hellblau präsentierte. Beinahe schwarz hoben sich die Türme des Doms von ihm ab. Die Gesichter der gotischen Figuren hatten durch den Regen ihre Konturen verloren. Vor dem Krieg hatten Schwärme von Tauben die steinernen Gebilde umflattert, jetzt war kaum mehr einer der Vögel zu sehen. Sie waren im Steckrübenwinter in den Kochtöpfen der Kölner gelandet.

Auf dem Trottoir vor dem im Hotel Excelsior gelegenen Headquarter bewegten sich zwei Soldaten in Trippelschritten aufeinander zu, machten eine scharfe Wendung und liefen in die entgegengesetzte Richtung weiter. Magalie fand dieses Spektakel wie immer faszinierend. Sie beobachtete vier Kehrtwendungen, bevor sie zwischen den Posten hindurchging. Mit einem Blick auf ihre Uniform wurde sie anstandslos durchgelassen.

Das imposante, zweihundert Zimmer beherbergende Gebäude war vor der Beschlagnahmung durch die Briten das führende Hotel Kölns gewesen. Der dicke rote Teppich auf dem Steinboden dämpfte das lästige Quietschen von Magalies Stiefeln. In der Eingangshalle standen zierliche Sessel zwischen Säulen herum, von der mit Stuck überladenen Decke hingen Kronleuchter. Alle Räume waren mit einem modernen Belüftungssystem ausgestattet, sodass man die drückende Hitze gelassen ertrug. Was sie am meisten begeisterte, waren die sanitären Anlagen mit höchstem Komfort, nach dem sie sich von ganzem Herzen sehnte, wenn sie zu Hause das Plumpsklo im Hof aufsuchen musste, das sie mit den anderen Hausbewohnern teilte.

In dem zur Amtsstube umfunktionierten Hotelzimmer waren die anderen Frauen bereits vollständig versammelt. Die Engländerinnen saßen auf der rechten Seite des Raums, die Deutschen auf der linken. Miss Fairchild wies mit der Hand auf den freien

Stuhl neben sich. Verlegen lächelnd setzte sich Magalie zu Fräulein Christ. Als sie zu Miss Fairchild blickte, sprach diese mit Miss Ley.

»Das ist ja unglaublich, was Sie gestern erlebt haben. Wie schrecklich muss das sein, eine Leiche zu finden, eine so übel zugerichtete.« Fräulein Christ war neugierig. Erstaunt stellte Magalie fest, dass ihre Kollegin bereits von den Ereignissen der letzten Nacht wusste, denn an diesem Donnerstag war kein Stadt-Anzeiger erschienen. Aber sensationelle Neuigkeiten sprachen sich nun einmal schnell herum.

»Erzählen Sie mal, wie war das genau?«, verlangte Fräulein Christ zu wissen.

»Es war seltsam irrational«, sagte Magalie, »wie in einem der Filme in den Lichtspieltheatern. So als ob ich gar nicht richtig anwesend wäre bei dem Geschehen.«

»Und die Leiche war nackt, und alles war voller Blut?« Fräulein Christs Neugier war längst nicht gestillt.

»Lassen Sie uns das Thema wechseln«, warf Fräulein Bachem ein. »Mich schaudert allein bei dem Gedanken daran.«

Fräulein Christ hörte nicht auf sie. »Der Mörder, wie sah er denn aus?«

»Ich weiß nicht, ob es wirklich der Täter war.«

»Wer soll es denn sonst gewesen sein? Mein Gott, ich wäre vor Angst gestorben, wenn ich mit dem Mörder allein im Zimmer gewesen wäre.« Fräulein Christ biss von dem Marmeladenbrot ab, das sie in der Hand hielt.

»Ich war nicht allein. Miss Fairchild war bei mir.«

Commandant Allen betrat das Zimmer. Die Gespräche verstummten augenblicklich.

»Good morning, ladies!«

»Good morning, commandant.«

Es kam Magalie vor wie in der Schule. Inspektor Harburn stand auf und stellte sich neben Miss Allen, um zu übersetzen. Wie immer war Commandant Allen mit Uniformmantel und Lederstiefeln bekleidet. Magalie erinnerte sich an die erste Begegnung mit ihr auf dem Flur des Polizeipräsidiums.

Sie war in die Krebsgasse geladen worden, um bei der Engländerin für den Posten der Cölner Frauen-Wohlfahrtspolizei vorstellig zu werden. Bislang hatte sie als Fürsorgerin gearbeitet. Es hatte sie sehr gereizt, sich in den Dienst der Polizei zu stellen. Auf dem Flur war ihr ein Männlein mit Uniformmütze entgegengekommen. Es hatte ein Monokel ins verknitterte Gesicht geklemmt. Mit einer unerwartet hohen Stimme sprach es sie an. Erst in diesem Moment hatte Magalie begriffen, dass das Männlein in Wirklichkeit ein Frauenzimmer war.

Commandant Allen baute sich unter dem Kronleuchter auf und begann mit ihrer Ansprache: »*Ladies*, ich möchte von einem Einsatz der weiblichen Polizei in England während des Krieges berichten.«

»Was? Ich dachte, sie redet über den Mord von gestern.« Fräulein Christ wirkte fassungslos.

»Es war eine pechschwarze Nacht«, setzte Miss Allen an. »Sergeant Simpson wollte gerade ihre Nachtschicht in der Munitionsfabrik antreten, als ein gefährlicher Wirbelsturm heranrollte. Lichtblitze erhellten das Fabrikgelände, heftige Donnerschläge folgten. Ganze sieben Stunden tobte das Unwetter, und dennoch patrouillierten die Polizistinnen von Lagerhalle zu Lagerhalle, die angefüllt waren mit Tonnen explosiver Stoffe. Ein einziger Blitzeinschlag hätte zur Folge gehabt, dass sie sich in Atome aufgelöst hätten. Die Ausrüstung der tapferen Frauen bestand nur aus Taschenlampen und höchster Moral.«

Fräulein Christ beugte sich zu Magalie. »Die Egozentrik der Briten ist wirklich ungeheuerlich.«

»Pscht!« Magalie bedeutete ihr, leise zu sein, denn Miss Allen redete weiter. »Heute kann ich mit Recht und Verlaub sagen, dass nicht nur die Frauen aus England, sondern auch die Frauen aus Deutschland mit Mut und Tapferkeit gerüstet sind. Gestern Nacht ist es Fräulein Hemmersbach und Miss Fairchild gelungen, einen Dieb bei seiner Tat zu stören und seine Fingerabdrücke sicherzustellen. Außerdem ist es nur ihrer raschen Reaktionsgabe zu verdanken, dass der Mörder einer Prostituierten am Tatort gefasst wurde.«

Alle Frauen klatschten Beifall. Magalie blickte zu Miss Fairchild.

Jane fing den Blick von Fräulein Hemmersbach auf, in dem so etwas wie Zweifel zu liegen schien. Vielleicht war es der Deutschen aber auch nur unangenehm, besonders hervorgehoben zu werden, oder sie mochte die Nennung ihres Namens im gleichen Atemzug mit einer Engländerin nicht.

»Ich denke, dass die weibliche Polizei mal wieder bewiesen hat, wie wertvoll und wichtig ihr Einsatz für die Gesellschaft ist. *Ladies, congratulations!*« Miss Allen ging zu Jane und schüttelte ihr mit festem Druck die Hand. Das Gleiche tat sie bei Fräulein Hemmersbach.

Kurz erwog Jane, ob sie Commandant Allen darauf hinweisen sollte, nicht von der Täterschaft des verhafteten Mannes überzeugt zu sein. Sie entschied sich dagegen. Dies war nicht der richtige Zeitpunkt. Die Vorgesetzte wollte Erfolge sehen. Sie würde erst zu ihr gehen, wenn sie dem wahren Mörder auf die Spur gekommen war.

*

In dem leeren Raum unter dem Dach des Hotels, der für ihr Jiu-Jutsu-Training bereitgestellt wurde, war es so heiß, dass Magalie transpirierte, ohne sich zu bewegen. Immerhin war sie froh, die Uniform gegen den Gymnastikanzug eingetauscht zu haben. Herr Arnold führte ihnen zur Demonstration ein paar Handgriffe vor.

»Welche der Damen möchte die Übungen am Mann ausprobieren?«

Magalies Hand schoss nach oben. Sie war über sich selbst erstaunt, doch der gestrige Abend hatte ihre Meinung über den Sinn von Kampferfahrung gründlich geändert. Weiblichkeit hin oder her. Sie wollte sich nicht noch einmal hilflos und angreifbar fühlen. Waffenlos, wie sie war, musste sie als Polizistin wenigstens durch ein paar Tricks und Fähigkeiten geschützt sein.

Herr Arnold schien sie nicht bemerken zu wollen. »Miss Fairchild, wenn Sie bitte nach vorne kommen würden.«

Ohne Probleme wandte die Engländerin die Techniken an.

»Sehr schön. Jetzt bilden Sie Paare und üben das Vorgeführte ein.«

Magalie stellte sich neben Miss Fairchild. »Wollen wir?«

Die Kollegin nickte. Magalie sah auf die zierliche Frau hinab, deren rötliches Haar sich von der weißen Kopfhaut am Scheitel abhob.

»Greifen Sie mich an«, forderte die Engländerin sie auf. Sie verspürte Hemmungen. Vorsichtig umfasste sie die dargebotenen Handgelenke. Bevor sie sich versah, hatte Miss Fairchild sich aus dem Griff befreit und sie zu Boden geworfen.

Magalie stemmte sich hoch, nahm Aufstellung. Erneut landete sie im Bruchteil von Sekunden auf ihrem Hinterteil. Wieder stand sie auf. Wieder fiel sie hin. Wieder und wieder. Magalie wollte nicht aufgeben.

Sie musste es schaffen, sich zu schützen. Sie musste Luise schützen. Sie musste dem Angreifer das Messer aus der Hand schlagen. Blut rauschte in ihrem Kopf. Sie fiel und stand auf. Sie fiel und stand auf.

»Für heute ist es genug«, hörte sie eine Stimme sagen.

*

Die Taste mit dem Buchstaben »E« ließ sich nicht herunterdrücken. Jane nahm die Abdeckung der Schreibmaschine ab. Unter dem Hebel hatten sich Staubflocken gesammelt. Mit Zeigefinger und Daumen entfernte sie den Staub. Der Bericht über die Ereignisse der letzten Nacht musste geschrieben werden. Sie hatte bereits anderthalb Seiten verfasst und war dennoch erst bei dem Moment angelangt, als die Haustür von innen aufgerissen wurde.

Sie setzte den Deckel wieder auf. Ihre Finger schwebten über den Tasten. Nacheinander tippte sie ein »M«, ein »A«, ein »N« … Ihr Tippen brach ab. Dieser Mann, wie hatte er ausgesehen? Sie blickte zu Fräulein Hemmersbach, die einen Karteikasten mit Fotos der polizeibekannten Prostituierten durchblätterte. Die Deutsche hatte vom Training einen roten Kopf zurückbehalten.

»Was meinen Sie, ob der Mann, der uns die Tür geöffnet hat, etwas mit dem Mord an Luise zu tun haben könnte?«

»Daran habe ich auch gedacht.« Fräulein Hemmersbach stand von dem Schreibtisch auf, an dem sie gesessen hatte, und trat zu

Janes Platz. »Mir scheint der Verhaftete nicht als Mörder in Frage zu kommen. Schließlich sind wir ihm auf der Straße begegnet. Ihm wäre keine Zeit für diese brutale Tat geblieben. Vielleicht war es der angebliche Cousin von gestern Nachmittag. Konnten Sie das Gesicht des Unbekannten an der Haustür erkennen?«

»Ich erinnere mich nur daran, dass er einen Anzug trug und sein Haar in den Nacken reichte.«

»Dann war er schon länger nicht mehr beim Frisör. War der Anzug alt und abgetragen oder neueren Datums?« Die Kollegin stützte ihre Hände auf Janes Schreibtisch ab.

»Bedaure. Das entzieht sich meinem Erinnerungsvermögen. Haben Sie nichts gesehen, was von Interesse sein könnte?«

»Der Mann war relativ klein. Genauer kann ich die Körpergröße nicht bestimmen.«

Jane verkniff sich die Bemerkung, dass viele Männer im Vergleich mit der hoch gewachsenen Deutschen klein wirken mussten.

»Der Verhaftete muss dem Unbekannten doch im Hausflur begegnet sein. Wir sollten das in den Bericht aufnehmen«, schlug Fräulein Hemmersbach vor.

»Die Herren von der Kriminalpolizei schienen gestern Nacht nicht sehr interessiert an der Suche nach dem wahren Mörder zu sein«, sagte Jane.

»Die Kriminalbeamten hatten bereits genug mit der Aufnahme des Tatorts zu tun. Sie können sich nicht um alles gleichzeitig kümmern.« Fräulein Hemmersbach klang schnippisch. Jane wunderte sich über die Empfindlichkeit der Deutschen. Die Kollegen von der Kripo hatten sich nun wirklich nicht vor Begeisterung und Arbeitseifer überschlagen, als sie von dem Unbekannten an der Haustür erfuhren. Allerdings musste sie zugeben, dass sie ihnen auch nur sehr vage Anhaltspunkte zur Identifizierung liefern konnten. Diesen Mann unter sechshunderttausend Einwohnern aufzuspüren war sicher kein leichtes Unterfangen.

Sie brauchte dringend einen Plan.

»Commandant Allen hat uns angeboten, die Route zu ändern, falls wir uns unbehaglich fühlen«, fing sie an.

»Von mir aus muss das nicht sein. Ich denke, dass kaum an ein und derselben Stelle so rasch hintereinander ein zweiter Mord geschieht.«

»Ganz meine Meinung. Wie wäre es«, schlug Jane in bemüht unverfänglichem Tonfall vor, »wenn wir bei Luises Nachbarn Präsenz zeigen. Ich bin mir sicher, dass einige der Damen zutiefst verunsichert und verängstigt sind und dringend Zuspruch von der Frauen-Wohlfahrtspolizei benötigen.«

»Das wäre bestimmt nicht falsch. Es gehört ja zu unseren Aufgaben, uns um die moralische und geistige Gesundheit der Frauen zu kümmern.«

Jane war zufrieden, wie schnell die Deutsche ihr vorgeschobenes Argument schluckte. »Eben. Und wo könnten wir dies besser als bei den Frauen und Mädchen aus Luises Haus.«

Es klopfte an der Tür. Fräulein Bachem erschien. »Der Fotograf wartet.«

»Dann verschieben wir unseren Patrouillengang«, beschied Jane, bemüht, Fräulein Bachem nichts vom Inhalt ihrer Diskussion mitbekommen zu lassen.

*

Im Studio des Fotohauses Nelles & Wolffram, Unter Fettenhennen, war es sogar noch heißer als draußen, was an den Scheinwerfern lag, die aufgestellt waren, um sie in ihren Uniformen ins beste Licht zu rücken. Magalie fächelte sich mit ihrem Hut Luft zu.

»Bitte nicht bewegen!«, ermahnte der Fotograf. Steif stellte sich Magalie wieder in Position.

»Es ist mir nicht ganz ersichtlich, wieso wir ausgerechnet an einem der wärmsten Tage des Jahres fotografiert werden«, jammerte Fräulein Bachem.

»Miss Allen hat diesen Termin angeordnet. Wir sollen uns in Uniform ablichten lassen, weil sie den Beweis antreten will, dass die Uniformen uns in unserer ganzen Weiblichkeit präsentieren«, erklärte Fräulein Christ. »Nun, mich wird sie auch mit Fotos nicht überzeugen.«

»Ehrlich gesagt ist es mir seit den Erfahrungen von letzter Nacht nur recht, wenn die Uniform mich so maskulin wie nur irgend möglich wirken lässt. Von mir aus könnten sie uns sogar Hosen dazu geben«, sagte Magalie. Fräulein Christ kicherte.

»Jetzt haben Sie sich wieder bewegt.«

Magalie sprach durch die Zähne: »Man sollte uns zu unserem Schutz mit Waffen ausstatten.«

»Waffen? Meinen Sie etwa Pistolen? Um Gottes willen!« Fräulein Bachem zeigte sich entsetzt. Auf den mahnenden Blick des Fotografen hin murmelte sie: »Entschuldigung!«

»Eine Pistole wäre am besten. Wenigstens haben wir das Jiu-Jutsu-Training. Überhaupt bin ich der Meinung, jede Frau sollte in Kampftechniken ausgebildet werden, um sich männlichen Angreifern gegenüber zur Wehr zu setzen.«

»Jede Frau? Etwa auch Prostituierte?« Fräulein Christs Stimme verriet Skepsis.

»Gerade die gefallenen Mädchen, die sich tagtäglich die Freier von der Straße holen und in aller Heimlichkeit mit auf ihre Zimmer nehmen, sind besonders gefährdet.«

»Aber es würde genau diesen Mädchen ermöglichen, ihre Opfer um die ganzen Habseligkeiten zu erleichtern, finden Sie nicht?«, widersprach Fräulein Bachem.

»Was ist schon ein Taschenraub gegenüber einem heimtückischen Mord?«, argumentierte Magalie. »Denken Sie nur an den Dämon, dem Luise zum Opfer gefallen ist.«

»Lächeln!«

Ein greller Blitz blendete Magalie.

VIER

Verborgen im Schatten der Sträucher an der Hinterseite des Doms sprach ein Mädchen in einem kirschroten Kleid mit einem älteren Herrn im maßgeschneiderten Anzug. Das ungleiche Paar erregte Janes Aufmerksamkeit. Das Mädchen hatte die blonden Haare zu zwei Zöpfen geflochten und trug einen abgeschabten Koffer. Sicher war sie eine Herumtreiberin aus dem unerschöpflichen Heer der Glücksuchenden. Sie konnten ohne Probleme nach Köln einreisen, denn besondere Ein- und Ausreisebestimmungen gab es nicht. Ein Personalausweis mit Lichtbild oder der deutsche Reisepass genügte. Jugendliche unter sechzehn Jahren brauchten gar keine Ausweispapiere. Viele der Frauen und Mädchen gaben sich daher als jünger aus.

»Wir sollten die da kontrollieren.« Auch die Deutsche hatte das Paar entdeckt. Sie steuerten auf die beiden zu. Kaum hatte der Herr sie in ihren Uniformen bemerkt, machte er sich davon. Das Mädchen sah ihnen erstaunt entgegen. Beim Anblick ihres naivdümmlichen Lächelns, mit dem sie sie empfing, erschauerte Jane.

»Fräulein Hemmersbach von der Cölner Frauen-Wohlfahrtspolizei«, stellte die Deutsche vor. »Das ist Miss Fairchild. Was machst du hier?«

»Ich bin auf Arbeitssuche.«

»Hast du nicht gehört, dass es in Köln keine Arbeit gibt? Es ist besser, du fährst wieder nach Hause.«

»Dann hätt ich mein ganzes Geld verloren. Die Fahrkarten sind so teuer.«

»Wenn du hier bleibst, verlierst du viel mehr und viel Wertvolleres als dein Geld«, warnte Fräulein Hemmersbach.

»Aber ich will ein neues Leben beginnen.«

»Wovon willst du dein Essen und deine Unterkunft bezahlen?«

»Ich finde einen Gelderwerb.«

Der Optimismus in ihren Augen war nicht zu übersehen. Sie würde sich nicht davon abhalten lassen, in ihr Unglück zu laufen.

»Wir sollten sie in Gewahrsam nehmen«, schlug Fräulein Hem-

Wenn du Gott zum Lachen bringen willst, erzähle von deinen Plänen.

Hebräisches Sprichwort

Dienstag, 11. Januar

Abreißen, loslassen 2022

Diogenes Kalender

mersbach vor. Das Mädchen sah nicht so aus, als begriffe sie, worum es ging.

»Damit sie in der Zelle von den Dirnen in ihr Geschäft eingeweiht wird? Dort wird sie auf jeden Fall verdorben. Lassen wir sie lieber gehen.«

Mit einem höflichen Knicks verabschiedete sich das Mädchen und schlenderte über das Pflaster.

»Es dauert keine zwei Tage, und sie findet ihren ersten Zuhälter«, stellte Fräulein Hemmersbach bitter fest.

»Vielleicht.«

»Dabei wird sie an die große Liebe glauben. Wenn sie begreift, worauf sie sich da eingelassen hat, ist es zu spät. Ihre Liebe wird abbrennen wie ein Strohfeuer.«

»Mädchen wie dieses finden alle Gefühle ihres Lebens in billigen Romanen und Filmen«, sagte Jane.

»Offenbar ist die Liebe stärker als alles andere. Man weiß, dass sie einem nichts Gutes bringt, und kann sich ihr trotzdem nicht entziehen. Sie ist wie Alkoholismus.«

Jane fragte sich, was für Erfahrungen die Deutsche mit der Liebe gemacht hatte.

»Mit Verstand kann man sich dagegen abhärten«, erklärte sie überzeugt.

»Liebe hat mit Verstand nicht das Geringste zu tun. Darin liegt ja auch ihr spezieller Reiz.«

»Ich denke, dass Liebe in erster Linie auf Unerfahrenheit beruht«, beendete Jane das Thema.

Ihr weiterer Weg führte sie wieder zum Tatort. Die schmalen Gehsteige waren von Bettlern und Obdachlosen bevölkert, deshalb gingen Jane und Fräulein Hemmersbach auf der Straße. Nur wenn die schrillenden Glocken der Straßenbahn erklangen oder das Geräusch von sich auf dem Asphalt abreibendem Gummi ein Automobil ankündigte, traten sie zur Seite.

*

Die erste Tür, an die sie klopften, lag im Erdgeschoss. Es dauerte eine Weile, bis sie von einem Mann geöffnet wurde. Er trug Hosen mit Trägern und ein grobes Leinenhemd. Sein rechter Hemdsärmel war leer. Magalie starrte auf den herabbaumelnden Ärmel, der aussah, als habe ihn der Arm nur mal eben verlassen, um Zigaretten zu holen.

»Was ist?«, fragte der Mann abweisend.

»Wir sind von der Frauen-Wohlfahrtspolizei und haben ein paar Fragen zu Ihrer Nachbarin Luise Röhl.«

»Frauen-Polizei?« Er spuckte auf den Boden. »Ihr verdammten Weiber nehmt uns die Arbeit weg. Das ist der lumpige Dank dafür, dass wir unser Leben und unsere Gesundheit fürs Vaterland geopfert haben.«

»Was können Sie uns über Fräulein Röhl sagen?«, fragte Miss Fairchild.

»Sie sind keine Deutsche!«, stellte der Mann fest.

»Ich bin Engländerin.«

»Dann schieb dir deinen Schmachfrieden in den Arsch!« Der Mann machte Anstalten, mit seinem fehlenden rechten Arm die Tür zuzuknallen. Als er seinen Irrtum bemerkte, traten ihm Tränen in die Augen.

»Verzeihen Sie vielmals«, entschuldigte sich Magalie bei ihm.

»Verzieh dich!«

Im nächsten Stock ließ sie ein zehnjähriger Junge in ein winziges Zimmer. Stickiger Mief schlug Jane entgegen. Vier weitere Kinder saßen um einen Küchentisch herum und rollten Zigaretten. Trotz der Hitze draußen lief ihnen Eiter aus der Nase, den sie mit den Händen abwischten.

Fräulein Hemmersbach erklärte der Mutter, die Papier in kleine Stücke schnitt und ihre Arbeit nicht einmal für einen Moment unterbrach, dass sie nach Luises Tod den Frauen und Mädchen in der Nachbarschaft ihren Beistand anbieten wollten, damit nicht noch weitere von ihnen auf unmoralischen Wegen wanderten.

»Geht mich nichts an«, kam die lapidare Antwort.

»Sie haben doch sicher den ein oder anderen Herren, der Luise besuchte, mal gesehen«, erkundigte sich Jane.

»Nein.«

»Sie gucken sich fremde Männer nicht an, die bei Ihnen im Hausflur herumlungern?«

»Nein.«

»Das sollten Sie aber. Die Männer könnten Böses im Sinn haben und sich an Ihre Töchter heranmachen«, belehrte Fräulein Hemmersbach sie. Die Mutter sagte nichts.

»In der Nacht, in der Luise ermordet wurde, haben Sie da irgendwas Auffälliges bemerkt?«, fragte Jane.

Sie registrierte den verblüfften Blick von Fräulein Hemmersbach und hoffte, dass die Kollegin bezüglich ihrer Fragen keinen Verdacht schöpfte.

»Ich seh nichts. Ich hör nichts. Hab genug mit der Arbeit zu tun«, entgegnete die Mutter.

In diesem Augenblick kam ein kleines Mädchen schreiend herein. Es war splitterfasernackt.

»Ziehen Sie Ihrer Tochter sofort etwas an.« Jane stellte sich zwischen das nackte Mädchen und die Kinder am Tisch.

»Was soll ich ihr anziehn, bitte schön?« Diesmal sah die Mutter von ihrer Arbeit auf. »Sie hat nichts anzuziehn. Sie hat ihr Kleid voll gepieselt. Muss trocknen. Dann kann sie's anziehn.« Sie wies zu dem schmutzigen Fetzen, der am Fenster hing. »Was stecken Sie Ihre Nasen in anderleuts Sachen? Sind Sie überhaupt richtige Polizisten?«

»Wir kümmern uns um Frauen und Kinder. Zum Beispiel sind wir dafür da, dass die Prostituierten nicht mit Männern zum Amtsarzt gehen müssen«, erklärte Fräulein Hemmersbach.

»Sie gucken den Männern auf die Finger?«, verlangte die Mutter zu wissen.

»In gewisser Weise, ja.«

»Das ist gut so.« Die Frau ließ ihre Schere im Schoß ruhen. »Wissen Sie, die Luise, die war nicht verdorben, auch wenn sie sich an Männer verkauft hat. Hat einfach nur viel Pech, ich mein, hatte.«

»Alles, was Sie uns von ihr erzählen können, hilft uns weiter«, drängte Jane.

»Weiter? Wobei?«

»Wir wollen, dass alles Menschenmögliche dafür getan wird,

Luises Mörder zu fassen. Und dazu müssen wir etwas über Luise erfahren.«

»Ich weiß nicht, was das helfen soll, aber die Luise, die hat zwei Kinder. Leben bei den Großeltern in der Eifel. Die Luise hat jeden Groschen hingeschickt. Hat versucht, so viel wie möglich zu sparen, weil ihre Eltern sind schon alt und Luise hatte Angst, dass die abkratzen. Weil dann müssen die Kinder ins Waisenhaus, und das wollte Luise nicht. Hat gehofft, ganz viel Geld zu sparen, um ihre Kinder zu holen. Jetzt müssen die Kinder doch ins Waisenhaus, wenn Luises Eltern tot sind.« Die Frau schniefte. »Die Luise war immer lieb zu meinen Kindern, wo sie ihre so vermisst hat. Hat den Pänz immer Süßigkeiten gegeben. Deshalb waren die so oft oben, was ich aber nicht gern seh. Weil das sind ja so Männer, die vergucken sich auch an den kleinen Mädchen. Einer hat mal die Brigitta untenrum angefasst. Brigitta ist sechs. Können Sie da nicht mal was machen gegen?«

»Das werden wir tun«, sagte Jane, dabei sah sie der Frau nicht in die Augen.

Ein alter mürrischer Mann hockte mit acht Kindern, die sich beständig am Kopf kratzten, allein in einer ungelüfteten Küche.

»Ich weiß gar nichts. Hab das schon der Polizei gesagt. Ich weiß gar nichts. Da war immer ein Kommen und Gehen. Frauen und Männer. Ich weiß gar nichts. He, Kalle, runter mit dir.« Der Alte zog an dem Bein eines Jungen, der auf dem Boden auf seiner Schwester lag und sich auf und ab bewegte. Das Mädchen kicherte.

Magalie wandte sich an Miss Fairchild: »Aus dem kriegen wir nichts raus.«

Sie ermahnte den Alten noch, er solle mit den Kindern zum Arzt gehen, um die Kopfläuse entfernen zu lassen. Der Mann schnaubte. »Wovon sollen wir das bezahlen?« Magalie blieb ihm eine Antwort schuldig.

»Wie kann man nur in solch erbärmlichen hygienischen Verhältnissen hausen?«, fragte Miss Fairchild im Hausflur.

»Ich denke nicht, dass die Menschen sich ihr Schicksal selber ausgesucht haben.«

»Sie könnten sich mehr anstrengen, ihr Leben zu verbessern.

Warum kaufen sie nicht wenigstens Seife, um sich sauber zu halten?«

»Weil die Menschen durch die Inflation kein Geld haben. Und alles nur wegen der Reparationszahlungen«, erwiderte Magalie.

»War es denn vor dem Krieg anders?«

»Für diese Leute nicht. Aber für viele andere. Und die Beschlagnahmung von Wohnraum durch euch Engländer hat es nicht gerade besser gemacht.«

»Das ist der Preis dafür, wenn man einen Krieg ohne Rechtfertigung beginnt«, konterte Miss Fairchild.

»Wir haben keinen Krieg begonnen.«

»Ihr habt Österreich-Ungarn zum Krieg mit Serbien gedrängt. Ihr habt Russland den Krieg erklärt. Damit ist alles ins Rollen gekommen.«

»Deutschland musste Österreich-Ungarn beistehen. Schließlich haben die Serben den Erzherzog Franz Ferdinand ermordet. Wir konnten nicht anders handeln.«

»Und wie erklären Sie das den Belgiern? Wie erklären Sie das den unschuldig abgeschlachteten Zivilisten?«

»Ich ... wir ...«, stammelte Magalie. »Wir haben auch geblutet. Im Krieg sind hier in Köln Frauen, Kinder und alte Menschen verhungert.«

»Ihr hattet Hunger? Was ist Hunger gegen von Granaten zerrissene Leiber? Was ist Hunger gegen den Schmerz, gegen das Blut und die Leichen auf dem Schlachtfeld?«

Der Ausbruch der Kollegin ließ Magalie erschüttert auf dem Treppenabsatz stehen bleiben. Eine Frau mit einem Koffer drückte sich an ihr vorbei.

»Hunger ist etwas ganz Furchtbares«, verteidigte sie sich. Die Engländerin hatte doch von den Leiden des Krieges keine Ahnung. Was wusste sie von dem unerträglich stechenden Gefühl im Magen, von der Taubheit des Körpers, die der Hunger hinterließ. An die siebenhunderttausend Deutsche waren im Krieg verhungert. Auch Magalie und ihre Eltern hätten nur das Nötigste zu essen gehabt, wenn der Vater nicht regelmäßig zu den Bauern in die Eifel gefahren wäre, um dort Schmuck und Teppiche gegen Eier und Speck zu tauschen. Fett, Milch, Brot, Fleisch, Kartoffeln, Kaffee, Zucker und all das gab es offiziell nur noch auf Karten. »Gott strafe England«, hatten sie damals gesagt, voller Überzeugung, dass der Feind seine gerechte Strafe davontragen würde. Dann war es anders gekommen.

Der klopfende Stock eines Blinden auf dem Holz der Treppe holte Magalie in die Gegenwart zurück.

»Guten Tag«, grüßte sie ihn, damit er nicht über ihre Füße stolperte. Der arme Teufel trug einen schlecht geschnittenen Anzug, der lose um den Körper herumhing. Seine Finger waren zu einer Klauenhand gebogen.

»Sie sind nicht von hier«, bemerkte der Mann. Er blieb stehen.

»Das können Sie an meiner Stimme hören?«

»Das kann ich sogar an Ihren Schritten hören, wenn Sie die Treppe rauf- oder runtergehen. Jeder Mensch hat seinen eigenen Gang.«

»Fräulein Hemmersbach und Miss Fairchild von der Frauen-Wohlfahrtspolizei«, sagte die Engländerin. »Wir sind hier, weil wir mit den Nachbarn über den Tod von Luise Röhl reden wollen. Haben Sie vielleicht etwas geseh ...« Miss Fairchild brach ab. Magalie weidete sich an ihrem beschämten Blick. Genauso gut hätte sich die Engländerin bei einem Tauben nach dem neusten Schlager erkundigen können.

»Machen Sie sich keine Sorgen«, beruhigte sie den Blinden. »Der Mann, der Ihre Nachbarin ermordet hat, wird Ihnen ganz sicher nichts tun.«

»Meinen Sie?«, entgegnete der Blinde. »Manchmal sind die Dinge in Wirklichkeit ganz anders, als wir sie zu sehen glauben.«

»Filosofst du wieder rum, Hermann?«

Eine Frau keuchte die Treppen hoch. Misstrauisch beäugte sie Magalie und Miss Fairchild.

»Komm rein, Hermann, ich mach dir was zu essen warm.«

»Ich unterhalte mich gerade mit den Damen«, widersprach der Blinde.

»Die Frauen haben sicher Besseres zu tun, als mit dir im Flur ein Schwätzchen zu halten«, beschied die Frau.

»Entschuldigung«, mischte sich Magalie ein. »Wir möchten Sie gerne etwas fragen.«

»Fragen kostet ja nichts.« Die Frau stellte die Tasche ab und hielt sich am Treppengeländer fest. Dabei atmete sie schwer. Sie war völlig abgemagert, die Wangen eingefallen, und dicke Ringe prangten unter den Augen.

»Ist Ihnen nicht gut?«, erkundigte sich Miss Fairchild.

»Ob mir nicht gut ist? Nee, ich hab den ganzen Tag gearbeitet und nichts gegessen und meine Kinder oben in der Stube auch nicht.«

»Bekommt Ihr Mann keine Entschädigung von der Armee?«

Verwundert sah die Frau Miss Fairchild an. »Sie meinen Hermann? Das ist nicht mein Mann. Mein Mann ist tot.«

»Gefallen?«

»Bei Werdung. Die verdammten Franzosen waren's.«

»Sie meinen Verdun?«, hakte die Engländerin nach.

»Sag ich doch.«

»Haben Sie gewusst, dass Luise Röhl ohne Aufsicht als Dirne gearbeitet hat?«

»Ich kann es keiner Frau verdenken. Die Luise war schlau und hat sich in Naturalien bezahlen lassen. Oder in Pfund, wenn es ein Engländer war. Von denen gibt's ja so viele, und die haben alle viel Geld in der Tasche, um es zu verschwenden. Wenn ich nicht so verbraucht wär ...«

»Können Sie sonst etwas über Luise Röhl sagen?«

Die Frau zuckte mit den knochigen Schultern. »Sie war immer so freundlich. Ein liebes Ding. Hab sie aber nicht oft gesehen. Und die Hanni auch nicht.«

»Hanni? Wer ist das?«

»Das Mädchen, das sich mit Luise die Dachkammer geteilt hat.«

»Wissen Sie, wo sie steckt?«

»Die ist eben aus dem Haus gegangen.«

Gemeinsam eilten Jane und Fräulein Hemmersbach in Richtung Bahnhof. Ihre Vermutung hatte sie nicht getrogen. Auf dem Alten Ufer lief vor ihnen ein Mädchen mit einem Koffer in der Hand über das Trottoir. Sie schien es ausgesprochen eilig zu haben. Schweißringe zeichneten sich auf dem geblümten Baumwollkleid unter ihren Achseln und auf dem Rücken ab.

»Hanni!« Kaum hatte Fräulein Hemmersbach den Namen ausgesprochen, drehte sich das Mädchen im Laufen um. Volltreffer. Hannis Augen glitten über die Uniformen, sie erblasste, stolperte ein paar Schritte vorwärts.

»Stehen bleiben!« Janes Kommando zeigte Erfolg. Hanni hielt tatsächlich an. Angst stand ihr ins Gesicht geschrieben. »Was wollen Sie von mir?«

»Reden.«

»Ich hab keine Zeit. Mein Zug fährt gleich.«

»Über Luise.«

Hanni stellte den Koffer ab. »Davon weiß ich nichts!«

Nur widerstrebend folgte sie Jane und Fräulein Hemmersbach zurück zur Kunibertsgasse. Während sie die Treppenstufen zu dem Ort hochstiegen, an dem der grausige Mord geschehen war, wurde Hanni immer langsamer. Jane ging hinter ihr, um sie an einer Flucht zu hindern. Fräulein Hemmersbach ließ sich von Hanni den Schlüssel geben. Die Zimmertür quietschte, als die Deutsche sie öffnete. Abgestandene Luft schlug ihnen entgegen. Jane konnte Hannis Fluchtgedanken nachvollziehen. Der Schrecken hatte sich häuslich in dem Zimmer niedergelassen. Ohne Leiche wirkte der Raum beinahe noch bedrohlicher. Die Blutspritzer an der Wand waren getrocknet. Auf dem Bettgestell lag die Matratze, in deren Mitte sich ein rostroter Fleck befand. Bettzeug und Laken fehlten. Die Kriminalpolizei hatte die Sachen mitgenommen.

Hanni setzte sich auf einen Stuhl und ließ den Kopf hängen. Jane sah zu, wie Fräulein Hemmersbach den schäbigen Koffer aus Pappe öffnete. Er war mit Wäsche gefüllt. Weiße Unterwäsche wie die Aussteuer einer Braut, rein und mädchenhaft. Hanni hatte noch Träume, dachte Jane.

»Wohin willst du?«

»Nach Düsseldorf. Da wohnt meine Schwester. Bei der kann ich ein paar Tage bleiben.«

»Düsseldorf ist von den Franzosen okkupiert«, stellte die Kollegin fest. »Was suchst du da?«

»Irgendwas find ich schon.« Hannis herausfordernder Blick traf Jane.

»Warum läufst du weg?«, fragte sie.

»Weil ich Angst habe und nicht in dem Zimmer bleiben mag, wo das ganze Blut ist und Luise war und so.«

Fräulein Hemmersbach klappte den Koffer wieder zu. »Weshalb hast du Angst? Weißt du, warum Luise umgebracht wurde?«

»Nee, hab keinen Schimmer. Ich weiß nur, dass Paul nicht der Mörder ist.«

»Du kennst den Verhafteten?«

»Klar. So was spricht sich schnell rum. Paul, das ist Lulus Zuhälter, der war es nicht. Der hat Lulu, ich meine Luise, mal geschlagen, wenn sie nicht parieren wollte, aber er hat sie nie entstellt oder so.«

»Wenn es dieser Paul nicht war, wer war es dann?«

»Ein Wahnsinniger oder so!«

»Weißt du, mit wem Luise verkehrt hat?«

»Was sie für Freier hatte? Nee, ich war dann immer unterwegs.«

»Auf der Arbeit?«

Hanni nickte.

»Wo ist deine Arbeitsstelle?«

»Im Schlösschen.«

»Ein Bordell«, erklärte Fräulein Hemmersbach.

»Meinen Sie, die Polizei findet den Mörder?«, fragte Hanni.

Jane wollte gerade antworten, dass sie persönlich alles dafür tun würde, da kam ihr die Kollegin zuvor: »Nur wenn du uns hilfst. Du musst uns sagen, was du weißt.«

»Ich weiß bloß, dass die Lulu erst kurz Pauls Mädchen war. Vorher hat sie auch im Schlösschen gearbeitet, aber dann war sie keine Offizielle mehr.«

»Aus welchem Grund?«

Hanni zuckte mit den Schultern.

»Komm schon!«

»Nee, da halt ich mich raus. Das hat nichts mit dem Mord zu tun.«

»Gut, aber du bleibst hier und hältst dich zu unserer Verfügung!«

Weil Hanni zu zögern schien, fügte Jane hinzu:
»Du willst doch auch, dass Luises Tod gesühnt wird.«

Magalie ließ es dabei bewenden. Auch die Engländerin sagte nichts mehr. Sie merkte, wie Schwindel in ihr aufstieg. Das musste an der Hitze liegen. Wenn sie sich für einen Augenblick ausruhte, würde es sicher besser werden. Sie setzte sich auf das Bett. Im gleichen Moment fuhr sie hoch und starrte auf die befleckte Matratze. Deutlich sah sie Luise dort liegen, aufgeschlitzt, mit aufgerissenen Augen, Blut zwischen ihren Beinen.

Sie spürte, wie das Blut die Schenkel hinablief und das Laken nässte. Sie musste die Blutungen stoppen, doch es lief weiter, immer weiter. Was, wenn sie verblutete? Das kleine Wesen zwischen ihren Beinen. Leblos. Über und über mit Schleim und Blut bedeckt.

»Alles in Ordnung?« Miss Fairchild rüttelte an ihrer Schulter. Magalie sah sie an, sah die Matratze und Hanni. Sie taumelte zum Fenster. Es klemmte wie bei ihr zu Hause. Sie musste atmen. Dringend. Mit aller Kraft zerrte sie an dem Rahmen. Endlich gab er nach. Tief inhalierte sie die trockene heiße Luft. Allmählich begriff sie, wo sie war. Sie befand sich in Luises Zimmer. Was sie soeben vor sich gesehen hatte, war vorbei. Vier lange Jahre.

Hitze flimmerte über dem Dach unter ihr. Magalie betrachtete die Ziegel aus rotem Ton, die mit schwarzem Dreck und Flecken übersät waren. Da war noch etwas; etwas leuchtend Weißes hob sich vom schmutzigen Rot ab. Eine Art Bündel. Die Kriminalpolizei musste es übersehen haben.

»Jetzt sagen Sie schon, was los ist!« Die Stimme der Kollegin klang besorgt.

Sie wies auf ihren Fund und kletterte auf das Fensterbrett. Mit der linken Hand hielt sie sich am Rahmen fest. Mit der anderen angelte sie nach dem Bündel, konnte es jedoch nicht erreichen.

»Helfen Sie mir.«

Miss Fairchild hielt Magalies Beine fest, während sie sich auf dem Dach kopfüber langsam Dachziegel für Dachziegel vorarbeitete. Der Ton hatte sich aufgeheizt und brannte an ihren Händen. Sie war froh, dass die Uniform die Hitze weitgehend von ihrem Körper abhielt. Von ihrer Position aus konnte sie die Straße nicht sehen.

»Passen Sie auf!«, mahnte Miss Fairchild. Magalie hatte nichts Gegenteiliges vor. Es gelang ihr, das Bündel mit den Fingerspitzen zu berühren. Sie streckte sich weiter nach vorn, sodass ihre Finger den Stoff greifen konnten. Etwas war darin eingewickelt. Mit Hilfe der Kollegin, die an ihren Stiefeln zog, tastete sie sich wieder nach oben.

Sie atmete durch, als sie unbeschadet im Zimmer stand, und hielt Miss Fairchild das eingewickelte Bündel hin, das aus der Nähe betrachtet gar nicht mehr weiß wirkte, sondern befleckt war. Die Engländerin schlug den Stoff zur Seite. Darin lag ein Messer. Auf der Klinge befand sich getrocknetes Blut.

FÜNF

Der Kommissar sah von seiner Zeitung auf, als Jane und Fräulein Hemmersbach die Amtsstube betraten. »Sie schon wieder?«

»Wir haben was für Sie«, sagte Jane.

»Hab keine Zeit, muss zu einer Razzia. Kommen Sie morgen vorbei. Stechemesser, meine Tabletten!«

Erst jetzt bemerkte Jane den schlaksigen Polizisten, der in einer Ecke am Schreibtisch saß. Er holte ein Röhrchen aus einer Schublade und brachte es Neumann. Ohne sie oder Fräulein Hemmersbach anzublicken, murmelte er ein »Guten Tag«.

Der Kommissar schluckte zwei Tabletten, die er mit Wasser aus einem fleckigen Glas herunterspülte. »Dieses Sodbrennen macht mich irrsinnig.«

»Herr Neumann, das hier sollten Sie sich auf jeden Fall ansehen!« Jane wurde energischer. Fräulein Hemmersbach legte das Messer, das sie wieder in das Bündel eingewickelt hatte, auf den Tisch.

»Ein lumpiger, verdreckter Fetzen? Später.« Neumann winkte Stechemesser zu, der ihm die Jacke brachte. Der Kommissar zog sie über.

Jane stellte sich ganz dicht vor ihn. »Nicht später. Jetzt!«

Sie musste sehr überzeugend wirken, denn Neumann befahl Stechemesser: »Sehen Sie nach, was in dem Lumpen steckt.«

Er wickelte den Stoff auseinander. Angesichts des Messers wechselte Neumanns Gesichtsausdruck von Gleichgültigkeit zu Verblüffung.

»Damit ist Luise Röhl ermordet worden«, erklärte Fräulein Hemmersbach.

»Wo haben Sie es gefunden?«

»Auf dem Dach. Der Mörder hat es aus dem Fenster geworfen.«

»Es ist unglaublich, dass wir das übersehen konnten«, platzte Stechemesser heraus. »Wir hätten das Dach ableuchten müssen.«

»Unsinn«, beschied Neumann, »ich wollte ohnehin gleich zum Tatort. Ich hätt das Messer schon gefunden.«

»Ich dachte, Sie müssen zu einer Razzia«, bemerkte Jane.
»Erst zum Tatort, dann zur Razzia im Nachtasyl. Aber den Besuch beim Tatort kann ich mir jetzt sparen.« Mit dem Ärmel wischte sich Neumann den Schweiß von der Stirn. »Stechemesser, auf geht's!«
»Wollen Sie das Messer nicht auf mögliche Spuren untersuchen?«, fragte Fräulein Hemmersbach.
»Morgen ist auch noch ein Tag. Wozu die Eile, wenn der Mörder im Gefängnis sitzt?«
»Und was ist mit uns?«
»Mit Ihnen? Was soll sein?«
»Wollen Sie uns nicht zur Razzia mitnehmen?«
Neumann stieß ein Lachen aus, das alles andere als freundlich klang. »Wozu? Sie wären dabei ebenso nützlich wie Klosterschülerinnen.«
»Wir kommen mit. Jemand muss sich um die Frauen kümmern, die Sie unter Prostitutionsverdacht festnehmen«, sagte Jane. Sie verspürte ein Gefühl von Genugtuung, als der Kommissar nicht protestierte. Mit seinem steifen Bein humpelte er aus dem Büro.

*

Die untergehende Sonne färbte die Häuserfronten altrosa. Trotz der Wolkenformation am Himmel hatte es sich nicht abgekühlt. Eine träge Schwüle hing in der Luft. Nur Regen würde Erlösung bringen.
Gemeinsam mit rund zwanzig Polizisten warteten Magalie und Miss Fairchild in der Nähe des Nachtasyls in der Salzgasse auf ein Zeichen von Neumann.
»Wenn wir hier länger rumstehen, wird die Razzia keine Überraschung mehr sein. Der Kommissar hätte direkt Einladungskarten verschicken können«, sagte Miss Fairchild. Magalie warf einen Blick auf ihre Taschenuhr. Acht Uhr dreiundzwanzig. Eigentlich hatte ihr Dienst am Nachmittag geendet. Die Stunden, die sie jetzt noch in Uniform verbrachten, waren freiwillig drangehängt.

»Wie lange dauert es denn?«, erkundigte sie sich bei Stechemesser.

»Kommissar Neumann scheint auf jemanden zu warten.« Entschuldigend lächelte er Magalie und Miss Fairchild an. »Am besten halten Sie sich hinter mir, wenn es losgeht. Dann kann Ihnen nichts passieren.«

Ein Mann in Zivil durchteilte die Gruppe der Polizisten, unter denen sich auch Hanses von der Sitte befand. Als Neumann den Mann bemerkte, richtete er sich auf und strich sich die Schuppen von seinen Schultern.

»Da sind Sie ja, mein Freund. Ich verspreche Ihnen, dass Sie es nicht bereuen werden. Heute werden Sie miterleben, wie wir einen entscheidenden Schlag gegen das Verbrechen führen, unbarmherzig und kraftvoll wie ein Hammer auf dem Amboss.« Bei diesen Worten schlug Neumann mit der Faust in seine linke Hand. Der Mann, ein Reporter, machte sich Notizen.

»Hat diese Razzia mit dem Mord an der Prostituierten zu tun?«

»Nein. Den Dirnenmörder haben wir längst festgenommen. Dies hier wird ein Schlag gegen das Verbrechen an sich. Verbrecher lassen sich mit Verbrechern ein und wundern sich, wenn sie nachher Opfer eines Verbrechers werden. Das ist ein tiefer, stinkender Morast, den es trocken zu legen gilt.« Neumann wies die Polizisten winkend in Position. »Männer, rotten wir das Verbrechen mit Stumpf und Stiel aus!«

Der Reporter wandte sich an Miss Fairchild: »Wie fühlen Sie sich als Frau bei diesem Einsatz? Verspüren Sie Angst?«

»Ich fühle mich nicht als Frau, ich fühle mich als Mitglied der Polizei, und ich erwarte, dass die weibliche Polizei nach ihren Handlungen beurteilt wird, nicht nach ihren Lippenbekenntnissen.«

»Und Sie?« Diese Frage des Reporters galt Magalie.

»Ich bin ...« Weiter kam sie nicht.

»Fertig machen, Männer, es geht los.« Neumann gab das Kommando.

»Das wird ein Hallo werden«, versprach der Kripomann dem Reporter und rieb sich die Hände.

Vom Alkohol aufgedunsene Gesichter blickten Magalie entgegen, als sie die Kneipe mit dem Tross Polizisten zügig durchquerte. Ein angrenzender Raum, in dem sich die Ausdünstungen von Weinbrand, Schmutz und Elend mischten, diente als Nachtasyl. Grob zusammengezimmerte Holzpritschen waren übereinander gebaut. Die Polizisten leuchteten in die Kojen, in denen merkwürdige Paare lagen, wie ein Mann mit einem Mädchen, das noch ein Kind zu sein schien.

»Raus aus den Federn, Lumpenpack, in einer Reihe aufgestellt, zack, zack«, kommandierte Neumann. Schlaftrunken und benebelt vom billigen Schnaps rappelten sich die Menschen aus ihren Nachtlagern hoch.

»Wassn los?«

»Will schlafen.«

Sie begriffen ihre missliche Lage nur zögerlich. Die Polizisten packten die Langsamen bei den Armen, rissen sie hoch und stießen sie in die Mitte des Raumes. Dort drängten sie sich schutzsuchend aneinander.

»Alle die Legitimationspapiere vorweisen!«

Neumann war in seinem Element. Wie ein Feldwebel brüllte er seine Befehle. Wenn er für kurze Zeit den Mund hielt, war es trotz der vielen Menschen mucksmäuschenstill im Raum. Der Kommissar ließ eine Reihe bilden und nahm den ersten Pass zur Hand. Stechemesser hielt den Lichtkegel seiner Lampe der dazugehörigen Person ins Gesicht, das Neumann mit dem Foto auf dem Ausweis verglich.

Magalie hätte nicht sagen können, ob die Frau, die durchdringend gemustert wurde, dreißig oder sechzig Jahre alt war. Ihr zahnloser Mund glich einem schwarzen Loch, die Haut war zum Zerreißen über die Wangenknochen gespannt, und die Augen wirkten trübe und leer. Prüfend sah Neumann von dem Passfoto auf die Frau und wieder zurück, dann reichte er den Pass einem anderen Polizisten, der den Namen der Frau auf der alphabetisch geordneten Fahndungsliste abglich.

Der Polizist gab die Papiere zurück. »In Ordnung.«

»Hände vorstrecken und Handflächen nach oben!«

Die Frau gehorchte. Gewissenhaft betrachtete Neumann die

dreckigen Finger. Endlich ließ er von der Frau ab. Der hinter ihr stehende Mann hatte ebenfalls schwielige, schmutzige Hände. Der Nächste jedoch hatte erstaunlich feine Hände.

»Abführen!«

Das zeitaufwendige Prozedere der Personenfeststellung dauerte Magalie zu lang. In einer Ecke hatte sie eine weitere Tür entdeckt. Langsam drückte sie die Klinke hinunter. Das Scharnier quietschte. Im Raum dahinter war es pechschwarz. In der Dunkelheit hörte sie das ängstliche Atmen von Menschen. Wie eine Waffe streckte sie ihre tragbare Lampe nach vorn. Ihr stierte eine teuflische Fratze entgegen, höhnte über sie, lachte sie stumm aus. Sie schrie auf. Mit einem Scheppern fiel die Lampe zu Boden. Sofort war alles in Dunkelheit getaucht. Magalie bekam Panik. Sie wollte raus und drehte sich um. Ein gleißendes Licht erfasste sie.

Miss Fairchild hatte ihre Taschenlampe auf Magalie gerichtet. »Was ist passiert?«

Sie zeigte auf eine der Kojen. Die Engländerin leuchtete in die Richtung. In der Koje lag ein Mann, dem alles fehlte, was ein Gesicht menschlich machte. Unterhalb der Augen klaffte eine Höhle, wo normalerweise die Nase und die Oberlippe waren. Am Rande der Höhle befanden sich eine Reihe Zähne und der Rest der Unterlippe. Eine Schrapnell-Ladung oder ein Granatensplitter hatte den Mund bis zu den Ohren aufgerissen. Der Krieg hatte dem Mann das Gesicht geraubt.

Trotz der klebrigen Wärme empfand Magalie die Luft der Straße nach all dem Elend als befreiend. Sie lehnte sich gegen den Polizeiwagen, der vor der Kaschemme parkte. Als sie das kühle Metall an ihrem Rücken spürte, beruhigte sie sich. Die Polizisten führten ein paar Verdächtige heraus. Darunter waren zwei Frauen und das Mädchen, dessen kindliche Züge im Schein der Straßenlaterne noch deutlicher hervortraten. Hanses, der Sittenpolizist, hielt eine der Frauen am Schlafittchen. Eine andere, offensichtlich ausgezehrt von Drogen, aber mit einem schönen Gesicht, ließ er gehen. Miss Fairchild, die dem Mädchen ihren Arm um die Schulter gelegt hatte, erhob Einwände.

»Ich kenn die«, meinte Hanses. »Die ist keine von denen.«
»Sind Sie sicher?« Die Engländerin klang nicht sehr überzeugt.
»Ganz sicher.« Der Sittenpolizist wirkte verärgert. Schließlich gab sich Miss Fairchild geschlagen. An Magalie gewandt erklärte sie:
»Ich fahre mit ins Präsidium.«
Magalie widersprach nicht.
»Wir sehen uns morgen um zwölf zur Patrouille.« Die Kollegin stieg hinter dem Mädchen in den Wagen. Neumann kam mit einem jungen Mann aus dem Asyl, dessen Hemd offen stand und einen muskulösen Oberkörper freigab. Die Nacktheit des Mannes erregte Magalies Aufmerksamkeit. Er pöbelte:
»Das ist polizeiliche Willkür, ich habe nichts getan, weshalb Sie mich festnehmen könnten. Lassen Sie mich frei!«
»Räsonnier nicht«, herrschte Neumann ihn an. »Rein da!« Er stieß ihn zur Tür des Polizeiautos.
»Ihrem Hund befehlen Sie, nicht mir.« Der Mann holte mit der Faust aus und verpasste Neumann einen ordentlichen Schwinger ans Kinn.
Der Kripomann taumelte zurück. Er presste die Hand ans Kinn und fluchte: »Du Lump! Los, rein mit ihm!«
Drei Polizisten stürzten sich auf den Widerspenstigen, drehten ihm die Arme auf den Rücken und boxten ihm in den Magen, dass er sich vor Schmerzen krümmte. Sofort sammelte der Angegriffene sich, reckte den sehnigen Hals und drohte: »Das wird euch eines Tages Leid tun!«
»Mir tut es höchstens Leid, dich nicht auf der Stelle abgeknallt zu haben.« Neumanns Stimme bebte vor Hass. Die beiden Männer maßen sich mit Blicken. Der Jüngere verzog keine Miene. Plötzlich erinnerte sich Magalie, woher sie ihn kannte. Er war 1918 unter den meuternden Matrosen gewesen, die die Revolution nach Köln getragen hatten. Bei der Parade durch die Stadt hatte er sie zu sich auf den Lastwagen ziehen wollen. Sein einnehmendes Lachen hatte sich damals in ihr Gedächtnis gebrannt. Ihr Herz klopfte schneller.
Die Polizisten zwangen den Matrosen in die grüne Minna und warfen die Tür mit einem Krachen ins Schloss.

»Unverschämter Kretin! Wollte uns mit gefälschten Papieren in die Irre führen.« Neumann bewegte seinen Unterkiefer prüfend hin und her.

»Sie müssen zum Arzt«, sagte Stechemesser.

»Unsinn! Das war kein Fausthieb, das war das Streicheln eines Kindes«, tat Neumann den Angriff des Matrosen vor dem Reporter ab. »Lassen Sie uns lieber von Erfreulicherem reden. Ich darf Ihnen die frohe Kunde unterbreiten, dass wir die Tatwaffe gefunden haben, mit der die Dirne ermordet wurde.«

»Ein Messer?« Der Reporter schrieb eifrig mit.

»Genau. Wir werden die Fingerabdrücke von der Waffe nehmen und damit den unwiderleglichen Beweis gegen den Mörder liefern. Dank der Daktüloskie ...«

»Daktyloskopie«, verbesserte Stechemesser seinen Vorgesetzten.

»Sag ich doch. Dank dessen würden wir viel mehr Verbrecher dingfest machen, wenn wir nur von jedem Deutschen die Fingerabdrücke nehmen könnten.«

»Wäre das nicht ein immenses Unterfangen?«, warf der Reporter ein.

»Ein Unterfangen, gewiss, aber das muss uns die Sicherheit des deutschen Volkes wert sein. Gestern ist nur eine der Schimmelblumen des Großstadtasphalts verwelkt. Eines dieser grell gekleideten und geschminkten Frauenzimmer weniger. Morgen schon kann es eine unbescholtene Bürgersfrau treffen. Dem müssen wir entschieden vorbeugen. Mit allen Mitteln.«

Magalie stellte empört fest, dass Neumann mit keinem Wort darauf hinwies, dass der Messerfund einzig Miss Fairchild und ihr zu verdanken war.

*

Jane gähnte. In der Nacht war es spät geworden, weil sie die Frau und das Mädchen in Gewahrsam gebracht hatte. Das Mädchen war gerade einmal dreizehn Jahre alt gewesen. Jetzt patrouillierte Jane gemeinsam mit Fräulein Hemmersbach an der Markthalle in der Nähe des Heumarkts vorbei, vor der sich ein großes Polizeiaufgebot befand. Verblüfft sprach die Deutsche einen uniformierten Kollegen an.

»Wir befürchten Unruhen, weil die Preise gestiegen sind«, erklärte er.

»Mal wieder«, seufzte Fräulein Hemmersbach.

Der Wachtmeister nickte. »Die Gurke fünfzigtausend Mark das Stück. Wenn das mit den Erhöhungen so weitergeht, nimmt sich meine Frau den Strick.«

»Und die Käufer, bleiben die ruhig?«, erkundigte sich Jane.

»Erregt sind sie schon, aber bislang ist alles friedlich.«

Sie verabschiedeten sich und gingen weiter zur Hohenzollernbrücke. Das Grün der Bäume am Ufer spendete Schatten. Ein Wasserspiel plätscherte vor sich hin. Als eine leichte Brise aufkam, benetzten feine Tropfen Janes Gesicht. Ein Mann, der einen Handkarren vor sich herschob, kreuzte ihren Weg. Auf den Karren war »Speise-Eis« gepinselt. Sie lachte die Deutsche an. »Das ist jetzt genau das Richtige.«

Sie orderte ein Eis. Auch Fräulein Hemmersbach bestellte eine Kugel, ließ jedoch nicht zu, dass Jane für sie bezahlte. »Vielen Dank, mein Eis zahle ich selbst.«

»Ich mach das doch gern.«

»Trotzdem.«

Während Jane mit der Zunge über die erfrischende Köstlichkeit schleckte, hörte sie ein beständiges Knistern von der Oberleitung der elektrischen Rheinuferbahn, die jede halbe Stunde unter den Türmen der Brücke in Richtung Bonn abfuhr. Die Menschen drängten sich dort mit Taschen und Paketen, um einen Platz zu ergattern.

Sie setzten ihre Patrouille in der Altstadt fort. Flirrende Heiterkeit lag in den Gassen. Große Schilder wiesen den Weg zu den zwielichtigen Etablissements. Jane ärgerte sich über ihre Landsmänner, die diese Schilder genehmigt hatten. Dadurch wusste jeder von den Bordellen, die sonst im Verborgenen lagen. Wer konnte wissen, wie viele Begierden erst durch die auffällige Werbung geweckt wurden.

Das Bordell war in einem heruntergekommenen Haus untergebracht. Durch die geschlossene Tür klang das Klimpern eines lange nicht mehr gestimmten Klaviers.

»Sehen wir mal nach dem Rechten.« Jane drückte die Klinke herunter. Vor ihnen lag ein dunkler Flur. »Ein Schlösschen habe ich mir anders vorgestellt«, sagte sie, während sie die schäbige Tapete musterte, die sich von den Wänden löste. Links und rechts des Flures gingen Türen ab, an denen polierte Kupfertafeln angebracht waren. Eine wies zu Baroness Liddy, eine andere zu Prinzessin Mary.

»Lauter Aristokratinnen«, witzelte die Deutsche.

»Tatsächlich. Billiger gibt's wohl keine.«

Ein Mann kam ihnen auf wackeligen Beinen entgegen. Er stank nach Branntwein. Bei ihren Rittern konnten die adeligen Damen offenbar nicht sehr wählerisch sein.

»Wo fangen wir an?«, fragte Jane.

»Wir sollten bei der Hausherrin vorstellig werden.«

Sie betraten den von einer Badewannenstickigkeit erfüllten Salon. Augenblicklich verstummte das Klavierspiel. Herren waren nicht anwesend, nur ein paar leicht bekleidete Frauen, die sie neugierig anstarrten. Eine satte Gemütlichkeit ausstrahlende Dame, deren Kopf geradewegs in den Oberkörper überzugehen schien, erhob sich mühevoll und watschelte ihnen entgegen. Die Frau hatte so dick Puder aufgetragen, dass man mit dem Fingernagel Furchen hätte ziehen können. In den Falten um ihren Mund war Lippenstift hängen geblieben.

Die Deutsche stellte sich und Jane vor.

»Polizei? Hier ist alles genehmigt. Bei mir arbeiten nur saubere Mädchen.«

»Was ist mit Luise Röhl?«

»Lulu arbeitet nicht mehr hier. Wenn Sie von der Polizei sind, sollten Sie wissen, dass sie tot ist. Ermordet.«

»Haben Sie eine Ahnung, wer das getan hat?«, erkundigte sich Fräulein Hemmersbach.

»Ein Freier, hab ich gehört. Kein Wunder. Ich sag meinen Mädchen immer, sie sollen nicht wildern gehen. Hier schaffen sie in Sicherheit an, da draußen …«

»Wie kommen Sie denn auf einen Freier? Es ist doch ihr Zuhälter festgenommen worden«, wandte Jane ein.

»Man hackt nicht die Hand ab, die einen füttert. Nie im Leben hat der Paul die Lulu abgestochen. Er ist zwar ein Halunke, der versucht, mir die Mädchen abspenstig zu machen, aber warum sich selber Schaden zufügen, wo die Lulu ihm so viel gebracht hat?«

»Wieso hat Luise aufgehört, hier im Schlösschen anzuschaffen?«

»Keine Ahnung. Von einem Tag auf den anderen ist sie nicht mehr gekommen. Und wer hat den Schaden gehabt? Ich musste mich schleunigst nach Ersatz umsehen.«

»Dürften wir uns bei den Mädchen mal umhören?«, bat Fräulein Hemmersbach. Auch diese Frage hatte Jane auf der Zunge gelegen.

»Warum denn?« Die Bordellbesitzerin war misstrauisch.

»Reine Vorsichtsmaßnahme. Wir wollen ja nicht, dass einer von ihnen so etwas wie Luise zustößt, nicht wahr?«

Die Deutsche überraschte Jane immer mehr. Tatsächlich erreichte sie, dass die dicke Dame zustimmte.

»Von mir aus. Aber halten Sie die Mädchen nicht von der Arbeit ab.«

Jane betrachtete die Frauen, die auf abgeschabten Plüschsofas herumlungerten. Von ihnen konnte keine mehr als Mädchen bezeichnet werden. Das Schicksal hatte sich tief in ihre Züge eingegraben, und trotz der schummrigen Beleuchtung und der reichlich verwendeten Schminke schienen sie mit dem Leben abgeschlossen zu haben wie Greisinnen.

»Hallo, Gertrud!« Magalie sprach eine der Prostituierten an.

»Guten Tag, Fräulein Hemmersbach«, antwortete diese brav wie ein Schulmädchen und bemühte sich, ihr kurzes Kleid über die Knie zu ziehen. Je weiter sie den Stoff nach unten zog, umso mehr gab sie von ihren hängenden Brüsten frei.

»Wie geht es den Kindern?«

»Ruth ist in Stellung bei 'ner stinkreichen Familie in Marienburg.« In Gertruds Stimme schwang Stolz mit. »Die Kleinen gehen noch inne Schule.«

Magalie bemerkte den Seitenblick der Engländerin. »Ich kenne Gertrud von meiner Arbeit als Fürsorgerin her«, erklärte sie.

Dann sprach sie wieder die Prostituierte an: »Du hast sicher von Luise Röhl gehört?«

»Wir haben inner Pause immer über die Pänz geredet.« In Gertruds Augen sammelten sich Tränen. »Das hätt auch mich treffen können. Wenn der Verrückte zu mir wär und nicht zu Luise, wären meine Pänz jetzt Waisen.«

»Wie kommst du darauf, dass es ein Verrückter war?«

»Was für ein normaler Mann tut so was? Die wollen schnellen Verkehr, weil sie zu Haus nicht randürfen. Der, wo das getan hat, war ein Perverser.«

»Hast du so einen mal als Freier gehabt?«

»Nicht nur einen, aber ich schick die weg, wo komisch sind. Egal wie viel sie zahlen.«

»Und Luise?«

»Lulu war da nicht so. Sie hat alles an Geld genommen, wo sie kriegen konnte. Für ihre Pänz.« Die Dirne schluchzte. »Das ist die Strafe Gottes für unser unkeusches Leben.«

»Dann ändere es, Gertrud. Jetzt ist die Zeit dafür gekommen. Fang ein neues Leben an. Ein ehrliches.« Magalie reichte der Prostituierten ein Taschentuch.

Gertrud schnäuzte kräftig hinein. Mit nassen Augen blickte sie auf: »Ich bin nicht Krösus. Wo soll ich von leben?«

Es war Jane unangenehm, die Frauen nach all den Intimitäten zu fragen, daher überließ sie der Deutschen das Gespräch. Fräulein Hemmersbach stellte sich äußerst geschickt an und lockte einiges an Informationen aus den Prostituierten heraus. Zudem zielten die Fragen der Deutschen in die Richtung ab, die Jane selber einschlagen wollte. Konnte es etwa sein, dass Fräulein Hemmersbach ebenfalls mehr über den Mordfall herauszubekommen beabsichtigte?

»... hat er mich gefesselt und mir eine Hutnadel in die Schenkel gestochen. Das tat so weh. Er wollte mir auch in die Mumu stechen, da hab ich laut um Hilfe geschrien.«

Am liebsten hätte Jane sich die Ohren zugehalten. Sie rief sich zur Ordnung, schließlich ging es um den Mord an Luise. Egal was für widerliche Dinge das Mädchen auch getan hatte, ihr

Mörder musste für seine Tat bestraft werden. Die Frau, die ihnen als Martha vorgestellt worden war, fuhr fort:

»Viele Männer, auch viele der Engländer, wollen es ja Französisch.«

Verwirrt blickte Jane zu Fräulein Hemmersbach, die wohl ebenso wenig Ahnung hatte, was die Prostituierte andeutete, wie sie selbst.

»Will meinen?«, fragte die Deutsche.

Anstelle einer Antwort nahm Martha ihren Daumen in den Mund und lutschte daran. Jane brach der Schweiß aus.

Magalie hatte sehr wohl gemerkt, dass es die Prostituierten reizte, der Engländerin intime Dinge ausgeschmückt zu erzählen. Aus Miss Fairchilds Gesicht wich angesichts der Pikanterien in einem Augenblick jedwede Farbe, um im nächsten puterrot anzulaufen. Und die Erwähnung der Vorlieben der männlichen Mitglieder ihrer Nation schien ihr besonders schrecklich zu sein.

»Hatte Luise viel mit Engländern zu tun?«, erkundigte sich Magalie nicht ohne Genugtuung.

»Wie wir alle. Die bringen das meiste Geld.«

»Sie hatte einen Soldaten als Stammfreier«, erzählte ein Mädchen namens Antonia, eine ehemalige Tingeltangelsängerin.

»Ist er noch zu ihr gegangen, nachdem sie im Schlösschen aufgehört hat?«

»Kann sein. Der hat immer nach ihr gefragt. Sie meinte, der wollte es immer von hinten.«

»Weißt du sonst irgendetwas über ihn? Seinen Namen? Wie er aussah?«

»Namen merk ich mir nicht. Wozu, wo die Männer alle naselang andere sind. Aber ein hübscher Kerl war's. Und er hatte eine komische Tatauierung direkt über seinem besten Stück.«

»Was für ein Stück?«, fragte Miss Fairchild.

Antonia lachte kehlig auf. »Sie wissen doch.« Mit einer unmissverständlichen Geste deutete sie in ihrem Schoß ein männliches Geschlecht an.

Magalie blickte zu der Engländerin, deren vornehme Blässe wieder von einem tiefen Rot überdeckt wurde.

»Falls euch was einfällt, meldet euch in unserem Büro im Hauptbahnhof. Wir möchten übrigens noch zu Hanni«, sagte Magalie.

»Den Gang runter, bei Fürstin Rose rein.«

Sie fanden die Tür, klopften und traten ein. Der Raum war verdunkelt. Kerzen, die rund um ein Bett aufgestellt waren, verbreiteten flackerndes Licht. Auf dem Bett lag eine Frau. Hanni. Sie war splitternackt, bleich und vollkommen leblos.

SECHS

Neben dem Bett stand ein Mann, die Hose zu den Füßen hinuntergelassen. Sein entblößtes Hinterteil leuchtete in der Dunkelheit. Der Lustmörder! Er ergötzte sich an der Leiche. Jane wich einen Schritt zurück. Dabei stieß sie gegen Fräulein Hemmersbach, die sich an ihren Arm klammerte. Der Mörder musste sie gehört haben, denn er drehte sich zu ihnen um. In der Hand hielt er sein erigiertes Genital. Kaum wurde er Janes und Fräulein Hemmersbachs in ihren Uniformen gewahr, zog er seine Hose hoch, verfing sich und fiel der Länge nach hin.

»Auf ihn!«, rief Jane der Deutschen zu. »Den lassen wir nicht entkommen.«

Sie drückte dem Mann genau in dem Moment ihr Knie in den Rücken, als er versuchte, sich vom Boden hochzustemmen.

»Packen Sie seine Arme!«

Fräulein Hemmersbach war bemüht, die Handgelenke des sich heftig wehrenden Mannes zu ergreifen, um ihn davon abzuhalten, nach Jane zu schlagen.

»Was zum Teufel tut ihr da?« Das war Hannis Stimme. Jane sah zum Bett hin. Da war kein Irrtum möglich. Hanni lebte, wenn auch ihr Körper noch immer das Aussehen einer verwesenden Leiche hatte. Fräulein Hemmersbach ließ die Arme des Mannes los.

»Seid ihr völlig verrückt geworden?«, erboste sich Hanni.

»Verzeihen Sie vielmals, mein Herr.« Jane wollte dem Mann aufhelfen. Er bedeckte jedoch sein Genital, das nun deutlich an Größe verloren hatte, mit der einen Hand und hielt mit der anderen die Hose zusammen. Fluchtartig verließ er den Raum.

»He, mein Geld!«, brüllte Hanni ihm nach. »Verdammter Mist.«

Sie griff nach einem Tuch auf dem Nachttisch und wischte sich die Blässe und die dunklen Flecken ab. Darunter kam rosige Haut zum Vorschein.

»Das war einer meiner besten Freier, besonders spendabel.

Jetzt kann ich den abschreiben. Vielen Dank, dass ihr mein Geschäft versaut habt.«

»Ich mach den entstandenen Schaden wieder gut.« Jane holte eine Pfundnote aus ihrer Tasche.

»Geht klar.« Hanni klang versöhnlicher. »Mein Traum ist das nicht gerad, hier wie tot rumzuliegen. Und nach dem, was Lulu passiert ist. Ich mein, wenn es so heiß ist, dann ist es ja angenehm, die Haut mit nassen Tüchern kalt zu machen, aber im Winter krieg ich ganz schön Gänsehaut. Dann muss ich die ganze Zeit über still liegen und darf keinen Muckser machen.«

Die Prostituierte wirkte voller Leben, während sie erzählte: »Aber er zahlt gut und fasst mich nicht an, sondern spielt nur an sich herum.«

Jane war froh, das Zimmer und Hanni zu verlassen. Auf dem Flur rückte sie ihre Krawatte zurecht.

»Was reizt einen Mann daran, sich an einer scheintoten Frau zu ergötzen?«

Die Frage von Fräulein Hemmersbach ignorierte sie. Das war ein Thema, über das sie nicht weiter nachdenken wollte.

»Könnte dieser Mann oder ein ähnlich pervers veranlagter den Mord an Luise begangen haben? Um sich einmal an einer richtigen Leiche zu berauschen«, spekulierte die Deutsche weiter.

»Ich wäre Ihnen sehr verbunden, wenn wir diesen unerbaulichen Vorfall vergessen und nie wieder davon sprechen könnten.«

*

Als Magalie und Miss Fairchild den gekachelten Obduktionssaal betraten, mischte sich der durchdringende süßliche Geruch von Verwesung mit dem beißenden Gestank nach Desinfektionsmitteln. Magalie hielt sich die Hand vor die Nase.

»Atmen Sie durch den Mund«, empfahl die Kollegin. Magalie tat, wie ihr geheißen. Auf dem Seziertisch lag Luises entblößte Leiche. War ihr Körper schon zu Lebzeiten nicht alleiniges Eigentum der Prostituierten gewesen, war er seit ihrem gewaltsamen Tod zum Allgemeingut geworden. Ihre Haut schimmerte violett im Licht der nackten Glühbirnen, die von der Decke hingen. In diesem Zustand sah Luise der schauspielernden Hanni ähnlich, nur dass ihre Hautverfärbungen nicht aus Schminke bestanden. Ihre Beine waren auseinander gebogen. Obwohl sie es in der Nacht gesehen haben musste, fiel Magalie erst jetzt auf, dass sie rasiert war. Wie bei einem ganz jungen Mädchen konnte man kein Schamhaar sehen.

Sie widerstand dem erneuten Drang, Luises Leichnam zu bedecken, sie vor den zudringlichen Blicken Fremder zu schützen.

»Was machen Sie hier?« Dr. Desiderius Friedreich, der Gerichtsarzt, hatte den Raum betreten. Sie kannten ihn bereits aus der Kneipe am Polizeipräsidium. Hier trug er einen weißen Kittel und Gummihandschuhe, die ihm bis zu den Ellbogen reichten.

»Wir sind von der Cölner Frauen-Wohlfahrtspolizei und …«, setzte Magalie an.

»Schon klar, wer Sie sind. Ich will wissen, was Sie hier zu suchen haben.«

Streng genommen hatten sie nicht das Geringste an diesem Ort zu suchen. Sie hatten den Obduktionstermin in Erfahrung gebracht und wollten der Sektion von Luises Leichnam beiwohnen.

Miss Fairchild sprang ein: »Es fällt in unseren Aufgabenbereich, bei der amtsärztlichen Untersuchung von Prostituierten anwesend zu sein. Auch bei dieser. Wir würden unsere Aufgabe gerne erfüllen, wenn Sie erlauben.«

»Ich sehe den Sinn und Zweck zwar nicht ein, aber bitte schön. Wollen wir doch mal sehen, wie weit Sie Ihre Aufgabe erfüllen, wenn ich loslege. Ich hoffe, Sie haben ausgiebig zu Mittag gegessen.«

Dr. Friedreich rollte einen Beistelltisch herbei, auf dem sich ein Tablett mit dem Sezierbesteck befand. Er deutete auf die Werkzeuge.

»Knochensäge, doppelschneidige Rückenmarksäge, Holzhammer. Dieser Meißel ist fürs Hirn und der daneben fürs Knochenmark. Skalpelle und Scheren für die Haut, Pinzetten für mögliche Funde im Fleisch der Leiche.«

Ein flaues Gefühl breitete sich in Magalies Magengegend aus.

Um Tapferkeit bemüht beobachtete sie, wie der Arzt routiniert ein Werkzeug auswählte. Er entschied sich für ein Skalpell und machte ein paar tiefe Schnitte.

»Mal schauen, was das Fräulein zuletzt zu sich genommen hat.« Mit der rechten Hand griff Dr. Friedreich in die klaffende Bauchwunde. Das Skalpell in der linken Hand schnitt er ins rote Fleisch. Anschließend legte er das blutbefleckte Skalpell auf das weiß emaillierte Tablett zurück. Magalie kämpfte gegen Übelkeit an. Kalter Schweiß bedeckte ihre Stirn. Sie richtete ihre Aufmerksamkeit auf die Kollegin, die der Obduktion folgte, als ob es sich um ein Cricketspiel handeln würde. Bereits angesichts des übel zugerichteten Leichnams in der Dachkammer war Miss Fairchild besonnen geblieben, doch da war es schummrig gewesen. Hier hingegen brannte das Licht erbarmungslos von der Decke herab und beleuchtete das Szenario in allen grausamen Details. Um besser sehen zu können, beugte sich die Engländerin sogar vor. Magalie war schockiert über die kühle Beherrschtheit Miss Fairchilds'.

»Im Magen-Darm-Trakt befinden sich Überreste von Fleisch und Gemüse.« Dr. Friedreichs Stimme drang dumpf an Magalies Ohr. »Kaum verdaut, daher gehe ich davon aus, dass sie das Essen unmittelbar vor ihrem Tod zu sich genommen hat.«

Magalie stand das Bild vor Augen, wie Luise hastig aß, bevor sie ihren Mörder empfing. Vielleicht hatte er das Essen sogar mitgebracht, um es gemeinsam mit seinem Opfer zu verzehren. Wie der Bauer, der das Schwein mästet, bevor er es schlachtet. Sie atmete schneller. Dr. Friedreich griff zu einer Säge und setzte sie an Luises Brustkorb an. Das Geräusch, das entstand, als das Metall der Säge auf den Knochen traf, brachte sie zum Schaudern. Sie taumelte in Richtung Ausgang.

»Ist Ihnen nicht gut?«, erkundigte sich Miss Fairchild.

Magalie rannte zur Tür hinaus. Bevor sie den Raum verließ, hörte sie den Bruchteil eines Satzes von Dr. Friedreich: »… schwaches Geschlecht … Polizeiwesen …«

Weiter als bis in den Flur kam sie nicht. In einem Schwall gab sie den Mittagsimbiss von sich.

Jane entschloss sich, die Obduktion weiterzuverfolgen. Fräulein Hemmersbach würde allein zurechtkommen. Es war nur natürlich, dass der Anblick der Autopsie Übelkeit bei ihr ausgelöst hatte. Wenn Jane an die erste Operation dachte, der sie beigewohnt hatte, stieg wieder der säuerliche Geschmack von Erbrochenem in ihren Mund. Aber das war beim ersten Mal gewesen, dem noch Hunderte andere folgten.

Sie bemerkte die forschenden Blicke Dr. Friedreichs, der darauf zu lauern schien, dass sie ebenfalls den Rückzug antrat. Stattdessen sah sie gefasst zu, wie Luises Körper geöffnet wurde.

Die Autopsie war nicht mit einer Operation zu vergleichen, wo man es mit einem lebendigen Menschen zu tun hatte. Auch wenn einige der Soldaten unter dem Messer weggestorben waren, so war die Arbeit mit dem Skalpell eine Arbeit der Hoffnung gewesen. Die Hoffnung darauf, Leben retten zu können. Hier schnitt das Messer ins Fleisch einer Toten, für die es im Grunde keine Rolle mehr spielte, ob der Gerichtsarzt Hinweise fand, die zur Verurteilung ihres Mörders dienlich sein konnten.

Als Jane in Luises Gesicht blickte, das im Tod einen ungeschützten, beinahe kindlichen Ausdruck angenommen hatte, füllten Tränen ihre Augen. Es gab einen gravierenden Unterschied zwischen dem Sterben im Krieg und dem von Luise. Auf dem Schlachtfeld war der Tod ein kollektiver Tod. Er suchte Unzählige heim, kam in der Masse. Hier war der Tod etwas Besonderes. Luises Tod gehörte zu den Toden, die einem die eigene Sterblichkeit in ihrer ganzen Brutalität vor Augen führten.

»Erstaunlich.« Dr. Friedreich unterbrach ihre Gedanken. »Das sieht aus wie eine Zeichnung.«

Jane trat näher heran, um das zu betrachten, was dem Pathologen aufgefallen war.

*

Miss Fairchild kam mit zwei Flaschen Limonade in der Hand auf Magalie zu, die sich im Schatten eines Baumes niedergelassen hatte. Dankbar nahm sie eine der Flaschen, die die Kollegin ihr reichte, und trank einen großen Schluck. Die zitronenhaltige Brause vertrieb den widerlichen Geschmack. Angenehm kribbelte die Kohlensäure am Gaumen.

Sie schämte sich, nicht den Mut aufgebracht zu haben, in den Seziersaal zurückzukehren. Damit hatte sie dem Vorurteil Dr. Friedreichs gegenüber Frauen neue Nahrung geliefert. Auch war es ihr nicht recht, sich vor der Kollegin diese Blöße gegeben zu haben. Sie stammelte eine Entschuldigung.

»Das passiert jedem beim ersten Mal«, wiegelte Miss Fairchild ab. »Übrigens hat Dr. Friedreich eine sehr interessante Entdeckung gemacht, als Sie draußen waren. Der Mörder hat Luise mit dem Messer nicht nur tiefe Schnitte zugefügt, sondern eine Art Widmung hinterlassen.«

»Was heißt das?«

»Auf ihrem Bauch sind außer den Schnitten, die zu Luises starkem Blutverlust geführt haben, weitere leichtere Schnitte vorhanden, die ihrer Form nach eine Art Schlange, Kreis, Rad oder Blume bilden.«

»Es könnte eine Tatauierung sein«, rätselte Magalie. »Obwohl eine Ritzung mit dem Messer nichts mit einem dieser schwarzblauen Hautbilder zu tun hat.«

»Das ist eine wichtige Überlegung«, sagte Miss Fairchild. »Auch wenn das Bild nicht mit Nadeln und Tinte angebracht wurde, so ist es doch eine Zeichnung in der Haut.«

»Vielleicht kann uns ein Tatauierer die Bedeutung des Bildes erklären«, schlug Magalie vor, erleichtert darüber, dass ihre Schwäche bereits vergessen schien. Im nächsten Moment fiel ihr jedoch ein, dass sie vor der Engländerin eigentlich nicht so deutliches Interesse an dem Fall zeigen wollte.

*

Am Samstag brannte die Sonne ebenso heiß wie an den vorangegangenen Tagen. Der August war einem warmen und trockenen Juli gefolgt. Mitleidig betrachtete Jane die Blätter der Kastanie, die sich nach Wasser lechzend zusammenrollten. Vor dem Headquarter hing der Union Jack schlaff herab. In der Sonne wirkten seine kräftigen Farben blass und ausgezehrt. Selbst die Soldaten schienen ihre Beine unter der drückenden Hitze nicht ganz so hoch zu reißen wie sonst. Jane lächelte ihnen zu, ohne zu erwarten, dass die Männer eine Miene verzogen. Sie betrat die Halle des Hotels, die ihr angenehm kühl vorkam.

»Guten Tag. Wir sollen sofort bei Commandant Allen vorstellig werden«, empfing Fräulein Hemmersbach sie.

»Worum geht es?«

»Es klang ernst.« Die Kollegin wirkte ratlos.

Vor Miss Allens Büro trafen sie auf Kommissar Neumann und seinen Mitarbeiter Stechemesser. Der Kripobeamte würdigte sie keines Blickes. Er hinkte an Jane vorüber und streifte mit seiner Jacke ihre Uniform. Deutlich konnte sie die Schuppen auf seinen Schultern und den speckigen Kragen erkennen. Stechemesser, der ihm folgte, wich ihrem Blick aus. Die Deutsche fasste ihn am Arm.

»Haben Sie etwas über das Messer in Erfahrung gebracht?«

Er blieb stehen. »Die Tatwaffe stammt definitiv nicht aus dem Besitz von Luise Röhl oder Hannelore Werner.«

»Dann hat der Mörder sie mitgebracht«, vermutete Fräulein Hemmersbach.

»Davon gehen wir aus.«

»Der Täter hat demnach den Vorsatz gehabt, Luise zu ermorden«, meinte Jane.

»Stechemesser! Hierhin!« Das war Neumann. Der Polizist zuckte zusammen. »Entschuldigen Sie vielmals, meine Damen.«

»Ihr Kollege scheint recht empfindlich zu sein.« Jane hielt ihn zurück.

»Weil die Fingerabdrücke, die wir auf dem Messer gefunden haben, nicht mit denen des Zuhälters übereinstimmen.«

»Das heißt, er ist nicht der Mörder«, stellte Fräulein Hemmersbach fest.

»Das lässt sich nicht abschließend sagen«, wich Stechemesser aus. »Herr Neumann ist überzeugt, dass es sich bei dem Zuhälter um den Mörder handelt. Vielleicht hatte er einen oder mehrere Komplizen. Auf der Tatwaffe haben wir Fingerabdrücke von zwei Personen gefunden.«

»Eine davon könnte ich sein«, gab die Deutsche kleinlaut zu. »Leider habe ich das Messer angefasst.«

»In diesem Fall müssten Sie aufs Präsidium kommen, damit ich Ihre Fingerabdrücke nehmen kann, um sie mit denen der Tatwaffe zu vergleichen.«

Als Neumann erneut nach dem Polizisten rief, verabschiedete sich Stechemesser eilig.

Auf Janes Klopfen hin antwortete Commandant Allen mit einem forschen *»Get in!«*. Jane und Fräulein Hemmersbach traten in das Büro. Miss Allen stand mit dem Rücken zu ihnen; ihre Hände waren ineinander verschränkt. *»Sit down!«*

Es verursachte Jane Unbehagen, dass sie nicht sehen konnte, in welcher Stimmung sich die Vorgesetzte befand. Allen starrte offenbar auf das Porträt ihrer Vorgängerin Damer Dawson, das über dem Schreibtisch hing. Der wasserblaue, streng forschende Blick, mit dem Dawson den Betrachter durch ihre Nickelbrille fixierte, täuschte. Jane hatte Chief Dawson gekannt. Sie war eine warmherzige, attraktive Frau gewesen. Auf dem Bild verschwand ihr langes blondes Haar vollkommen unter einer übergroßen Uniformmütze. Die ernste Miene hatte Dawson allein für den Maler aufgesetzt. In Wirklichkeit hatte sie gern und viel gelacht. Auch Miss Allen zeigte sich damals von ihrer offenen Seite, wie sich Jane erinnerte. Doch vor drei Jahren verstarb Chief Dawson im Alter von nur sechsundvierzig Jahren. Seitdem war Miss Allen verschlossen und verhärmt geworden. Die beiden Frauen hatten sich sehr, sehr nah gestanden.

Endlich sprach Allen: »Wie tapfer und vorbildlich hat sich die weibliche Polizei im Krieg an der Heimatfront geschlagen! Unermüdlich hat sie in den Munitionsfabriken für Ordnung gesorgt; hat dafür Sorge getragen, dass es auf den Straßen und in den öffentlichen Verkehrsmitteln ruhig blieb; hat sich um die Moral des Volkes gekümmert ...«

Es kam Jane vor, als rede Allen zu Damer Dawson und nicht zu ihnen. Allen fuhr fort: »Das so genannte schwache Geschlecht hat gerade in Kriegszeiten eine enorme Stärke körperlicher und geistiger Natur bewiesen. Jedes einzelne Mitglied der weiblichen Polizei war bereit, sich jederzeit für ihr Land und ihren König zu opfern.«

Jane räusperte sich. »Verzeihung, Sie haben nach uns rufen lassen?«, sprach sie die Vorgesetzte an. Diese drehte sich daraufhin um, griff nach dem Krug, der auf ihrem Schreibtisch stand, und goss sich Wasser ein. Mit durstigen Schlucken leerte sie das Glas.

»Es bleibt mir unbegreiflich«, weiterhin sprach Miss Allen mehr zu sich oder zu Dawson als zu Jane und Fräulein Hemmersbach, »warum die erfahrenen Polizistinnen, die ihrem Land so treue und effektive Dienste geleistet haben, nach Kriegsende für überflüssig gehalten werden. Über tausend ausgebildete Frauen haben in den harten Zeiten aufopferungsvoll gedient; sämtliche Dörfer und Städte, in denen sie arbeiteten, waren vom Erfolg ihres Einsatzes begeistert. Statt diese wertvollen Ressourcen zu nutzen, bildet man lieber unerfahrene männliche Polizisten aus.«

Plötzlich sah Miss Allen Jane und Fräulein Hemmersbach mit wachen Augen an. Der Blick erwischte Jane wie eine Kugel, die aus einem Gewehrlauf abgeschossen wird. Unwillkürlich wich sie zurück.

»Ich kann keine Probleme gebrauchen.« Commandant Allens Stimme war scharf. »Ich will, dass das hier zu einem Erfolg wird!«

Jane nahm sich zusammen und fragte: »Sie meinen?«

»Halten Sie sich aus den Ermittlungen im Mordfall Luise Röhl heraus. Das ist ein Befehl!«

SIEBEN

»Ohne uns hätte die Polizei die Tatwaffe nicht gefunden«, rechtfertigte sich Magalie. Zusammen mit Miss Fairchild ging sie durch die Flure des Headquarters. »Außerdem wollte ich Kommissar Neumann gar nicht in seine Ermittlungen pfuschen, ich wollte nur meine Arbeit tun.«

»Ich nicht. Ich wollte herausfinden, wer Luise umgebracht hat«, entgegnete die Engländerin. »Und ich will es immer noch.«

Magalie war erstaunt über dieses Geständnis.

»Wir sollten uns von unseren Nachforschungen nicht abbringen lassen«, fügte Miss Fairchild hinzu.

»Das können wir nicht tun. Miss Allen hat uns klare Anweisungen gegeben. Wenn wir die nicht befolgen ...«

Miss Fairchild wirkte nicht sonderlich beeindruckt. »Commandant Allen denkt in dieser Angelegenheit rein politisch, nicht wie ein Polizist. Aber wir sind Polizisten. Zumindest ich für meinen Teil halte mich dafür. Sie nicht auch?«

»Unser Aufgabengebiet ist doch ein ganz anderes. Ich will meine Kompetenzen nicht übertreten.«

»Wir müssen diesmal nur dafür sorgen, dass es niemand mitbekommt«, erklärte die Engländerin.

»Ich will gar nicht ermitteln«, behauptete Magalie.

Miss Fairchild sah sie durchdringend an. »Das kam mir ganz anders vor. Ich kann mich gut an die Fragen erinnern, die Sie den Nachbarn und den Prostituierten gestellt haben.«

Magalie begriff, dass sie sich nicht vollends aus der Angelegenheit herausreden konnte. »In Zukunft sollten wir uns aber zurückhalten. Schließlich wollen wir Miss Allen nicht weiter verärgern und den Einsatz der weiblichen Polizei nicht gefährden.«

»Wir gefährden gar nichts«, erwiderte die Engländerin. Magalie atmete erleichtert auf, allerdings nur so lange, bis Miss Fairchild weiterredete: »Wir haben durch unser Engagement glaubhaft bewiesen, dass wir mehr können, als moralische Sittenwächter zu sein.«

»Dadurch sind wir dem Kommissar gehörig auf die Füße getreten«, gab Magalie zu bedenken.

»Das stimmt«, lenkte Miss Fairchild ein. »Wenn wir uns in Neumann keinen Feind gemacht haben, *I'll eat my hat* … Wie sagt man das auf Deutsch?«

»Dann fresse ich einen Besen. Ich bin froh, dass wir uns einig sind.«

»Sind wir das? Wir ermitteln jetzt gemeinsam weiter?«

»Commandant Allen wird uns rauswerfen«, jammerte Magalie.

Sie betraten ihr Büro. Miss Fairchild legte ihren Hut auf die Ablage.

»Wo wir von Miss Allen reden. Sie gibt niemals nach, wenn sie von der Richtigkeit einer Sache überzeugt ist. Sogar für sich persönlich kennt sie kein Pardon. Als ich sie vor fünfzehn Jahren kennen lernte, saß sie sechs Monate im Gefängnis von Holloway ein, weil sie für die Sache der Frauen gekämpft hatte.«

»Mein Gott, was hatte sie denn getan?« Commandant Allen war im Gefängnis gewesen; Magalie mochte es kaum glauben. Im Gefängnis saßen Verbrecher, keine Damen.

»Nichts weiter, als sich für die Rechte der Frauen einzusetzen. Wir waren damals Verfechter des Wahlrechts für Frauen, Suffragetten. Das allein genügte, um bestraft zu werden. Miss Allen hätte sich zwar mit einer Geldstrafe freikaufen können …«

»Sie ist lieber ins Gefängnis gegangen?«

»Das Begleichen der Geldstrafe wäre einem Schuldeingeständnis gleichgekommen, wo sie sich keines Verbrechens schuldig gemacht hat.«

Bei den Engländern herrschten verrohte Sitten. »Irgendetwas muss sie doch getan haben. Man kommt nicht wegen einer Meinung ins Gefängnis«, entfuhr es Magalie.

Miss Fairchild nahm eine Thermoskanne mit heißem Tee und füllte zwei Tassen, bevor sie antwortete: »Sie hat sich gegen die Übergriffe der männlichen Polizei zur Wehr gesetzt.«

»Hat sie sich etwa mit Männern geschlagen? Das ist unerhört. Und Sie, waren Sie auch mal inhaftiert?«, fragte Magalie.

»Ich bin wegen tätlichen Widerstandes gegen die Polizei festgenommen und verurteilt worden.« Miss Fairchild blies in ihren Tee.

Magalie musterte die kleine Engländerin. Sie erinnerte sich an die Jiu-Jutsu-Unterrichtsstunde, in der sie den Lehrer zu Boden geworfen hatte.

»Was genau sind Suffragetten?«, verlangte sie zu wissen.

Die Flüssigkeit rann ihre Kehle herab. Bei dieser Hitze stillte ein warmes Getränk am besten den Durst, wie Jane von ihrem früheren Verlobten wusste, der in Indien gedient hatte. Sie lehnte sich in dem harten Bürostuhl zurück.

»Glauben Sie, dass es die Demokratie in Ihrem Land ohne die Novemberrevolution jemals gegeben hätte? Hier haben Sie das uneingeschränkte Frauenwahlrecht durch die Revolution erreicht, aber in England dürfen wir erst wählen, wenn wir das dreißigste Lebensjahr erreicht haben. Man behandelt uns wie Menschen zweiter Klasse, aus dem einfachen Grund, weil wir Frauen sind.« Jane wunderte sich über ihre eigene Mitteilsamkeit. »Durch den Krieg ist alles in den Hintergrund getreten, wofür wir gekämpft haben, aber vor 1914 befand sich die Bewegung der Suffragetten auf ihrem Höhepunkt. Damals gab es überhaupt kein Wahlrecht, kein ›*suffrage*‹ für Frauen. Wir dachten aber, es wäre nur eine Frage von wenigen Wochen, bis wir unser Ziel durchgesetzt hätten.«

»Deshalb haben Sie sich mit der Polizei geprügelt?«

»Wir haben nicht damit angefangen. Erst die Aggression der Gegenseite lehrte uns, dass Gewalt das einzige Mittel ist, mit unseren Forderungen weiterzukommen.«

Fräulein Hemmersbach sah schockiert aus. »Frauen sind nicht gewalttätig, sondern friedliebend. Das liegt gar nicht in unserer Natur, Gewalt anzuwenden.«

Jane lachte. »Nicht? Würden Sie sich nicht wehren, wenn man Sie angreift? Würden Sie den Vergewaltiger seine schreckliche Tat begehen lassen?«

»Das ist etwas anderes.«

»Wirklich? Zu Anfang haben wir nichts getan, außer auf die Straße zu gehen und für unser Recht auf Wahlen zu demonstrieren. Halten Sie das für verwerflich?«

»Nein.«

»Als Antwort auf unseren friedlichen Protest kamen wir ins Gefängnis. Danach haben wir angefangen, uns zur Wehr zu setzen. ›*Deeds not Words*‹ wurde unser Motto. Taten statt Worte.«

»Warum haben Sie nicht mit den Politikern geredet?«

»Wir haben vorher schon geredet, geredet und geredet. Man hat nicht auf uns gehört. Man hat uns nicht ernst genommen. Erst als wir Steine in die Fenster der Politiker …«

»Sie haben Steine geworfen?« Die Deutsche war vollkommen fassungslos.

»Ich bin stolz darauf. Und weil man uns verhaftete, wenn wir Steine schmissen, begannen wir, andere Mittel anzuwenden. Zum Beispiel haben wir den Rasen von Golfplätzen mit Säure beschädigt. Oder Telefon- und Telegrafenleitungen gekappt. Wenn es um ihr Eigentum geht, werden die Männer plötzlich hellhörig. Es herrschte Krieg.«

»Frauen und Gewalttätigkeit, das passt einfach nicht zusammen.«

»Aber Frauen werden mit Gewalt seitens der Männer konfrontiert, ob sie wollen oder nicht. Luise hätte sicher auch gerne auf die Erfahrung von Gewalt verzichtet, meinen Sie nicht?«

Das hatte gesessen. Nachdenklich starrte die Deutsche in ihren Tee, auf dem sich eine schillernde Haut bildete.

*

Kaum ein Mensch ließ sich in den von der Sonne grell erleuchteten Straßen blicken, durch die sie patrouillierten. Magalie war immer noch nicht sicher, wie sie sich verhalten sollte. Sie konnte sich nicht auf einen Standpunkt festlegen. Zu einleuchtend war ihr das letzte Argument der Engländerin erschienen.

»Ich habe mich kundig gemacht«, unterbrach Miss Fairchild die angestrengte Stille. »In der Kasinostraße gibt es einen Tatauierer in einer Kneipe. Zu dem sollten wir gehen.«

»Aber Miss Allens Anweisungen.«

»Trauen Sie Kommissar Neumann und seinem Assistenten denn wirklich zu, den wahren Mörder von Luise zu fassen?«

»Nein, und doch ... Wenn das herauskommt, wirft man uns raus«, versuchte Magalie ihr Zögern zu erklären, das ihr selbst nicht gefiel.

»Das bisschen Nachfragen kriegt ganz sicher niemand mit. Wir sehen uns nur um. Mehr nicht.«

In der Gaststätte steuerten sie den Tresen an. Der Wirt wurde bei ihrem Anblick sichtlich nervös. Bevor sie etwas sagen konnten, versicherte er, dass in seinem Lokal kein britischer Soldat Alkohol ausgeschenkt bekäme.

»Das überprüfen wir ein anderes Mal«, fuhr ihm Jane über den Mund. »Wo finden wir den Tatauierer?«

»Ach, Sie suchen den Künstler.« Der Wirt wirkte äußerst erleichtert. Jane beschloss, an einem der nächsten Tage seine Gaststätte zu kontrollieren.

»Den Hotte finden Sie im Hinterraum.« Mit dem Zeigefinger wies er auf eine Tür am Ende der Kneipe. Den fleischigen Finger zierte ein Ring aus blauer Tinte. Das war beileibe nicht die einzige Zeichnung, die der Mann vorzuweisen hatte. Auf seinem Oberarm wand sich eine Schlange, deren Schwanzspitze unter dem aufgekrempelten Hemd verschwand. Der geöffnete Kragen gab den Blick auf ein Dickicht aus Brustbehaarung mit darunter liegenden blauschwarzen Linien frei.

»Wie kann man sich unwiderruflich für den Rest seines Lebens markieren lassen?«, wunderte sich die Deutsche, als sie die Tür zum Hinterraum öffnete. »Das ist wirklich nur was für Kriminelle und Proleten.«

»Durchaus nicht«, widersprach Jane. »*His majesty*, unser König George, trägt auf seinem rechten Arm das Bild eines großen japanischen Drachens. Andere Mitglieder des Hauses Windsor, Männer und Frauen, sind ebenfalls tatauiert sowie die bessere Gesellschaft und weite Teile der Bevölkerung. Letztes Jahr wurde deshalb sogar ein gesetzliches Tatauierverbot für Mädchen unter einundzwanzig Jahren erlassen.«

»Ihr Engländer pflegt merkwürdige Sitten und Bräuche.«

»Auch im deutschen Kaiserhaus wurde der permanente Hautschmuck geschätzt.«

Fräulein Hemmersbach trat vor Jane in das Hinterzimmer, aus dem ein gleichförmiges Surren erklang. Als Jane ihr folgte, staunte sie nicht schlecht. Vier ihrer Landsmänner, Soldaten, befanden sich in dem engen Raum, dessen einzige Dekoration aus an den Wänden befestigten Pappen bestand, auf denen sich lauter bunte Bilder befanden. Einer der Soldaten, mit blauen Augen, ausgeprägten Wangenknochen und dichten Haaren, trug nur den unteren Teil seiner Uniform. Seine Oberbekleidung hatte er ausgezogen. Im Unterhemd stand er vor Jane und der Kollegin. Auf seinem muskulösen rechten Arm leuchtete feucht der Union Jack. Der Soldat fing Janes Blick auf.

»Ganz frisch zu Ehren unseres Königs.«

Er zwinkerte Jane zu. Eine solche Respektlosigkeit konnte sie sich nicht gefallen lassen. Vor allem nicht vor der Deutschen.

»Nennen Sie mir Ihren Namen.«

»Jack Longman. Und mit wem habe ich das Vergnügen?« Longman verbeugte sich tief. Seine Kameraden lachten. Ein schwacher Alkoholdunst lag in der Luft.

»Constable Fairchild und Constable Hemmersbach. Ich rate Ihnen, sich vom Alkohol in diesem Etablissement fern zu halten.«

»Selbstverständlich entsagen wir allen alkoholischen Getränken, Miss Fairchild, oder heißt es Mrs.?«

»Für Sie immer noch Constable.«

»Gewiss, Constable Fairchild. Wir warten auf unseren Freund hier.« Longman trat zur Seite. Hinter ihm stand eine Liege, auf der ein Mann mit heruntergelassenen Hosen auf dem Bauch lag. Ein weiterer Mann, vermutlich Hotte, der Tatauierer, machte sich mit einem elektrischen Apparat an dessen Hinterteil zu schaffen. Pikiert blickte Jane weg. Jack Longman und seine Kameraden lachten schamlos.

Auch wenn das Verhalten des englischen Soldaten ausgesprochen unhöflich war, so entbehrte die Situation nicht einer gewissen Komik. Miss Fairchild, die bei dem widerlichen Anblick von Lulus Leiche auf dem Obduziertisch nicht einmal mit der Wimper gezuckt hatte, benahm sich angesichts eines äußerst lebendigen

Corpus schamhaft wie eine Nonne. Magalie blickte genauer hin. Auf den weißen Hinterbacken war eine Katze eingestochen worden. Nun war der Tatauierer dabei, eine Maus hinzuzufügen, die in die Analöffnung wie in ihr Mauseloch zu verschwinden schien. Einen seltsamen Humor hatten die Engländer. Zumal der Soldat für diesen Spaß augenscheinlich leiden musste. Wann immer sich die Nadel surrend in seinen Allerwertesten senkte, stieß er einen lautstarken Fluch aus: *»Goddamned!«*

Der Kamerad, von dem Magalie mitbekommen hatte, dass er Jack Longman hieß, wies ihn spöttisch zurecht: *»Watch your language. There are ladies in this room.«*

Der Tatauierer schien sein Werk beendet zu haben, denn er nahm eine Flasche mit Karbolwasser, tropfte die Flüssigkeit auf ein Tuch und wischte über die Zeichnung. Das Tuch färbte sich rot.

»Die nächsten Tage besser nicht hinsetzen«, riet Hotte.

»What?« Der Soldat verstand ihn nicht.

»Don't sit down«, übersetzte Miss Fairchild mit dem Rücken zur Liege. Der Soldat richtete sich auf und zog sich vorsichtig an. Seine Kameraden klopften ihm anerkennend auf die Schulter. Longman, der Hemd und Jacke angezogen hatte, verbeugte sich leicht vor Miss Fairchild. *»Hope to see you soon.«*

Damit verschwanden die Engländer. Hotte säuberte sein Werkzeug.

»Die Damen wünschen eine Tatauierung? Wenn Sie sich Anregungen aus den Musterbüchern holen wollen …« Er wies auf die Kartons mit den Bildern an der Wand. »Meine Methode ist garantiert giftfrei und unverwüstlich. Nur elektrische Behandlung auf modernstem Stand. An allen Stellen.«

»Deshalb sind wir nicht hier. Wir brauchen eine Information«, erklärte die Engländerin.

Hotte betrachtete Magalies und Miss Fairchilds' Uniformen.

»Was Offizielles?«

»Nicht direkt«, antwortete Magalie.

»Wir sind von der Cölner Frauen-Wohlfahrtspolizei und haben die Aufgabe, alle Kneipen und andere Etablissements zu überwachen«, sagte Miss Fairchild.

»Frauen bei der Polizei. Unglaublich. Erst das Wahlrecht und jetzt die Männerberufe.«

Es lag Magalie auf der Zunge, ihn darauf hinzuweisen, dass Frauen bereits vor der Anerkennung des Wahlrechts in Männerberufen gearbeitet hatten, weil die Männer im Krieg waren.

»Warum lassen sich Menschen diese Bilder in die Haut ritzen?« Miss Fairchild zeigte auf die Pappen. Auf einer war eine Schwalbe zu sehen, die ein Briefchen im Schnabel trug. Daneben prangte ein brennendes Herz, darunter befanden sich ein Anker mit Blumen sowie ein Arrangement von Spielkarten, einer Flasche Wein und einem Frauenkopf mit dem Spruchband »Mannes Ruin«.

»Die Antworten auf das Warum sind so zahlreich wie die Motive, die ich den Menschen steche«, meinte Hotte. »Eine Tatauierung kann eine Erinnerung sein, an den Krieg zum Beispiel oder an eine Liebste. Sie kann auch eine Kraftprobe sein. Wussten Sie, dass Erzherzog Franz Ferdinand eine Schlange auf der rechten Hüfte tatauiert hatte? Als man ihn nach seiner Ermordung aufschnitt, entdeckte man, dass die tödliche Kugel mitten durch die Tatauierung gedrungen war.« Hotte verzog das Gesicht zu einem Grinsen.

»Was ist daran so komisch?«, verlangte Magalie zu wissen.

»Weil die Schlange ein ägyptisches Schutzsymbol ist und außerdem Stärke bedeutet«, antwortete Hotte.

»Was noch?«, erkundigte sich Miss Fairchild.

»Das Sinnbild für die sündige Frau. Denken Sie an Adam und Eva.«

»Dann haben Tatauierungen eine private Bedeutung für den Träger?«, hakte die Kollegin nach.

»Ja und nein. Es gibt auch welche, die niemals zur See gefahren sind und sich dennoch einen Anker tatauieren lassen, weil sie als Matrose und Abenteurer gelten wollen.«

»Letzten Endes gibt eine Tatauierung nicht viel über den Menschen preis?«

»Doch. Wie sie gestochen wurde, ist entscheidend. Im Zuchthaus oder auf einem Schiff stehen nur primitive Mittel zur Verfügung. Mit einer Scherbe wird die Haut aufgeritzt und der mit

Schnupftabak und Spucke vermischte Farbstoff reingerieben. Da entstehen niemals so feine Bilder wie mit der elektrischen Nadel.«

»Wenn man ein Bild mit dem Messer einritzt? Was sagt uns das?«, fragte die Engländerin.

»Ohne Farbe?«

»Ja.«

»Eine sehr gewalttätige Methode. Hat eigentlich nicht viel mit einer Tatauierung zu tun, denn die Farbe ist ja nur für den Moment der Blutung vorhanden.«

»Was hat ein Kringel für eine Bedeutung?«

»Können Sie ihn aufzeichnen?« Der Tatauierer schob Miss Fairchild einen Stift und ein Stück Papier hin. Mit der Liege als Unterlage zeichnete sie Luises Mal.

Nachdenklich sah Hotte es an. »Ist das eine Schlange?«

»Das wollten wir von Ihnen wissen. Wenn ja, mit welcher Bedeutung?«

»Keine Ahnung.« Mit einem bedauernden Gesichtsausdruck zog er die Schultern hoch. »Stärke, Sünde, alles ist möglich.«

An der Tür stellte Miss Fairchild eine letzte Frage: »Was ist, wenn man jemandem gegen seinen Willen eine Zeichnung anbringt?«

»Dann macht man entweder einen schlechten Scherz oder man will ihn bestrafen.«

Auf der Straße überfiel sie die Mittagshitze mit einer solchen Wucht, dass Jane Atemprobleme bekam. Sie drückte sich zusammen mit Fräulein Hemmersbach in den schmalen Schatten, den die Häuserfronten warfen. Mit dem Hut fächerte sie sich Luft zu.

»Ihre Fragen gingen zu weit«, klagte die Deutsche.

»Niemand zwingt Sie, dabei zu sein. Wenn Sie möchten, kann ich Miss Allen um einen Wechsel der Teams bitten.« Jane ärgerte sich über die Feigheit ihrer Kollegin.

»Ich möchte bloß nicht noch mehr Aufsehen erregen«, erwiderte diese.

»Tun Sie nicht so, als sei Ihnen Luise völlig egal. Sie wollen den Mörder doch auch fangen. Helfen Sie mir lieber, Licht ins Dunkel zu bringen.«

Nach einer ausgedehnten Gesprächspause fing die Kollegin zu reden an: »Vielleicht wollte der Mörder Luise tatsächlich bestrafen?«

»Ist Mord nicht immer eine Strafe?«, entgegnete Jane, sehr zufrieden damit, dass Fräulein Hemmersbach eingelenkt hatte.

»Wenn es ein Lustmörder war, wollte er sich vor allem an der Leiche ergötzen.«

»Vielleicht war es kein Lustmörder. Vielleicht war es jemand, der eine solche Wut auf Luise hatte, dass er sie nicht nur töten, sondern zutiefst verletzen wollte.«

Fräulein Hemmersbach pflichtete ihr bei: »Schließlich gibt es wesentlich weniger grausame Methoden, eine Person zu ermorden.«

»Die Frage ist also«, überlegte Jane, »ob der Mörder Wut auf die Person Luise oder Wut auf die Prostituierte hatte.«

»Oder auf Frauen an sich«, warf die Deutsche ein.

Sein Motiv würden sie erst erfahren, wenn der Mörder gefasst war und aussagte. Sie wussten nicht einmal, ob der Mörder Luise gezielt ausgewählt oder durch Zufall auf sie als Opfer gekommen war.

»Ich muss noch ins Präsidium, meine Fingerabdrücke abgeben«, sagte Fräulein Hemmersbach.

»Ich begleite Sie.«

»Sie haben das Messer doch gar nicht angefasst.«

»Aber ich habe in der Wohnung Fingerabdrücke hinterlassen.«

Sie bogen in die Mörsergasse ein.

»Was mir nicht aus dem Kopf geht …«, setzte Fräulein Hemmersbach an, dann brach sie wieder ab.

»Ja?«, hakte Jane nach.

»Luise hatte diesen englischen Freier mit der, nun …«, die Deutsche schien nach Worten zu suchen, »… intimen Tatauierung. Könnte er etwas mit dem Mord und der Zeichnung zu tun haben?«

Das war ja abzusehen gewesen, ärgerte sich Jane, dass Fräulein Hemmersbach sich begierig auf den englischen Freier als möglichen Verdächtigen stürzen würde.

»Das sind unhaltbare Vermutungen, die uns nicht weiterbringen«, gab sie zur Antwort.

»Sie haben Recht. Wir können ja schlecht irgendwelche Soldaten anhalten und sie darum bitten, ihre Hosen herunterzulassen.« Die Deutsche lachte. Jane verzog nicht einmal die Mundwinkel.

Erst war die Engländerin so vertraulich, dann wechselte sie von einem Moment zum anderen ihre Laune und zeigte sich verstimmt.

Den Rest des Weges zum Polizeipräsidium hatte sie eisern geschwiegen. Gerade als Magalie glaubte, ihre Abneigung gegen Miss Fairchild überwunden zu haben, kam bei dieser wieder ihre Arroganz zum Vorschein.

Sie klopfte an die Tür zu Neumanns Amtsstube. Ohne auf eine Aufforderung zu warten, trat sie ein. Miss Fairchild folgte ihr. Stechemesser sah von dem Aktenordner auf, in dem er blätterte. Mit Erleichterung stellte sie fest, dass Kommissar Neumann nicht anwesend war.

»Guten Tag, meine Damen.« Der Polizist sprang von seinem Stuhl auf und stieß ihn dabei um. Fahrig stellte er ihn auf. »Was kann ich für Sie tun?«

»Wir sind wegen unserer Fingerabdrücke hier.«

»Natürlich.« Stechemesser blieb im Raum stehen.

»Dürfen wir Platz nehmen?«, erkundigte sich Miss Fairchild.

Er rückte zwei Stühle zurecht. Während er sich an seinem Schreibtisch zu schaffen machte, sah sich Magalie in der Amtsstube um. Bis auf eine verkümmerte Pflanze auf der Fensterbank und eine sorgfältig zusammengefaltete Zeitung, die sich durch das Datum des 4. Augusts als aktuelle Ausgabe erwies, war nichts Privates im Raum auszumachen. An der Wand über Neumanns Schreibtisch prangte eine helle Stelle, an der wohl einmal ein Bild gehangen hatte. Magalie vermutete, dass es das Porträt des Kaisers gewesen war.

Stechemesser verteilte verschiedene Utensilien auf der Tischplatte.

»Haben Sie die Fingerabdrücke auf dem Messer zuordnen können?«, erkundigte sich Miss Fairchild.

»Leider nicht. Wir haben die Fingerabdrücke mit denen der Verbrecherkartei abgeglichen, aber es ist nichts dabei herausgekommen.«

»Wie vergleicht man denn Fingerabdrücke überhaupt?«, fragte Magalie.

»Sehen Sie sich ihre Fingerspitzen an«, sagte Stechemesser. »Sie erkennen geschwungene Linien, die wir Papillarlinien nennen. Daran heftet sich Fett, das bei Berühren eines Gegenstands an diesem kleben bleibt. Das Fett gibt dann die Konturen der Papillarlinien wider.«

»Gibt es dabei keine Irrtümer?«

»Nein, jeder Fingerabdruck ist einzigartig. Wenn er am Tatort gefunden wird, muss die Person, der der Fingerabdruck gehört, dort gewesen sein. Allerdings ist darauf zu achten, dass die Polizei keine eigenen Abdrücke hinzufügt, deshalb dürfen die Gegenstände nur mit Pinzette, Schere oder an der Kante angefasst werden.«

Verlegen rutschte Magalie auf ihrem Stuhl herum. Sie hatte diese polizeiliche Grundregel gründlich missachtet. Stechemesser erklärte:

»Gegenstände mit glatter Oberfläche sind für unsere Zwecke ideal. Fensterbeschläge, Fensterbretter, Fensterscheiben, Fensterverkleidungen, mit Tapeten verkleidete Wände, Spiegel, Türen …« Bei seiner Aufzählung geriet er in Fahrt.

Miss Fairchild unterbrach ihn: »Können wir anfangen?«

»Selbstverständlich«, entschuldigte sich der Polizist. »Wenn die Damen mir ihre Handflächen entgegenstrecken.«

Magalie reichte ihm als Erste ihre Hand. Vorsichtig nahm Stechemesser sie, dabei blickte er ihr in die Augen, sah aber sofort wieder weg. Mit einem Spatel trug er Druckerschwärze auf ihre Fingerspitzen auf, die er gleichmäßig verteilte. Einzeln drückte er die Finger, indem er die Spitzen von links nach rechts abrollte, auf eine Karte, auf der für jeden Finger ein eigenes Feld abgegrenzt war. Dann war die Engländerin dran.

»Hoffentlich lande ich nicht in der Verbrecherkartei«, scherzte sie.

*

Obwohl sie die Finger mit Wasser und Scheuersand gründlich geschrubbt hatte, kamen sie Jane immer noch gräulich vor. Methoden wie die Daktyloskopie waren gut, um Verbrecher zu fangen, aber sie fragte sich, ob sie ausreichten. Besser war es zu verhindern, dass es überhaupt zu einer Straftat kam. Insofern waren ihre Mittel begrenzt. Die Mitglieder der Frauen-Wohlfahrtspolizei vermochten zwar den Frauen und Mädchen gut zuzureden und an den letzten Rest ihres Ehrgefühls zu appellieren; doch Hilfe anbieten, das konnten sie nicht. Sie hatten Luise keine Alternative zu ihrem Leben als Prostituierte offerieren können.

Jane drückte die Klingel des Hauses, das sie während ihres Aufenthaltes in Köln bewohnte. Ihr Dienstmädchen öffnete.

»Lass mir eine Badewanne mit kaltem Wasser ein«, verlangte Jane. Sie setzte sich auf einen Stuhl und zog an den Stiefeln. Mit ihren heißen, verschwitzen Füßen trat sie auf die kühlenden Fliesen der Eingangshalle.

Anders wäre es, überlegte sie, wenn man Heime für ledige Mütter einrichten würde, in denen sie Schutz und ein Auskommen mit ihren unehelichen Kindern finden könnten. Dann hätte es Luise nicht nötig gehabt, ihren Körper zu verkaufen, und sie hätte ihrem Mörder nie die Tür aufgemacht.

*

Weil die Ledersohlen ihrer Stiefel verdächtig quietschten, stieg Magalie die Treppe zur Wohnung auf Zehenspitzen hoch. Dabei hielt sie den Atem an, denn durch die Hitze verströmte das stille Örtchen im Hof den Geruch von Kloake bis in den Hausflur. Endlich hatte sie die altersbraune Wohnungstür erreicht. Magalie steckte den großen Schlüssel ins Schloss.

»Fräulein Hemmersbach, es ist bereits der Vierte des Monats, und Sie haben die Miete nicht bezahlt.« Die Hauswirtin hatte sie doch erwischt.

»Ich werde es gleich morgen tun, Frau Riebel.«

»Nicht morgen. Heute! Morgen ist das Geld mal wieder nur die Hälfte wert, und ich muss die Miete abermals erhöhen.« Die

Hauswirtin war unerbittlich. Magalie hätte sie gerne angeschrien, dass sie sich mit ernsteren Problemen herumschlagen musste.

»Es ist ja nicht so, als ob ich mir meine Mieter nicht aussuchen könnte«, wetterte Frau Riebel, die so hager und hochgewachsen war, dass sie sogar Magalie um einen Kopf überragte. »Und dieses vornehme Getue Ihrer Mutter«, keifte die Hauswirtin. »Die führt sich auf, als ob sie Herrin eines Schlosses wär. Sagen Sie Ihrer feinen Frau Mutter, dass sie das Klavierspielen aufhören soll. Rund um die Uhr dieses Geklimper, das hält man ja im Kopf nicht aus.«

»Werd ich tun«, behauptete Magalie, schloss die Tür auf und verschwand, bevor Frau Riebel protestieren konnte. Von innen lehnte sie sich dagegen. Gerne hätte sie der Wirtin gesagt, sie solle sich ihr düsteres, miefiges Loch von einer Wohnung sonst wohin stecken, aber eine andere Wohnung gab es nur im Tausch gegen die eigene, seit die Engländer Wohnraum für ihre Soldaten beschlagnahmt hatten. Magalie nahm den Hut ab, legte ihn auf den Küchentisch und ging ins Zimmer, das ihre Mutter bewohnte.

»Hallo, Mama!« Zur Begrüßung gab sie ihr einen Kuss auf die Stirn. Ihre Mutter trug wie jeden Tag das hellblaue Kleid, das an den Ellbogen ganz durchgescheuert war.

Abschätzig musterte die Mutter die Uniform. »Wie ein Mann läufst du wieder herum.«

»Das ist nun mal meine Arbeitskleidung, Mama.«

»Ich billige es nicht, dass meine Tochter in einem Männerberuf arbeitet. Welcher anständige Herr soll sich für dich interessieren?«

Magalie verbiss sich die Bemerkung, dass dieser Männerberuf sie beide am Leben erhielt.

»Hast du was gegessen?«, fragte sie.

»Ich habe mir die Speckschwarte gemacht, zusammen mit ein paar Scheiben Brot. Mehr war nicht da.«

Sie half ihrer Mutter aus dem Kleid und schnürte ihr das enge Mieder auf. Die Haut darunter war gerötet und verschwitzt. Weil die Mutter durchdringend nach Schweiß stank, holte Magalie aus der Küche eine Schale mit Wasser und ein Handtuch und wusch ihr damit den Rücken ab.

»Es ist viel zu warm in der Wohnung«, jammerte die Mutter.

»Ich weiß, Mama, draußen ist es auch furchtbar heiß.«

Magalie wartete, bis ihre Mutter sich in das Eisenbett gelegt hatte, das in der engen Stube direkt neben dem Klavier stand. Dann ging sie in die Küche, zog die Tür hinter sich zu und hängte das nasse Mieder zum Trocknen ans Fenster. Im Vorratsschrank suchte sie nach Lebensmitteln, fand einen Kanten Brot und Eier. Es würde mal wieder Brotpudding geben. Sie begann, das Brot fein zu reiben, vermischte die Brösel mit dem Eigelb von zwei Eiern und mit einem Rest Margarine. Des besseren Geschmacks wegen wollte sie ein wenig Zucker hinzuschütten. Die Vorratsdose war bereits leer. Magalie warf einen Blick in Richtung des Zimmers ihrer Mutter, aus dem Schnarchgeräusche ertönten. Auf dem Herd dickte sie den Teig mit Kartoffelmehl an und schlug das Eiweiß steif. Den Brei füllte sie auf einen Teller. Am Küchentisch sitzend stützte sie den Kopf in die Hände. Aus dem Hof schallte die traurige Melodie eines Leierkastens. Sie musste an Luise denken und denjenigen, der ihr diesen grausamen Tod zugefügt hatte. War Hass das Motiv gewesen? Was brachte einen Menschen dazu, aus diesem Gefühl heraus zu töten? Sie hatte nur einmal gehasst und hasste immer noch. Nicht die Engländer, deren Okkupation sie ablehnte, sondern jemanden, den sie zuvor sehr geliebt hatte. So sehr, dass sie sich ihm hingab, obwohl sie nicht verheiratet gewesen waren. Die Konsequenzen dieser Affäre hatte sie ganz allein tragen müssen. Deshalb hasste sie ihn. Weil er sich aus der Verantwortung stahl wie ein Dieb in der Nacht, als sie ihn am dringendsten brauchte. Ihr Herz hatte er mitgenommen.

*

Nach einem erholsamen Schlaf wickelte sich Jane in den Morgenmantel aus Seide, den das Mädchen ihr zurechtgelegt hatte, und setzte sich an den runden Tisch in ihrem Schlafzimmer. Ihr Blick fiel durch das Fenster auf das Grün der Bäume, die im Garten des Hauses standen. Sie genoss den Moment der sonntäglichen Ruhe, bevor sie zum Dienst musste. Von nun an würde sie jeden Sonntag arbeiten und sich dafür einen Tag in der Woche freinehmen können. Es klopfte. Das Dienstmädchen trat mit einem Tablett ein, das sie vor Jane hinstellte. Der Duft des Tees vermischte sich mit dem würzigen Geruch nach gebratenen Eiern und Speck, die sich auf dem Teller häuften. Goldbraun lag der gebutterte Toast daneben.

»Du hast die Marmelade vergessen«, erinnerte Jane das Mädchen. »Schenk mir Tee ein, dann kannst du den Rest holen.«

Sofort kam das Mädchen ihrer Aufforderung nach. Trotz ihrer Dienstbeflissenheit lächelte sie Jane nie an, sondern senkte immer den Blick.

»Bist du eigentlich mit deiner Anstellung zufrieden, Hedwig?«

Das Mädchen fuhr zusammen und ließ die Porzellantasse fallen. Auf dem Boden zersprang sie. Die braune Flüssigkeit sickerte in den Teppichboden.

»Entschuldigen Sie, entschuldigen Sie bitte. Entschuldigung.« Hedwig hockte sich hin und sammelte die Scherben ein. Den Fleck wischte sie mit ihrer Schürze trocken.

»Was ist bloß mit dir los?«

»Wollen Sie mich entlassen?« Tränen sammelten sich in den Augen des Mädchens.

»Nein.« Jane sah zu, wie Hedwig mit den Scherben in der Hand aus dem Zimmer eilte. Das Verhalten des Dienstmädchens befremdete sie, zumal es dem von Fräulein Hemmersbach glich. Fräulein Hemmersbach war ebenfalls höflich, doch niemals freundschaftlich, obgleich sich ihre Beziehung in den wenigen Tagen der Zusammenarbeit bereits gebessert hatte. Vielleicht brauchten sie einfach ein bisschen Zeit, um sich aneinander zu gewöhnen.

Sie nahm die gefaltete Abendausgabe des Stadt-Anzeigers vom vergangenen Tag zur Hand. Ihr Blick blieb an der Überschrift im unteren Bereich der ersten Seite hängen: »Zweifel in Sachen Lustmord«. Rasch überflog sie den Inhalt. Nun war auch die Öffentlichkeit davon überzeugt, dass der Zuhälter nicht Luises Mörder sein konnte, weil dessen Fingerabdrücke nicht mit denen auf der Tatwaffe übereinstimmten. Befriedigt faltete Jane die Zeitungsseite auseinander. In dicken Lettern stand dort: »Der Frauenmörder gesteht«.

ACHT

»Meinen Sie, er ist echt?«, wunderte sich Magalie

»Das, was einst so rein gewesen, beschmutzt von Gier nach Geld. Wahre Liebe kennt kein Ende. Ohne mich ist Lulu nichts. Ich habe sie geschaffen und kann sie wieder vernichten. Sie ist mein«, zitierte Miss Fairchild aus dem Brief, den der Mörder an die Zeitung geschickt hatte. Sie fügte hinzu: »In den Berichten über den Mord war bislang nur von einer L.R. die Rede. Dass der Briefschreiber sie Lulu nennt, spricht für eine persönliche Bekanntschaft.«

»Er könnte in der Nachbarschaft herumgefragt und so ihren Spitznamen herausgefunden haben«, widersprach Magalie. »In dem Brief steht nichts, was man als Trittbrettfahrer nicht durch neugieriges Fragen kombinieren könnte. Wieso sollte der Mörder einen Brief an die Zeitung schicken und dadurch die Polizei auf sich aufmerksam machen?«

»Weil er etwas mitteilen will über seine Gründe für den Mord? Weil er nicht als Täter gelten will und Luise nicht als bedauernswertes Opfer sieht? Überhaupt ist die Chance, einen anonymen Brief zum Schreiber zurückzuverfolgen, doch mehr als gering.«

»Man müsste das Original mit Schriftproben vergleichen«, stimmte Magalie Miss Fairchild zu.

»Und welche Schriftproben wollen Sie dafür heranziehen? Außerdem ist der Brief wahrscheinlich mit der Schreibmaschine geschrieben worden.«

»Das gleicht der berühmten Suche nach der Stecknadel im Heuhaufen«, gab Magalie zu. Wenn es sich bei dem Briefschreiber wirklich um den Mörder handelte, war es eine riesige Unverfrorenheit, der Öffentlichkeit seine Gründe darlegen zu wollen, so als gäbe es irgendeine Art der Rechtfertigung für seine brutale Tat.

Sie wurden von Miss Moody unterbrochen. *»Commandant Allen is waiting.«*

*

Als sie Allens Büro verließen, sah Jane ihre Kollegin triumphierend an. Sie hatten mit einer Strafpredigt gerechnet, sogar mit ihrer Suspendierung vom Dienst, aber nicht damit.

»Ich kann es gar nicht glauben«, erklärte Fräulein Hemmersbach. »Erst die Abreibung und jetzt diese Auszeichnung?«

»Ich sagte doch, dass Miss Allen sich nicht von persönlichen Vorlieben oder Abneigungen leiten lässt, sondern allein davon, was das Beste auf dem Weg zu ihrem Ziel ist. Vermutlich will sie vor den Fürsprechern der Frauen-Wohlfahrtspolizei unseren Einsatz bei dem Mordfall hervorheben.«

»Stellen Sie sich vor, Herr Adenauer wird bei dem Empfang anwesend sein.« Fräulein Hemmersbachs Stimme überschlug sich.

»Freuen Sie sich nicht zu sehr. Miss Allens Verwarnung bleibt trotzdem bestehen.«

»Was soll ich denn anziehen, wenn ich dem Oberbürgermeister und Frau von Anselm gegenüberstehe? Meinen Sie, wir sollen in Uniform erscheinen?«, erkundigte sich die Kollegin.

»Ich denke nicht.« Jane verstand die Aufregung nicht. Was war schon dabei, einen Abend auf einer dieser öden Partys zu verbringen, die die Wohlhabenden veranstalteten, um sich gemeinsam zu langweilen? Sie würde sich so bald wie möglich verabschieden.

»Good morning, ladies!«

Die Begrüßung veranlasste Jane, sich umzudrehen. Vor ihr stand der Soldat, dem sie beim Tatauierer begegnet waren.

»How do you do, Miss Fairchild?«

»Ich wüsste nicht, dass wir uns gut genug kennen, um Vertraulichkeiten auszutauschen«, entgegnete Jane auf Englisch.

»Verzeihung. Ist diese Form der Begrüßung angemessener, Constable?« Der Soldat, den Jane als Mr. Jack Longman in Erinnerung hatte, knallte die Hacken zusammen. Im weiten Hotelflur hallte das Geräusch.

Jane zuckte zusammen. »Diese Art von Förmlichkeit ist sicher nicht nötig.«

Als sie sich an ihm vorbeidrücken wollte, verstellte er ihr den Weg. Hilflos sah Jane zu Fräulein Hemmersbach, die dem

Geschehen mit einem Zug von Amüsement im Gesicht folgte.

»Dann erlauben Sie mir, Sie formlos um ein Treffen am heutigen Abend zu bitten.«

»Ich bin bereits optioniert.« Jane ging an Mr. Longman vorbei.

»Wie wär's mit einer Begleitung?«

»Nein danke!« Sie beschleunigte ihren Schritt. Zum Glück hielt der Soldat sie nicht auf. Als sie aus dem Hotelfoyer auf den Bürgersteig eilte, kam sie den patrouillierenden Wachen in die Quere und brachte sie aus dem Tritt.

»I'm so sorry.« Sie hastete zur nächsten Straßenecke. Dort bemerkte sie, dass Fräulein Hemmersbach ihr nicht gefolgt war. Ärgerlich wartete Jane, die auf keinen Fall ins Headquarter zurückkehren und erneut Mr. Longman begegnen wollte.

Die Engländerin stand an der Ecke zur Marzellenstraße.

»Da haben Sie aber Eindruck bei jemandem hinterlassen«, spöttelte Magalie.

»Können wir mit der Patrouille beginnen?« Ohne ein weiteres Wort setzte sich Miss Fairchild in Bewegung und überquerte die Trankgasse.

»Wo wollen Sie hin?«, erkundigte sich Magalie.

»Ins Präsidium.«

»Warum?«

»Ich beabsichtige, Kommissar Neumann nach den Fortschritten im Mordfall zu befragen.«

»Sind Sie wahnsinnig? Er wird sofort Commandant Allen unterrichten.«

»Wollen Sie etwa kneifen?«, entgegnete die Kollegin.

»Nein, aber was wir heimlich machen, sodass Miss Allen es nicht mitbekommt, ist eine Sache. Eine andere ist es, dem Kommissar unter die Nase zu reiben, dass wir die Finger nicht von der Mordsache lassen.«

»Seien Sie nicht feige. Wir stellen Neumann eine Frage, weiter nichts. Dafür werden wir keinen Ärger bekommen.«

Diesem Argument fügte sich Magalie. Sie hoffte, die Verantwortung auf Miss Fairchild abwälzen zu können, sollte es zu einem weiteren Rüffel von Miss Allen kommen.

*

»Jetzt suchen wir den Zuhälter auf. Der hat den Unbekannten bestimmt gesehen«, beschied Jane, als sie aus Neumanns Büro traten. Es war eine glückliche Fügung gewesen, dass der Kommissar nicht im Präsidium weilte. Stechemesser hatte sie über die Entlassung des Zuhälters aus dem Gefängnis informiert.

»Wir wissen nicht, wo er wohnt«, gab Fräulein Hemmersbach zu bedenken.

»Finden wir es heraus. Wo könnte seine Adresse verzeichnet sein?«

»Bei der Sitte.«

Es dauerte eine Weile, bis sie die Abteilung der Sittenpolizei in dem Gewirr von ewig gleich aussehenden Fluren gefunden hatten, in denen die Farben Grau und Braun dominierten. Auf dem gefliesten Boden quietschten ihre Stiefel weithin hörbar und übertönten die hackenden Geräusche der Schreibmaschinen hinter den geschlossenen Türen. Bei der Sittenpolizei angelangt überließ Jane der Deutschen den Vortritt. Trotz des Sonntags waren viele Polizisten nicht bei ihren Familien.

Jane spürte die Feindseligkeit, die ihnen entgegenschlug.

»Keine Ahnung. Ist mir nicht bekannt.« Krüger von der Sitte ließ sie auflaufen wie ein Schiff auf der Sandbank, dabei war sie überzeugt, dass er ganz genau wusste, von welchem Zuhälter hier die Rede war.

»Kommen Sie, der Mann saß bis heute Morgen hier im Haus hinter Gittern. Alle Zeitungen sind voll von der Geschichte. Jeder spricht davon.« Sie würde sich nicht abwimmeln lassen.

»Den Tratsch überlasse ich lieber den Frauen.« Krüger setzte ein Lächeln auf, das so falsch war wie das Gold der Uhrenkette, die an seiner Uniform hing.

»Na, na, Krügerchen, du wirst doch diesen beiden reizenden Damen keine Tratschsucht unterstellen.« Aus dem Hintergrund trat ein Polizist neben seinen Kollegen. »Ich bin fest davon überzeugt, dass diese Vertreter ihres Geschlechts dem weiblichen Laster nicht anheimfallen.« Vorsichtig fuhr er mit der Hand über die spärlichen Haarsträhnen auf der sich deutlich abzeichnenden Glatze. Seine Augen waren von einem wässrigen Blau und blickten leblos, während sich seine Mundwinkel zu einem Lachen verzogen. »Sagen Sie bloß, meine Fräuleins, dass Sie mich nicht erkennen. Ich wäre untröstlich, keinen bleibenden Eindruck bei Ihnen hinterlassen zu haben.«

Jane überflog in Gedanken alle Gelegenheiten, bei denen sie im Polizeipräsidium vorstellig geworden war.

»Ich will Ihrem Gedächtnis auf die Sprünge helfen. Max Hanses ist mein Name. Wir trafen in der illustren Gesellschaft von Kommissar Neumann und Dr. Friedreich aufeinander.«

Siedend heiß fiel Jane die Begegnung in der Kneipe ein. Bereits dort hatte sich Hanses mit dieser herablassenden Höflichkeit hervorgetan. Außerdem hatte sie ihn bei der Razzia im Nachtasyl gesehen. Dass sie sich nicht sofort an ihn erinnert hatte, konnte sie nur der Abneigung zuschreiben, die sie ihm gegenüber empfand.

»Was interessiert zwei unbescholtene Bürgerinnen bloß an einem windigen Kerl wie Süßholz-Paule?«

»Süßholz-Paule?«, hakte Fräulein Hemmersbach nach.

»So nennen wir ihn unter uns wegen seiner unnachahmlichen Art, den Mädchen so lange süße Worte herunterzuraspeln, bis sie ihm ihr ganzes Geld aushändigen. Was wollen Sie von ihm?«

Hilfesuchend sah sich Jane zu Fräulein Hemmersbach um, die ebenso wenig zu wissen schien, was sie als Vorwand angeben sollten.

»Ich, wir …«, die Deutsche suchte nach den passenden Worten, »wir denken, dass er sich nach seinem Aufenthalt in der Zelle zugänglich zeigt, sein Leben zu ändern. Wir wollen ihn davon abhalten, weiterhin Mädchen ins Verderben zu reißen.«

»Amen«, warf Krüger ein. Die Männer im Raum lachten. Hanses grinste.

»Da haben Sie sich was vorgenommen. Den Süßholz-Paule zum Chorknaben machen. Genauso gut könnten Sie dem Krüger Chinesisch beibringen. Aber gut, versuchen Sie Ihr Glück …«

Sie verabschiedeten sich, sobald sie die Adresse des Zuhälters erfahren hatten. Auf dem Flur machte Jane ihrer Empörung Luft:

»Kommen Männer eigentlich derart borniert auf die Welt, oder entwickeln sie sich erst mit der Zeit zu solch hirnlosen Wesen?« Was die männliche Selbstgefälligkeit anbelangte, konnte sie keinen Unterschied zwischen Deutschen und Engländern feststellen. Eine gewisse Überheblichkeit lag offensichtlich dem Geschlecht beider Nationen im Blut. Wenn sie nur an diesen unverfrorenen Mr. Longman dachte.

»Wenigstens haben sie die Adresse von Paul rausgerückt.«

»Nachdem sie uns der Lächerlichkeit preisgegeben haben. Ich wünschte, ich hätte Hanses seine herablassenden Worte in den Mund zurückgestopft.«

»Gut, dass Sie es nicht getan haben«, wandte Fräulein Hemmersbach ein. »So haben sie uns die Nummer von wegen Bekehrung glatt abgenommen.«

»Weil sie Frauen allgemein für dumme, leichtgläubige Wesen halten«, ereiferte sich Jane.

»Vielleicht ist es gar nicht so schlecht, unterschätzt zu werden«, führte die Kollegin an. »Dann empfinden sie uns auch nicht als bedrohlich und legen uns keine Steine in den Weg.«

*

Das Haus in der Lübecker Straße, in dem Süßholz-Paule lebte, sah von außen nicht viel besser aus als das von Luise. Im Flur empfing sie der in den ärmeren Gegenden Kölns übliche Geruch nach gekochtem Kohl und Darmwinden, den Magalie aus ihrem Wohnhaus nur allzu gut kannte. Die Wohnung jedoch, in die Luises Zuhälter sie erst nach wiederholtem Klopfen einließ, zeugte von einem gewissen Luxus, wenn auch nicht von Geschmack. Wahllos hingen Ölgemälde verschiedener Motive und Stile nebeneinander. Ebenso zusammengewürfelt wirkte die Einrichtung. Überall lagen Teppiche kreuz und quer auf dem staubigen Fußboden herum. Paul, der Magalie und Miss Fairchild keinen Platz anbot, setzte sich auf ein plüschiges Sofa. Über ihm blickte ein goldgerahmter röhrender Hirsch vor einem Tannenwald auf eine dralle Südländerin, die dem Betrachter ungeniert ihre entblößte Brust offerierte. Daneben hing ein Bild, das weder zu dem restlichen Kitsch noch zu den gediegeneren Gemälden passen wollte. Es zeigte eine Frau, die sich durch ihre dick aufgetragene Schminke unzweifelhaft als Prostituierte zu erkennen gab und deren nackter Körper Schönheit und Elend zugleich ausstrahlte. Sowohl das Motiv als auch die Farben, in denen das Bild gehalten war, wirkten besonders.

»Ich will meine Ruhe haben!«

Magalie wandte den Blick von dem verstörenden Bild ab und musterte den Zuhälter, der reichlich ramponiert aussah. Sein Anzug war verdreckt und blutbespritzt. Verkrustetes Blut klebte an seinem Mundwinkel. Sein ehedem gezwirbelter Schnurrbart hing schlaff herab.

»Wir müssen mit Ihnen reden«, begann Magalie.

»Ich hab mit Lulus Tod nichts zu tun. Kapiert das endlich.«

»Das wissen wir«, sagte Miss Fairchild.

»Was wollt ihr dann? Hab genug Polizei für den Rest meines Lebens gesehen. Lasst mich! Ich will schlafen.«

»Konnten Sie das nicht im Präsidium?«

»Wie denn, wenn man entweder mit Fäusten traktiert oder an den Haaren über den Boden geschleift wird?«

Ungläubig nahm Magalie das Gesagte wahr. Hatte Neumann etwa versucht, Paul mit Prügel zu einem Geständnis zu bringen?

»Wir sind nicht hier, weil wir Ihnen etwas anhängen wollen«, brachte Miss Fairchild an. »Wir sind Luises wegen hier.«

In diesem Augenblick trat ein junges, hübsches Mädchen mit ausladenden Hüften ins Zimmer. In der Hand hielt sie ein sauberes Handtuch und eine Schüssel mit Wasser. Sie lächelte Magalie und Miss Fairchild scheu an, setzte sich neben Paul aufs Sofa und begann, ihm das Blut von der Lippe zu wischen.

»Meine Cousine«, erklärte der Zuhälter mit einer Handbewegung zu dem Mädchen hin.

»Sicher«, antwortete Miss Fairchild. »Hören Sie zu. Ich weiß, dass Sie Luise gemocht haben. Sie waren gut zu ihr, hab ich mir sagen lassen. Ihnen muss doch genauso viel daran gelegen sein, dass der Mörder gefangen wird, wie der Polizei.« Mit einem Seitenblick zu dem Mädchen fügte sie hinzu: »Schon damit Ihren anderen Cousinen nicht dasselbe passiert.«

»Und Sie wollen den Mörder fangen?«

»Zumindest wollen wir alles dafür tun, dass der Kommissar den Richtigen einlocht«, erwiderte Magalie.

»Au, lass das.« Paul stieß das Mädchen zur Seite, das fürsorglich seinen Hals zu waschen begonnen hatte. Er sah Magalie und Miss Fairchild an. »Los, fragen Sie!«

»Sind Sie in der Mordnacht, als Sie zu Luise wollten, jemandem im Hausflur begegnet?«

»Nicht dass ich wüsste.«

»Ganz sicher nicht? Denken Sie nach!«

Der Zuhälter schwieg eine Weile. Dann hellte sich sein Gesicht auf.

»Stimmt, da war einer.«

Endlich kamen sie dem Mörder auf die Spur. Magalie warf Miss Fairchild einen Blick zu. Diese bohrte nach: »Wie sah er aus? Können Sie ihn beschreiben?«

»Es war zu dunkel. Ich habe nur seine Gestalt gesehen. Mehr nicht.«

Magalie biss sich auf die Lippen. Sie waren so nah dran gewesen, und jetzt löste sich alles wieder in Luft auf.

»Lassen Sie uns gehen«, forderte sie Miss Fairchild auf.

»Moment mal!« Die Engländerin blieb stehen, wo sie war. »Warum hat Luise für Sie gearbeitet? Warum ist sie nicht im Schlösschen geblieben?«

»Weil sie lieber mit mir zusammen sein wollte.«

»Luise hat jede Mark für ihre Kinder zur Seite geschafft. Sie musste Ihnen bestimmt mehr abgeben als im Bordell«, widersprach Miss Fairchild.

»Na gut, weil sie Ärger mit der Sitte bekommen hat.«

»Weshalb?«

»Wie Sie sagten, Lulu wollte so viel wie möglich für ihre Kinder zusammenkratzen. Da war ihr nicht danach, durch drei zu teilen.«

»Wollen Sie damit sagen, dass jemand von der Sittenpolizei einen Anteil an Luises Einnahmen eingefordert hat?«, fragte Magalie.

»Deshalb ist sie lieber mein Mädchen geworden. Ich hab für sie gesorgt.«

»Anscheinend nicht gut genug«, sagte Miss Fairchild. In diesem Augenblick brach Paul in Tränen aus. Ob es aus Trauer um Luise oder aus purem Selbstmitleid war, vermochte Magalie nicht zu entscheiden. Das Mädchen nahm Paul in den Arm und wiegte ihn wie einen Säugling hin und her. Miss Fairchild bedeutete Magalie, sich zurückzuziehen, aber sie hatte noch eine Frage.

»Wer ist dieser Sittenpolizist?«

Unter Schluchzen winkte Paul ab.

»Wieso arbeiten diese Mädchen nur für solche faulen Kerle?«, wunderte sich die Engländerin, als sie die Wohnung verlassen hatten.

»Aus der Hoffnung auf einen Beschützer oder aus Liebe«, spekulierte Magalie und stieg die Treppe hinab.

»Was hat Zuhälterei mit Liebe zu tun?«

»Die Mädchen sehen das nicht als reine Geschäftsbeziehung, sondern glauben, da würden echte Gefühle hinter stecken, wenn der Zuhälter sich um sie kümmert. Liebe lässt einen das wahre Gesicht eines Mannes oft nicht erkennen.«

»Liebe ist doch kein Rauschmittel, das einem die Sinne und jeden Verstand vernebelt. Diese Mädchen sind dumm.«

Verwundert sah Magalie ihre Kollegin an. Von der Macht der Liebe schien sie trotz ihres Alters nicht den blassesten Schimmer zu haben.

*

Sie hatten ihre Patrouille früh beendet, um sich für den Empfang bei Frau von Anselm zurechtzumachen. Lustlos hatte sich Jane von ihrem Dienstmädchen eines ihrer Kostüme aus dem Schrank geben lassen. Es war ihr egal, was sie trug, allerdings empfand sie den Tweed als falsche Wahl. Sie verdächtigte Hedwig, ihr mit Absicht ein viel zu warmes Ensemble herausgesucht zu haben. Wenigstens gab ihr das einen Grund mehr, so früh wie möglich das Weite zu suchen. Sie mochte Empfänge nicht, bei denen die Männer ihre übliche Steifheit zur Schau trugen und die Frauen aufgrund des Alkohols albern über feindselige Späße lachten. Jane glaubte nicht, dass sich derartige Anlässe in Deutschland groß von denen in England unterschieden.

Als der Chauffeur sie vor dem Anwesen Frau von Anselms absetzte, betrachtete sie das strenge Gebäude, dessen Vorgarten von einer sorgfältig gestutzten Eibenhecke und einem Zaun mit wehrhaften Spitzen umgeben war. Sie schritt durchs Tor. Kies bedeckte den Weg bis zur Haustür. Links und rechts davon waren exakt ausgerichtete Blumenreihen abwechselnd in Rot und Weiß gepflanzt. Deutsche Gründlichkeit, schoss es Jane durch den Kopf. Nicht unbedingt schön zu nennen, aber gepflegt. Neben dem Vorgarten lag die Auffahrt zu den Garagen. Ein knallroter Wagen parkte dort. Es war der Audi, der sie beinahe umgefahren hätte. Sie war gespannt auf die Identität der Fahrerin.

Als sie den Klingelzug an der Haustür betätigen wollte, kam ihr ein Dienstmädchen in gestärkter Schürze und Haube zuvor. »Herzlich Willkommen bei von Anselm. Wen darf ich melden?«

»Jane Fairchild. Cölner Frauen-Wohlfahrtspolizei.«

Sie bemerkte den neugierigen Blick des Mädchens. Offensichtlich war sie instruiert worden, Jane in den weitläufigen Flur einzulassen. Schwere Leuchter aus Eisen hingen von der Decke hinab. Die Wände waren mit dunklem Holz vertäfelt. Darüber befanden sich ausladende Hirschgeweihe und ausgestopfte Köpfe von Wildschweinen und Rehen. Jane verabscheute die Jagd, die für sie der Inbegriff männlichen Dominanzstrebens darstellte. Ein einsames Tier wurde von einer Meute wild gewordener Hunde so lange gehetzt, bis die Jäger den Fuchs geradewegs vor der Flinte hatten.

Den unschönen Gedanken abschüttelnd betrat sie den Garten, in dem bereits einige Gäste in kleinen Gruppen verteilt auf dem Rasen herumstanden. Eine Kapelle spielte Tanzmusik.

Magalie war nicht oft in Marienburg. In dem Stadtteil der Reichen und Mächtigen hatte sie normalerweise nichts verloren. Aufgeregt lief sie die Straße zum Anwesen von Frau von Anselm entlang. Hier parkten die luxuriösen Karossen der geladenen Gäste. Sie warf einen prüfenden Blick in einen der blank gewienerten Kotflügel. Aus ihrem Knoten hatte sich eine Strähne gelöst. Sie nahm eine Haarnadel heraus und legte sie auf dem Kotflügel ab.

»Weg von dem Wagen! Wehe da kommt ein Kratzer rein«, pöbelte der Chauffeur, der es sich auf den Ledersitzen im Inneren des Automobils bequem gemacht hatte.

Magalie zuckte zurück. Die Haarnadel rutschte vom glatten Blech. Sie gab das Unterfangen auf, sie zu suchen, und steckte die Strähne mit den Fingern in den Knoten.

Als ein Mädchen Magalie durch das Haus in den Garten führte, war sie von der Größe und dem Reichtum des Hauses beeindruckt. Allerdings fiel ihr auch die Unpersönlichkeit der Räume auf, die durchdringend nach Bohnerwachs rochen.

Auf der akkurat geschnittenen Rasenfläche tummelten sich bereits unzählige Damen in Abendkleidern, deren Buntheit sich von dem einheitlichen Schwarz der Herren absetzte. Eine Frau in einem knielangen Kleid mit floraler Glasperlenstickerei und einer Stoffrose an der rechten Schulter streifte Magalie, die die Schlichtheit ihres Sommerkleids aus hellbraunem Baumwollstoff, das ganz unmodisch auf Taille geschnitten war und bis zu den Waden reichte, umso stärker empfand. Vergebens durchsuchte sie die fröhliche Menge nach ihr bekannten Personen. Sie kam sich unbeholfen und fehl am Platz vor.

»Champagner, Madame?«

Ein Dienstmädchen bot ihr Gläser auf einem Silbertablett an. Sie nahm einen mit goldfarbener, perlender Flüssigkeit gefüllten Kelch.

»Bless you!« Hinter ihr stand Miss Fairchild, die ihre Uniform gegen ein Kostüm aus Tweed eingetauscht hatte, das farblos wirkte, wie Magalie mit Erleichterung feststellte. Trotz des viel zu dicken Stoffes kam Miss Fairchilds zarte Figur dennoch zur Geltung. Ein wenig neidisch betrachtete sie deren zierliche Füße, die sich von ihren eigenen abhoben wie Rosenknospen von Sonnenblumen.

»Commandant Allen fragt bereits nach Ihnen. Sie möchte uns der Gastgeberin vorstellen.« Mit dem Glas in der Hand folgte Magalie ihrer Kollegin, die eine Gruppe ansteuerte, aus der die

Gestalt des Oberbürgermeisters herausragte. Selbst bei dieser Hitze war Adenauer tadellos gekleidet, mit einem grauen Überrock, Handschuhen und Zylinder. Zusammen mit den hohen Wangenknochen und den nach unten gezogenen Mundwinkeln, deren missbilligender Ausdruck von seinem schmalen, kurzen Schnurrbart noch verstärkt wurde, machte er den Eindruck eines Totengräbers. Sie konnte sich gar nicht vorstellen, dass er mit einer zwanzig Jahre jüngeren Frau verheiratet war.

Neben ihm stand Miss Allen, die gerade einmal bis zu seinem Brustkorb reichte. Commandant Allen trug ungeachtet der sommerlichen Temperaturen ihren Uniformmantel, der jedes Anzeichen von Weiblichkeit versteckte. Mit einer herrischen Geste winkte sie Magalie und Miss Fairchild zu sich.

»Now these are two members of the women police forces. May I introduce Miss Fairchild and Miss Hemmersbach to you, Mr. Adenauer.«

Der Angesprochene blinzelte etwas ratlos, daher erklärte Magalie: »Herr Oberbürgermeister, wenn wir uns vorstellen dürften, das ist Jane Fairchild, ich bin Magalie Hemmersbach von der Frauen-Wohlfahrtspolizei.«

Die Falte zwischen Adenauers Augenbrauen wurde noch tiefer und stand im Kontrast zu seinem dünnen Lächeln. Der Mann neben ihm, den sie als den Gerichtsmediziner erkannte, der Luise obduziert hatte, murmelte etwas von volksfremden Sitten in Richtung des Oberbürgermeisters. Der quittierte dies mit einem amüsierten Hochziehen der Augenbrauen.

»Mein lieber Dr. Friedreich, die deutsche Kultur wird auch diesem imperialen Eingriff die Stirn bieten. Wenn Köln einst befreit ist …«

Sarkasmus war für Magalie deutlich aus seinen Worten herauszuhören. Sie empfand sein Verhalten als unhöflich; so benahm sich ein Mann einfach nicht Damen gegenüber.

»Wünschen Sie, dass ich übersetze?«, wandte sich Miss Fairchild an Adenauer. Er zuckte zusammen, dann setzte er wieder seine undurchdringliche Maske auf. Magalie vermutete, dass er nicht damit gerechnet hatte, von der Engländerin verstanden zu werden.

»Übersetzen Sie uns doch bitte Miss Allens Ausführungen über die weibliche Polizei in Großbritannien«, sprang eine Dame ein, die Magalie von Zeitungsbildern her als Frau von Anselm identifizierte. Die Gastgeberin trug ein elfenbeinfarbenes Abendkleid mit tiefem Brust- und Rückenausschnitt.

»Wenn die Damen mich entschuldigen würden, ich möchte ein paar Worte mit Herrn Stinnes wechseln.« Adenauer zog sich zurück.

»Herr Dr. Friedreich, Sie bleiben doch.« Schmeichelnd legte Frau von Anselm dem Gerichtsarzt die Hand auf den Arm.

»Gnädige Frau, mit Verlaub, ich halte nicht viel von den modernen Frauen, die egoistisch ihre Karriere verfolgen und nicht mehr zur Mutterschaft bereit sind.«

»Gewiss, Herr Doktor, gewiss, nur können Sie nicht verleugnen, dass die unhaltbaren moralischen Zustände und die sich ausbreitenden Geschlechtskrankheiten ein Handeln erforderlich machen.«

»Ein Handeln ist in der Tat erforderlich. Aber müssen dafür wirklich noch mehr Frauen ihrer natürlichen Bestimmung zuwiderhandeln? Reichen unsere Polizisten nicht aus?«

Frau von Anselm schüttelte den Kopf. »Ich habe mich so entschieden für die Einrichtung einer weiblichen Polizei ausgesprochen, weil unbescholtene Frauen und Mädchen durch die Kontrolle von Polizeibeamten aufs Schärfste kompromittiert werden. Außerdem schadet die häufige Berührung der Polizisten mit den Prostituierten der Moral der Beamten.«

»Der Einsatz für Ihr Geschlecht ehrt Sie, Frau von Anselm. Sie werden mir sicher zustimmen, wenn ich sage, dass diese Probleme untrennbar mit der Besatzung durch die Engländer zusammenhängen und ohne sie nicht vorhanden wären.«

Magalie behagte die Wendung des Gesprächs nicht, auch wenn sie wie Dr. Friedreich gegen die Besatzung war.

Jane hatte genug. Sie mochte nicht länger mit anhören, wie der Gerichtsarzt über einen schamlosen Sexismus wetterte, den er ihr und ihren Landsmännern in die Schuhe schob, während er dabei unverhohlen in den großzügigen Ausschnitt Frau von Anselms starrte.

Sie bahnte sich ihren Weg durch die Gäste, die einen Kreis um die Tanzpaare gebildet hatten. Der Rhythmus der Musik veranlasste sie, sich leicht hin und her zu wiegen.

»Darf ich um diesen Tanz bitten?«

»Mr. Longman!« Es war der unverschämte Soldat.

»Habe die Ehre!« Er verbeugte sich vor ihr.

»Wie kommen Sie hierher?«

»Ihre Freundin war so freundlich, mir zu verraten, wo Sie den Abend verbringen.«

»Welche Freundin?«

»Fräulein Hemmersbach.«

Jane nahm sich vor, ein ernstes Wort mit der Deutschen zu reden.

»Es war nicht einfach, an eine Einladung zu kommen. Fünf Nachtwachen musste ich auf mich nehmen, um Ihnen heute nah sein zu können. Dafür schulden Sie mir einen Tanz.«

»Ich schulde Ihnen gar nichts.«

Sie war bestrebt, so schnell wie möglich von Mr. Longman wegzukommen. Der Soldat lief ihr nach.

»Was ist jetzt mit meinem Tanz?«

»Vergessen Sie's!«

Er hielt sie am Ärmel des Tweedjacketts fest. »Warum fliehen Sie vor mir? Bin ich so schrecklich anzuschauen?«

Sie blickte ihm ins Gesicht. Hässlich war Mr. Longman nicht. Sie musste zugeben, dass er mit seinen dunklen Haaren und den ausgeprägten Gesichtszügen sogar ein besonders stattliches Exemplar der Gattung Mann darstellte. Wahrscheinlich glaubte er deshalb, sich alles erlauben zu dürfen.

»Entschuldigung, ich beabsichtige, einen speziellen Ort für Damen aufzusuchen.«

Der Soldat blieb stehen. Sie ging ins Haus zurück. Erst wollte sie sofort verschwinden, dann fiel ihr ein, dass sie den Empfang unmöglich verlassen konnte, ohne sich bei Commandant Allen abzumelden.

Sie suchte nach ihr. Endlich sah sie Miss Allen. Neben ihr stand Fräulein Hemmersbach, die sich mit Mr. Longman unterhielt. Zögernd trat Jane näher. Sie hörte das Gemisch aus englischen und deutschen Vokabeln, mit dem die Konversation bestritten wurde. Fräulein Hemmersbach bemerkte sie.

»Miss Fairchild, wir warten schon auf Sie. Wenn Sie so freundlich wären zu übersetzen?«

»Eigentlich wollte ich mich verabschieden. Ich fühle mich nicht sehr gut.«

»Sie sollten sich setzen.« Fräulein Hemmersbach nahm Jane am Arm und steuerte mit ihr einen freien Tisch an. Widerstrebend fügte sie sich. Wenigstens konnte sie so dem Soldaten entkommen. Aber da hatte sie die Rechnung ohne die Kollegin gemacht, die sich umdrehte und fragte: »Mr. Longman, mögen Sie uns Gesellschaft leisten?«

Es bereitete Magalie großes Vergnügen, das Unbehagen der Engländerin angesichts des ihr den Hof machenden Soldaten zu sehen.

»Wie gefällt Ihnen Köln?«, fragte sie Mr. Longman, und an Miss Fairchild gewandt fügte sie hinzu: »Bitte übersetzen Sie.«

Jane tat es widerwillig.

»Cologne is very interesting. You meet charming women here«, erklärte Mr. Longman, während er Miss Fairchild in die Augen blickte.

»Er findet Köln sehr interessant. Vor allem die vielen leichten Mädchen«, behauptete die Engländerin.

»Ich bin sicher, dass er das nicht gesagt hat«, widersprach Magalie. Es gefiel ihr, dass Miss Fairchild ihre Steifheit allmählich ablegte. Sie wollte sie ein wenig mehr reizen.

»Wissen Sie, Mr. Longman, Miss Fairchild hält Männer generell für ungehobelt und aufdringlich. Für sie wäre eine Welt ohne Männer das Paradies auf Erden.«

»Das übersetze ich nicht«, empörte sich die Kollegin.

»What did she say?«

»Sagen Sie's ihm!«

»Niemals. Ich mache mich doch nicht lächerlich.«

»Eine weise Entscheidung«, mischte sich Dr. Desiderius Friedreich ein, der an ihren Tisch getreten war. »Heutzutage fehlt der natürliche Respekt, den die Frau dem Mann und die Magd dem Herrn gegenüber zu erbringen hat.«

Ohne dazu aufgefordert worden zu sein, setzte er sich. Magalie blickte irritiert zu Miss Fairchild. Die erklärte: »Ich bin der Meinung, dass sich alle Menschen gegenseitig respektieren sollten.«

»Ach was! Neumodischer Schnickschnack. Von wegen Gleichberechtigung zwischen Frau und Mann«, ereiferte sich Dr. Friedreich. »Das bringt die Ordnung der Welt nur durcheinander. Jahrhundertelang hat der Mann für die Nahrung gesorgt, während die Frau sich um Haus und Familie gekümmert hat. Warum sollte das plötzlich nicht mehr gültig sein?«

»Weil nichts, nur weil es immer schon so war, dadurch richtig wird«, gab Miss Fairchild zurück. »Es ist an der Zeit, dass diese knöchernen Strukturen abgeschafft werden und sich die Frau endlich von ihren Fesseln befreit.«

»Fesseln, dass ich nicht lache. Jede Frau hat das körperliche Bedürfnis zur Mutterschaft.«

»Und wenn ich Ihnen versichere, keinesfalls Kinder in die Welt setzen zu wollen?« Miss Fairchild wirkte extrem verärgert, während Mr. Longman der Unterhaltung offensichtlich nicht folgen konnte.

»Weil Ihre Art degeneriert ist«, sagte der Gerichtsmediziner.

Magalie sah sich genötigt, einzugreifen. »Was immer auch Ihre persönliche Überzeugung ist, Herr Dr. Friedreich, Sie werden keine Frau dazu zwingen können, Mutter zu werden.«

»Aber man sollte diese krankhaften Neigungen nicht noch dadurch unterstützen, dass man den Frauen Berufe öffnet, die ihrer Natur zuwiderlaufen.«

»Sie sprechen von uns!«, warf Magalie verzweifelt ein. »Und dass ich als Beamtin nicht heiraten darf und somit keine Familie gründen kann, habe nicht ich so bestimmt.« Sie verschwieg, dass es dafür außerdem keinen geeigneten und geneigten Mann gab.

Dr. Friedreich ignorierte ihren Einwand. »Außerdem sollte man viel entschiedener gegen Abtreibungen vorgehen. Der Staat braucht Kinder. Es ist nicht normal, dass eine Frau sich sexuell auslebt, ohne Mutter werden zu wollen.«

»Männer tun dies, ohne Verantwortung für die Vaterschaft zu übernehmen. Bei denen soll es normal sein?«, fragte Magalie.

»Der Mann folgt seinem Trieb. Eine Frau hat kein Verlangen nach geschlechtlichem Verkehr. Er dient für sie allein dem Zweck, Leben zu gebären.«

»Sie tun so, als seien alle Männer Tiere, die nichts für ihr Tun können«, sagte Magalie. Im gleichen Moment fiel ihr Luise ein, der Gewalt angetan wurde.

»Es ist die Bestimmung des Menschen, sich fortzupflanzen. Nur so kann ein Volk am Leben erhalten werden.«

»Das ist wohl Ihre größte Angst«, warf Miss Fairchild ein. Ihr Tonfall war schnippisch.

Der Doktor beachtete sie nicht, sondern fuhr fort: »Wenn die deutschen Frauen jedoch aufgrund von egoistischen Motiven keine Kinder in die Welt setzen, droht Deutschland in absehbarer Zeit von Fremden überflutet zu werden.«

Ganz entgegen ihrer Gewohnheit griff Jane nach einem Glas Champagner, das eines der Dienstmädchen an ihren Platz gebracht hatte. Es tat gut, sich an etwas festhalten zu können. Dies verhinderte, dass sie dem Doktor den Hals umdrehte. Innerlich bebte sie. Wie konnte der Gerichtsmediziner nur so unverschämt sein.

In der Nähe ihres Ohres spürte sie einen warmen Hauch. Es war Mr. Longman, der sich zu ihr gebeugt hatte und ihr ins Ohr flüsterte:

»Wenn Sie mir auf die Tanzfläche folgen, werden Sie von dem Unhold befreit sein.«

»Bedauere, mein Glas!«

Der Soldat ließ ihre Ausrede nicht gelten, nahm ihr das Glas ab und drückte es Dr. Friedreich in die Hand.

»Maybe this will shut you up.« Er zog Jane mit sich in Richtung Tanzfläche.

»Das war sehr unhöflich von Ihnen, Mr. Longman.« Jane lächelte.

»Bitte nennen Sie mich Jack.« Er blickte sie mit seinen hellen Augen an, die von langen, geschwungenen Wimpern umkränzt waren, um die ihn sicher jede Frau beneidete.

»Wenn Sie es wünschen.«

»Er ist ein typischer Frauenhasser, dieser Kerl. Der weiß die Vorzüge Ihres Geschlechts gar nicht zu würdigen.«

»Im Gegensatz zu Ihnen.«

»Genau!« Der Soldat lachte so breit, dass seine Zähne hervorblitzten.

»Was soll man von Männern halten, die sich selbst loben?«

Jack zog Jane auf der Tanzfläche enger an sich. »Sagen Sie es mir. Was halten Sie von mir?«

Sie tat, als denke sie nach. »Zunächst sind Sie recht aufdringlich.«

»Und?«

»Unverschämt.«

»Das kann unmöglich alles sein, was Ihnen zu meiner Person einfällt.«

»Bedaure.«

Jack legte seine Wange an die ihre. Sein Atem löste ein Kribbeln auf ihrer Haut aus.

»Wie wär's denn mit: Jack ist ein Mann voller Bewunderung für Ihre Schönheit«, schlug er vor.

»Flirten Sie etwa mit mir?«

Seine Hand wanderte ihren Rücken herunter. Sie schwitzte.

»Wenn es so wäre?«, flüsterte er. »Ich finde, Sie sind eine faszinierende Frau, Jane.«

Sie wand sich aus der engen Umarmung. Ihre Wangen glühten. Er sah sie an.

»Hab ich Sie irgendwie beleidigt?«

»Ich würde gerne das Thema wechseln.«

Es dauerte einen Moment, bis Jack antwortete. »Wie Sie wollen.«

Dann herrschte Schweigen zwischen ihnen.

Magalie saß neben Dr. Friedreich auf den geschwungenen Gartenmöbeln und versuchte, seine Ausführungen auszublenden. Zu ihrer Erleichterung kamen Commandant Allen und Frau von Anselm auf sie zu.

»Stören wir?«, erkundigte sich die Gastgeberin.

»Gar nicht«, erwiderte Magalie hastig. »Ihre Feier ist grandios.«

»Das finde ich auch. Amüsieren Sie sich gut?«, fragte Frau von Anselm den Doktor.

»Es sind zu viele Menschen anwesend«, sagte Dr. Friedreich.

Die Gastgeberin lachte. »Sie haben zu viel mit Toten zu tun. Ich für meinen Teil genieße es, wenn um mich herum das Leben tobt. Es gibt einem das Gefühl von Unsterblichkeit, finden Sie nicht?«

Dr. Friedreich schnaufte abfällig. Miss Allen beugte sich zu Magalie. *»Where is Miss Fairchild?«* Magalie deutete in Richtung Tanzfläche, wo sich die Engländerin mit ihrem Landsmann im Takt der Musik bewegte. Sie konnte sich vorstellen, dass Commandant Allen sich unter den vielen Deutschen einsam fühlte, die in einer ihr fremden Sprache miteinander redeten und sie nicht einbezogen. Sie suchte nach den nötigen englischen Vokabeln:

»You like the party?«

»Yes, it's great.«

»You like dancing?«

»No. I don't.«

Ihr gingen die Wörter aus, mit denen sie die Konversation bestreiten konnte. Auch Miss Allen war einsilbig. Sie schien noch immer wegen der Beschwerde von Neumann verstimmt. Erst jetzt bemerkte Magalie, dass Miss Allen die ganze Zeit in Richtung Villa starrte. Die Gäste um sie herum hatten ihre Köpfe ebenfalls in diese Richtung gewandt. Magalie vermochte nicht zu sehen, was die Aufmerksamkeit der anderen so gefesselt hielt. Dank ihrer Größe konnte sie zwar über sie hinwegblicken, erkannte aber nichts Auffälliges. Nur einen eleganten Mann mit Zylinder, der auf die Feiernden zusteuerte. Diese bildeten zu Magalies großer Verwunderung eine Gasse, durch die der Ankömmling schritt. Er musste jemand besonders Wichtiges sein, vermutete sie. Als der Mann näher kam, veränderte sich ihre Wahrnehmung. Unter dem Frack zeichneten sich eindeutig Brüste ab. Der Mann war eine Frau; die Frau, die sie und Miss Fairchild beinahe umgefahren hätte. Sie schien sich bevorzugt in Männergarderobe in der Öffentlichkeit zu bewegen. Magalie hatte von diesen Frauen gehört, die vor allem in Berlin lebten und meistens Schauspielerinnen waren. In Natura war ihr bislang noch keine begegnet, die einen derart maskulinen Stil pflegte. Sie kam nicht umhin, die

Gelassenheit im Auftritt der Frau zu bewundern, der die teilweise entsetzten Blicke überhaupt nichts auszumachen schienen. Im Gegenteil wirkte sie geradezu erfreut über den Aufruhr, den ihr Erscheinen auslöste. Überall tuschelte es. Hinter Magalie rang der Gerichtsarzt um Luft.

»Sehen Sie, das meine ich. Deutsche Frauen wie sie vergiften den Volkskörper.«

Frau von Anselm nahm ihn am Arm und lachte. »Nicht so gestreng. Haben Sie Nachsehen. Fräulein Delarue ist eine Künstlerin, die ich unterstütze. Eine exzentrische Frau, aber Exzentrik ist Künstlern ja zu Eigen.«

»Beautiful«, entfuhr es Commandant Allen. Magalie musste ihr im Stillen zustimmen. Die Frau war wirklich atemberaubend schön.

Sie hatten, obwohl sie den Tanz weiter fortsetzten, kein Wort mehr miteinander gewechselt. Jane war die bedrückende Stille äußerst unangenehm, daher war sie dankbar, als Jack ein Gespräch begann:

»Erzählen Sie mir von Ihrem Job als Polizistin.«

»Es ist eine große Herausforderung, an der Gründung der weiblichen Polizei in Köln beteiligt zu sein«, sagte Jane.

»Wie geht eine Lady wie Sie mit all den durchtriebenen Mädchen um?«

»Durchtrieben? Ich denke nicht, dass die Frauen und Mädchen von Grund auf schlecht sind. Es sind oft genug die Männer, die sie erst zu dem machen, was sie sind.«

Jack lachte tief und kehlig. Sein Lachen gefiel Jane.

»War es nicht Eva, die Adam verführte, in den Apfel zu beißen? Viele unschuldige junge Männer sind durch erfahrene Prostituierte in die Kunst der Liebe eingeweiht worden.«

»Sie reden von Kunst, wo es um Geschäft geht. Von Liebe will ich in diesem Zusammenhang gar nicht erst sprechen«, sagte Jane.

»In welchem Zusammenhang dann? Was gibt es Innigeres als die körperliche Vereinigung von Frau und Mann?«

Dieses Thema wollte sie absolut nicht vertiefen. Erst recht nicht mit diesem gefährlich anziehenden Mann.

»Prostitution ist ein Geschäft ohne jede Form der Sentimentalität«, versuchte sie einen Schlusspunkt zu setzen.

»Wie können Sie sich da so sicher sein? Manches Mädchen genießt, was es tut.«

Seine Aussage verärgerte Jane. Männer waren so von sich eingenommen, dass sie nicht einmal die Not der Frauen wahrnahmen.

»Was hat es mit Genuss zu tun, wenn man sich als Dirne der Gewalttätigkeit der Männer aussetzt, sogar sein eigenes Leben riskiert?«

»Sie spielen auf den Mord an der Prostituierten an.«

»Exakt. Es ist sicher kein Genuss, geschlagen oder gar getötet zu werden.«

»Es gibt immer ein paar Verrückte auf dieser Welt. Die meisten Freier sind ganz normale Männer«, sagte der Soldat.

»Sich mit Geld eine Frau zu kaufen rechnen Sie zur Normalität?«

»Ja. Sie sollten nicht in jedem Mann einen Feind sehen.«

»Das tue ich nicht. Nur kann ich meine Augen nicht vor der Aggression verschließen, mit der ihr Männer uns Frauen tagtäglich begegnet. Männer sind es, die gegen Frauenrechte stimmen. Männer verursachen Leid und Elend im Krieg …« Sie war mitten im Tanz stehen geblieben, so erregte sie sich.

»Moment, Moment!« Sein Lächeln war denkbar unpassend. »Bevor Sie weitermachen mit Ihren Anschuldigungen, möchte ich eins klarstellen: Ich bin für die Gleichstellung zwischen Mann und Frau. Ich finde es gut, dass Frauen in Männerberufen arbeiten, denn sonst hätte ich Sie ja gar nicht kennen gelernt.«

Jane hatte ihrer Rede noch einiges hinzufügen wollen, doch der Soldat begann wieder, sich mit ihr im Tanz zu drehen.

Die ganze Zeit über ließ Miss Allen die Künstlerin nicht aus den Augen. Schockiert über deren männliches Auftreten konnte sie nicht sein, überlegte Magalie. Commandant Allen wirkte in ihrer Uniform selbst wie ein Mann. Vielleicht gefiel es ihr, nicht allein mit diesem Spleen zu sein.

Die Künstlerin trat zu der kleinen Gruppe um Magalie und musterte Miss Allen in ihrer auffälligen Montur neugierig.

»Fräulein Delarue. Commandant Allen von der Cölner Frauen-Wohlfahrtspolizei«, stellte Frau von Anselm vor.

»Sehr erfreut.« Die Künstlerin deutete einen Diener an. Miss Allen nickte ihr zu und setzte das erste Lächeln auf, das Magalie bei ihr sah. *»How do you do?«*

»Und das ist Fräulein ...« Frau von Anselm stockte.

»Hemmersbach«, kam ihr Magalie zur Hilfe.

»Fräulein Hemmersbach, auch Polizistin«, ergänzte die Gastgeberin.

Fräulein Delarue drückte ihren Zylinder einem Dienstmädchen in die Hand und fragte Magalie: »Waren Sie das neulich, der ich in der Innenstadt begegnet bin?«

»Die sie beinahe umgefahren haben, meinen Sie wohl.«

»Ich kann Ihnen versichern, dass ich untröstlich darüber bin«, erwiderte Fräulein Delarue, die durch den Zylinder größer gewirkt hatte, als sie wirklich war. Sie nahm Magalies Hand, um sie an ihre vollen, weich geschwungenen Lippen zu führen und einen Kuss darauf zu drücken. Unbehaglich zog Magalie ihre Hand zurück.

»Ich finde es ausgesprochen aufregend, dass es jetzt weibliche Polizei gibt«, sagte Fräulein Delarue.

»Nicht nur aufregend! Notwendig«, sagte Frau von Anselm. »Stellen Sie sich vor, meine Liebe. Fräulein ...«, wieder suchte sie nach dem Namen.

Erneut sprang Magalie ein: »Hemmersbach.«

»Sie hat einen Frauenmörder gestellt. Sie haben doch sicher alle von dem schrecklichen Mord an der Dirne gehört.«

»Das ist nicht ganz richtig«, widersprach Magalie. »Der Mann am Tatort war nicht der Mörder. Er ist längst wieder freigekommen.«

»Er hätte es aber sein können«, meinte Frau von Anselm. »Sie haben sich ausgesprochen mutig verhalten. Vor allem in Anbetracht einer derart schlimm zugerichteten Leiche.«

Verlegen wurde Magalie gewahr, dass der Gerichtsarzt der Unterredung beiwohnte. »Besonders mutig war ich beim Anblick der toten Luise nicht gerade.«

»Kannten Sie die Prostituierte?«, erkundigte sich Fräulein Delarue mit deutlich herauszuhörender Neugier.

»In meiner Funktion als Polizistin bin ich ihr zuvor begegnet.«

»Was wissen Sie von ihr?«

Magalie fand die Frage ebenso seltsam wie Fräulein Delarues gesamte Erscheinung. Die Frau bewegte sich anscheinend in allem außerhalb jeglicher Konventionen.

»Ich weiß, dass Luise dieses grausame Schicksal nicht verdient hat.«

»Wenn Sie von Schicksal sprechen, glauben Sie also auch daran?«, wollte die Künstlerin wissen.

Magalie war irritiert. Dieses Gespräch bewegte sich in Bahnen, die ihr nicht geläufig waren.

»Wenn Sie damit meinen, dass Luises Schicksal unausweichlich war, nein, da glaube ich nicht dran. Ich glaube, dass sie noch leben würde, wenn sie einen anständigen Beruf gewählt hätte.«

Die Künstlerin schien amüsiert. »Seit wann ist es in unserer Gesellschaft unanständig, seinen Körper zu opfern? Den Männern wird dafür doch ein Denkmal gebaut.«

Der Schweiß hatte die Seidenbluse unter dem Tweed getränkt.

»Ich brauche eine Pause«, bat Jane.

»Wenn Sie versprechen, ein weiteres Mal mit mir zu tanzen.«

»Sie sind sehr hartnäckig, Jack.« Mit einem neckischen Lachen, das sie selbst erstaunte, entzog Jane ihm ihre Hand.

»Wenn es sich lohnt …« Er sah ihr unverwandt in die Augen. Einen Moment lang hielt Jane seinem Blick stand. Ihr wurde heißer als ohnehin schon. Dann nahm sie die hübschen deutschen Mädchen in Sommerkleidern wahr, die rund um die Tanzfläche standen und darauf warteten, aufgefordert zu werden.

»Ich hole uns was zu trinken.« Der Soldat bahnte sich seinen Weg durch die Menge. Die Mädchen beobachteten ihn und tuschelten hinter vorgehaltener Hand. Jane musste zugeben, dass es ihr gefiel, von ihnen beneidet zu werden. Jack war ein attraktiver Mann, wenn auch augenscheinlich um einige Jahre jünger als sie selbst. Sie redete sich zu, dass nichts dabei war. Im Grunde waren sie nur höflich zueinander. Für den Soldaten war es bestimmt schwer, so weit weg von zu Hause zu sein. Und schließlich gehörte es zu den Aufgaben der Women Police, die Moral der britischen Truppenmitglieder zu stärken.

Magalie sah der Engländerin zu, die sich mit dem Soldaten auf der Tanzfläche vergnügt hatte. Es war erstaunlich, wie locker die steife Britin auf einmal wirkte. Zwei Mädchen, etwa achtzehn Jahre alt, gingen an Magalie vorbei.

»Was will er mit der? Die könnte seine Mutter sein.«

»Hast du dieses furchtbare Kostüm gesehen? Völlig unmodisch.«

Magalie erinnerte sich an die Zeit, als sie selbst gerade einmal so alt wie die Mädchen gewesen war. Sie hatte teure Kleider getragen und sich nur darüber den Kopf zerbrochen, wie wohl ihr Ehemann einmal aussehen würde.

»Möchten Sie tanzen?« Fräulein Delarue sprach Magalie an.

»Etwa mit Ihnen?« Das konnte die Künstlerin unmöglich ernst meinen. Sie lachte. Daraufhin griff Fräulein Delarue nach ihrer Hand und zog sie auf die Tanzfläche. Magalie sträubte sich, doch die Künstlerin war, obwohl einen Kopf kleiner, ausgesprochen kräftig. Fräulein Delarue fasste sie um die Taille und probierte ein paar Schritte. Magalie spürte die abschätzenden Blicke der Gäste.

»Bitte nicht!«

»Kommen Sie, lassen Sie uns ein bisschen Spaß haben in diesem langweiligen Haufen.«

Als Künstlerin konnte sich Fräulein Delarue solche Ungehörigkeiten erlauben. Magalie hingegen wollte ihrem Ruf nicht schaden.

»Alle gucken uns an.«

Fräulein Delarue nahm ihre Hände und tanzte einfach drauf los. Weil Magalie stehen blieb, wurden ihre Arme von der Künstlerin nach rechts und links gerissen wie bei einer Marionette, die sich dem Willen des Puppenspielers beugen muss. Sie machte sich von Fräulein Delarue los, dabei taumelte sie gegen einen Mann, der neben Oberbürgermeister Adenauer stand, und fiel hin.

»Entschuldigen Sie, es tut mir so Leid«, stammelte sie, während sie auf dem Hosenboden saß. Der Mann reagierte nicht. Adenauer fasste ihn am Arm.

»Alles in Ordnung mit Ihnen, Herr Stinnes?«

Das also war Hugo Stinnes, der schwerreiche Industrielle, der sein ohnehin beträchtliches Vermögen durch den Krieg weiter vergrößert hatte. Er gehörte zu den wenigen Inflationsgewinnern, indem er mit Krediten Grundbesitz aufkaufte und die Kredite, wenn sie durch die Inflation längst überholt waren, mit neuen Krediten tilgte.

Stinnes hatte sich nichts getan, dennoch kümmerte sich keiner der Männer um Magalie. Einzig Fräulein Delarue reichte ihr die Hand, um ihr beim Aufstehen zu helfen.

»Ich muss jetzt nach Hause. Ich wünsche Ihnen einen guten Abend«, sagte Magalie.

»Soll ich Sie bringen? Wo wohnen Sie?«

»Nicht nötig. Auf Wiedersehen.«

Als sie auf der Straße vor der Villa stand, schickte sie sich an, den weiten Weg in die Innenstadt zu laufen. Nur wenige Meter weiter hupte es plötzlich hinter ihr. Es war der rote Wagen.

»Steigen Sie ein!«, forderte Fräulein Delarue sie auf. Angesichts ihrer Müdigkeit und da keiner der Gäste sie sehen konnte, gab Magalie nach.

Sie war bisher nicht sehr oft in einem Automobil gefahren und fand es aufregend. Der angenehm kühle Wind zerzauste ihre Frisur. Während der Fahrt sagte sie kein Wort, was daran lag, dass der Motor jeden Gesprächsansatz Delarues übertönte und Magalie sich keine Mühe gab, die Satzfetzen zu verstehen.

In Höhe des Malakoffturms rief sie laut: »Bitte lassen Sie mich hier raus.«

Fräulein Delarue fuhr rechts heran. »Hier?«

»Ich wohne gleich um die Ecke. Vielen Dank, dass Sie mich gebracht haben.« Magalie stieg aus.

»War mir ein Vergnügen. Ich hoffe, wir sehen uns bald wieder.« Fräulein Delarue hupte zum Abschied und fuhr davon. Erleichtert sah Magalie ihr nach. Bis zur Salzgasse, wo sie wohnte, waren es noch ein paar Straßen.

Mittlerweile war es dunkel geworden, trotzdem blieb es drückend heiß. In die Schwüle mischte sich der süße Karamellgeruch der Stollwerckfabrik.

Am Rheinufer war sie allein. Schweigsam und schwarz floss der machtvolle Strom neben ihr her. Das gab ihr Zeit, über alles nachzudenken, was ihr in den letzten fünf Tagen seit ihrem Dienstantritt widerfahren war. Darüber, wie sie sich in zwei Welten bewegte; in der armen, beklemmenden Atmosphäre der gefallenen Mädchen und in dem überladenen Prunk der besseren Gesellschaft. Nirgendwo war sie daheim. Nirgendwo fühlte sie sich zugehörig. Von dem, was sie sich früher für ihr Leben vorgestellt hatte, war nichts eingetreten. Sie hatte keinen wohlhabenden Mann geheiratet, und die Aussicht, einen solchen noch zu bekommen, war seit dem Krieg mehr als gering. Auch glaubte sie nicht, jemals wieder so lieben zu können, wie sie es vor Jahren einmal getan hatte. Mit der gleichen Konsequenz, der gleichen Hingabe. Bitter war diese Erfahrung gewesen. Blutende Wunden hatte sie in ihrer Seele hinterlassen, schmerzhaft bis zum heutigen Tag. Und doch waren die wenigen glücklichen Augenblicke die schönsten ihres ganzen Lebens gewesen. Nie war ihr die Welt um sie herum und sie sich selbst vollkommener erschienen. Danach sehnte sie sich wieder zurück. Das Einzige, was ihr an dem Leben, das sie jetzt führte, wirklich behagte, war ihre neue Tätigkeit als Polizistin. Es kam ihr komisch vor, im Zusammenhang mit einem Mord von »behagen« zu reden, aber so war es. Das, was sie tat, war von Bedeutung.

Ihre Absätze klapperten auf dem Kopfsteinpflaster, ansonsten war es still. Kein Auto fuhr an ihr vorbei, kein Vogel zwitscherte. Sie beschleunigte ihren Schritt, als sie ein Geräusch hörte, das ihr Gänsehaut verursachte. Im Laufen drehte sie sich um. Ein paar Meter weiter hinten bewegte sich etwas in der Dunkelheit. Angst machte sich in ihr breit. Angespannt und aufmerksam lauschend ging sie weiter. Sie wagte es kaum zu atmen. Wieder wandte sie sich um. Der Schatten schien größer geworden, angeschwollen zu sein. Wenn sie nur ihre Uniform anhätte, in deren Brusttasche sich die Signalpfeife befand. Mit dem schrillen Ton hätte sie Hilfe holen oder den Verfolger zumindest verschrecken können.

Dann kam Magalie eine Idee. Sie hastete hinter einen Busch und verbarg sich dort. Mit klopfendem Herzen beobachtete sie durch die Zweige den näher kommenden Schatten. Hoffentlich bemerkte der Verfolger sie nicht. In der Tasche ihres Kleides suchte sie nach dem Haustürschlüssel, den sie wie eine Waffe in die Hand nahm, bereit ihn im Falle ihrer Entdeckung dem Angreifer in die Augen zu rammen. Der Verfolger schien es nicht eilig zu haben. Als er auf ihrer Höhe ankam, erkannte sie, dass es zwei Personen waren, die sich untergehakt hatten.

»Gibmirn Schluck!«

»Neeee is nich.«

»Willaba.«

Ein betrunkenes Paar, das sich gegenseitig stützen musste, um nicht hinzufallen, torkelte an Magalie vorbei. Die Erleichterung bescherte ihr weiche Knie. Sie setzte sich auf den Erdboden.

Bevor sie weiterging, wartete sie ein paar Sekunden ab. Es widerstrebte ihr, den Schutz des Busches zu verlassen und sich auf der Straße wieder preiszugeben. Seit dem grausamen Tod Luises hatte sich die Stadt verändert. Feindseliger war sie geworden.

Nur eine Straße weiter, redete sie sich zu. Sie war schon an der Schiffbrücke. Der Mond warf sein fahles Licht auf das Pflaster, verzerrte die Schatten der Brücke gespenstig. Wieder spielte die Phantasie ihr einen Streich. Für einen Moment glaubte sie, auf dem Brückengeländer die Silhouette eines Menschen gesehen zu haben. Sie schalt sich albern, war sie doch einem Lichtspiel aufgesessen. Um sich von dem Streich ihrer Nerven zu überzeugen, blickte sie wieder hin. Vor dem grauen Himmel war der dunkle Umriss immer noch auszumachen. Ein menschlicher Umriss. Ohne nachzudenken lief sie los. Mit dem Absatz ihres linken Pumps verfing sie sich im Pflaster. Sie streifte die Schuhe ab. Die Person breitete die Arme wie zum Sprung aus.

»Nein!«, brüllte Magalie.

NEUN

Der Vorgarten wurde von einer elektrischen Lampe an der Haustür beleuchtet. Jane hatte ihre Hand auf das grün gestrichene Tor gelegt, Jack seine daneben.

»Also dann«, sagte sie widerstrebend. Sie mochte sich noch nicht von dem aufdringlichen, aber äußerst charmanten Soldaten trennen. Seine Gegenwart gefiel ihr mehr und mehr.

»Der Abend hat gerade erst angefangen«, protestierte er.

»Nicht für mich. Ich muss morgen früh meinen Dienst antreten.«

»Bis dahin bleiben uns ein paar Stunden.«

»Genau. Ein paar Stunden Schlaf.« Sie nickte ihm zum Abschied zu.

Er griff nach ihrer Hand und hielt sie fest. »Ich kann Sie nicht gehen lassen.«

»Wollen Sie die ganze Nacht mit mir hier stehen bleiben?«

»Warum nicht?« Sein Grinsen war schelmisch. »Ich kann mir aber auch etwas viel Aufregenderes vorstellen.« Er drückte ihre Hand an seine Lippen. Bei der Berührung erschauerte Jane.

»Wir sollten jetzt wirklich Auf Wiedersehen sagen.«

»Warum?« Sein Arm legte sich um ihre Taille.

»Weil es sich nicht gehört.«

Jacks Gesicht näherte sich dem ihren. »Niemand wird etwas davon erfahren. Nur du und ich.«

Sie sah ihm in die Augen. Wie schön er war. Seine Stimme klang tief und eindringlich. »Verbotene Früchte schmecken am besten.«

Sie wusste, wie unschicklich ihr Zusammensein war, und doch …

»Du bist die aufregendste Frau, die mir je begegnet ist.« Mit der Zunge fuhr er über die Haut hinter ihrem Ohr. Ihr Atem wurde schwer.

»Jane. O Jane«, wisperte er.

»Jack, ich …«

»Ssssch!« Seine Lippen wanderten ihren Hals hinab. Ein hitziges Gefühl breitete sich in ihrem Unterleib aus.

Ein Quietschen unterbrach sie. Die Haustür. Sie riss sich von Jack los. Im Eingang erschien ihr Dienstmädchen.

»Miss Fairchild? Sind Sie das?«

»Hedwig, guten Abend. Mr. Longman hat mich nach Hause gebracht. Ich komm rein.« Ihre Wangen brannten vor Scham. Sie drückte die Klinke des Gartentors herunter.

»Sehen wir uns morgen Nachmittag?«, bat Jack.

»Vielleicht.«

»Um drei Uhr auf dem Wallraffplatz. Bis dahin?«

Anstelle einer Antwort lächelte sie nur. Sie ging auf das Haus zu. Jeder Schritt fiel ihr schwer.

*

Ihr Schrei hatte die Person auf dem Brückengeländer ins Straucheln gebracht. Ohne einen Laut war sie in die Tiefen des Wassers gestürzt. Magalie blickte in die Schwärze des Rheins, der unter ihr entlangfloss. In einiger Entfernung tanzte ein heller Punkt auf den Wellen. Sie zögerte. Zwar war sie eine gute Schwimmerin, aber der Sog des Stromes war sogar am Tage heimtückisch. Wie leicht konnte sie in einen Strudel geraten. Dennoch, irgendwo unter ihr war ein Mensch, der zu ertrinken drohte.

Sie kletterte auf die niedrige Mauer, die den Bürgersteig vom Rheinufer trennte, und sprang. Ihre Beine tauchten in das überraschend kalte Wasser, dann ihr ganzer Körper und schließlich ihr Kopf. Prustend kämpfte sie sich zur Oberfläche empor. Der Fluss trug sie mit sich. Ihre Augen suchten nach der Person, konnten sie jedoch nicht finden. Vielleicht war der Mensch längst auf den Grund des Rheins gesunken. Auf einmal tauchte der Ertrinkende wieder auf. Er schlug mit den Händen wild um sich, sank trotzdem immer wieder unter Wasser. Mit weit ausgreifenden Bewegungen hielt sie auf ihn zu. Die starke Strömung trieb die Person von ihr weg. Nur unter Aufbringen all ihrer Kräfte kam Magalie allmählich näher. Endlich hatte sie den Ertrinkenden erreicht. Gerade konnte sie erkennen, dass es eine Frau war, da wurde diese unter Wasser gezogen.

Magalie tauchte. In dem dunklen Wasser war sie blind. Sie

kam hoch, atmete durch und tauchte erneut. Ihre Finger streiften etwas. Sie hielt es fest. Es war die Frau. Sie packte sie unter den Armen und zog sie in Richtung Ufer. Dem Strom schien ihre Absicht nicht zu gefallen; erbarmungslos riss er sie mit sich fort. Um jeden Zentimeter kämpfte sie. Die Frau regte sich nicht. Ihre Last wurde Magalie schwerer und schwerer. Wenn sie nicht bald das Ufer erreichte, würde sie die Frau loslassen müssen, um nicht selbst zu ertrinken. Sie biss die Zähne zusammen. Noch ein Schwimmzug und noch einer.

*

Hedwig half ihr vor der Schminkkommode aus dem Tweedkostüm. Im Spiegel betrachtete Jane ihr Dienstmädchen und fragte sich, wie viel sie von dem Flirt mit Jack mitbekommen hatte. Was musste das Mädchen von ihr denken. Mit vierzig Jahren war sie wirklich zu alt für derlei Unfug. Wie leicht konnte sie ihren guten Ruf aufs Spiel setzen. Und wofür? Für ein paar Stunden Dummheit und Illusion.

»Danke, Hedwig, du kannst dich zurückziehen.« Sie wollte allein sein. Im Unterkleid stand sie da und betrachtete sich; ein alternder Körper, der sich dem Trugschluss hingegeben hatte, der eines jungen Mädchens zu sein. Sich so zu verkennen war abgrundtief peinlich. Es konnte nur am Alkohol gelegen haben. Wie unverschämt von Jack, sie korrigierte sich, von Mr. Longman, sie mit Champagner trunken gemacht zu haben.

Jane streifte das Laken auf ihrem Bett zur Seite, löschte das Licht und legte sich hin. Ihre Augen starrten in die Dunkelheit. Noch immer konnte sie Jacks Hand auf ihrem Rücken fühlen, die tiefer wanderte. Sie verspürte eine überwältigende Lust. Als sie versuchte, den Gedanken an Jack und seine Berührungen zu verdrängen, kehrten die Bilder, manche Erinnerungen, andere Wünsche, mit einem derart starken Verlangen zu ihr zurück, dass es ihr unerträglich wurde. Also dachte sie an Luise und ihr elendes Schicksal, und jeder Anflug von Romantik verschwand auf der Stelle.

*

Das Wasser klatschte an die Hafenmauer. Magalie hatte es geschafft. Mühsam hievte sie den Oberkörper der Frau auf die Treppenstufen, die die Mauer hochführten, dann kletterte sie aus dem Wasser. Die Haare klebten ihr im Gesicht, und ihre Kleider hingen klitschnass an ihr herunter, doch das kümmerte sie nicht. Sie musste die Frau aus dem Rhein bekommen. Hoffentlich war sie nicht tot.

Sie hatte kaum Kraft übrig. Sie zog und zog. Schließlich lag die Frau mit dem Körper auf den Stufen. Nur die Beine hingen ins Wasser. Magalie führte ihre Hand unter die Nase der Frau. Kein Hauch. Sie drückte auf den Brustkorb, atmete der Frau in den Mund.

»Komm zu dir«, flehte sie. Nichts tat sich. Ihre Verzweiflung wuchs.

Mit einem Mal bäumte sich die Frau auf und spuckte Wasser. Magalie sank neben sie auf die Steine. Schwer atmend strich sie sich die nassen Strähnen aus dem Gesicht und wrang den Saum ihres Kleids aus. Zum Glück war es Hochsommer. Die Hitze der Nacht begann bereits den Stoff zu trocknen.

Die Frau stieß ein Wimmern aus. Erst ganz leise, steigerte es sich allmählich zu einem Geheul. Das Wasser hatte die Schminke auf ihrem Gesicht völlig verschmiert. Wie ein Geist sah sie aus. Mit ihrem Ärmel wischte die Frau über ihre Stirn und Wangen. Die Farbe blieb auf dem Stoff zurück. Magalie stutzte. Die Frau war die Prostituierte Hanni.

»Sie sind der weibliche Polizist, nicht wahr?«, fragte Hanni.

Magalie nickte. »Warum?«, verlangte sie zu wissen.

»Ich … ich«, stotterte Hanni, »ich bin schwanger.«

»Der Vater des Kindes will dich nicht zu seiner Frau nehmen?«

»Ich weiß nicht, wer er ist.«

Magalie verstand, dass dies für die Dirne eine Katastrophe bedeutete.

»Wär ich nur ertrunken.«

»So darfst du nicht reden. Das Leben ist das kostbarste Gut, das es gibt.« In diesem Augenblick wurde ihr klar, wie hohl sich ihre Worte anhören mussten. Was sollte sie einer Frau sagen, für die es schon lange keine glückliche Zukunft mehr gab, vielleicht nie gegeben hatte.

»Ich kann das Kind nicht bekommen, ich will es nicht. Es ist mir zuwider.«

Magalie schwieg.

»Ich hab versucht, es loszuwerden. Ich hab mich die Treppe runtergeworfen, hab heiße Fußbäder mit Senfmehl und Pfeffer genommen, mir Seifenwasser eingespritzt, Glühwein mit Salz getrunken, einfach alles. Nichts hat geholfen. Nicht mal geblutet habe ich.«

»Vielleicht will das Kind bei dir bleiben.«

»Ein Bastard? Die Mutter eine Hure und der Vater irgendein geiler Säufer. Womit soll ich es durchfüttern?«

»Ein Kind ist etwas Wunderbares. Ein Geschenk Gottes.«

Hanni stieß ein kehliges Lachen aus. »Sie haben gut reden. In Ihrer Welt gibt's das wohl nicht, dass ein Kind der Mutter unter den Fingern wegstirbt.«

Tränen liefen Magalie über die Wangen. Hanni hatte keine Ahnung. Die Prostituierte redete weiter, doch sie hörte kaum hin. Zu deutlich standen ihr die schrecklichen Bilder vor Augen. Bilder, die eigentlich zu ihrer Vergangenheit gehörten, aber immer wieder mit einer Vehemenz lebendig wurden, als wäre alles erst gestern geschehen.

»Eine Freundin hat gesagt, ich soll mir eine Stricknadel hineinstechen. Das trau ich mich nicht. Ich kenn eine, die kennt eine, die ist daran gestorben. Verblutet wie ein abgestochenes Schwein ist die.«

»Wenn dein Kind all die Qualen überstanden hat, will es leben, dann hat es verdient zu leben. Wenn du es nicht willst, kannst du es zur Adoption freigeben.«

»Und wovon soll ich leben? Kein Freier nimmt ‘ne Frau mit dickem Bauch.«

»Ich werde einen Weg finden, wie du dein Kind bekommen kannst. Das verspreche ich dir.«

»Ich will das Balg nicht. Ich will es nicht! Ich ertrag es nicht in mir drin. Soll es mich jeden Tag, jede Stunde an die widerlichen Kerle erinnern, die mich besteigen?«

Hannis ganzer Körper drückte Verzweiflung aus. Mitleid überkam Magalie. Mitleid mit dem Kind, das nicht leben sollte, und

Mitleid mit der Dirne, die sich in einer ausweglosen Situation befand.

»Sich selbst zu töten ist eine Sünde«, redete sie Hanni in ihrer Hilflosigkeit zu.

»Was soll ich sonst tun?«

Zutiefst widerstrebte es ihr, die einzige Option auszusprechen, die sie kannte. »Lass es dir von jemandem wegmachen, der Erfahrung hat.«

»Einen Arzt kann ich nicht bezahlen. Selbst die Engelmacherin ist zu teuer.«

An der Illegalität von Abtreibungen verdienten viele. Auch Magalie hatte vor Jahren diese Möglichkeit in Betracht gezogen, um der Schande zu entgehen. In letzter Sekunde hatte sie es nicht über sich gebracht. Allerdings gab es einen entscheidenden Unterschied zwischen ihr und Hanni. Ihr Kind war in Liebe gezeugt worden. Die Leibesfrucht der Prostituierten hingegen war das unglückliche Resultat einer Art geschäftlicher Transaktion.

»Wär ich bloß ertrunken«, jammerte Hanni.

»Red nicht so«, befahl Magalie. »Ich werde dir das Geld besorgen.«

Kaum hatte sie dies gesagt, fragte sie sich, wie um alles in der Welt sie ihr Versprechen wahr machen sollte. Ihr Geld reichte nicht einmal für ihr eigenes Leben aus.

ZEHN

Über dem Rhein am Kaiser-Friedrich-Ufer lag ein milchiges Licht. Verstohlen rieb sich Jane die Augen. Verdrängte Lust und die Fragen nach Luises Mörder hatten sie lange wach gehalten. Auch Fräulein Hemmersbach wirkte müde und abgespannt.

»Vielleicht liegen wir falsch damit, in Luises Umfeld nach dem Mörder zu suchen«, begann Jane. »Vielleicht hat er sie aus purem Zufall heraus getroffen und ausgewählt.«

»Aber die Hautritzung? Man zeichnet doch nichts, was einem gleichgültig ist, oder?«

»Womöglich war es einer dieser Jack-the-Ripper-Nachahmer, der seine Urheberschaft damit kennzeichnen will. Ein chronischer Frauenmörder.« Angestrengt dachte sie nach. »Wir sollten die Kriminalpolizei nach ähnlichen Morden der letzten Jahre fragen.«

»Besser ist es, wenn wir in den Zeitungen nachschlagen, sodass Kommissar Neumann nichts davon mitbekommt«, befand Fräulein Hemmersbach.

»Wie wäre es, wenn wir gleich die Bibliothek aufsuchen?«

»Ich muss vorher noch mit Commandant Allen reden.« Fräulein Hemmersbach machte Anstalten, allein weiterzugehen.

»Selbst wenn der Mörder Luise nur zufällig als sein Opfer ausgewählt hat, muss er irgendwo auf sie getroffen sein. Und jemand muss ihn gesehen haben«, sagte Jane. Fräulein Hemmersbach blieb stehen.

»Nur wo wollen wir anfangen? Wir haben keinerlei Spur.«

»Außer den gewalttätigen Freier, der Luise geschlagen hat.«

»Von dem wir nicht wissen, wer er ist«, widersprach die Deutsche.

»Ein bedauerlicher Fehler«, pflichtete Jane ihr bei. »Wir hätten uns seine Ausweiskarte zeigen lassen sollen. Wenigstens können wir ihn beschreiben.«

»Wir dürfen diesen Stammfreier nicht vergessen, von dem Antonia erzählt hat. Sie wissen schon, der Engländer«, erinnerte

Fräulein Hemmersbach. »Mit der komischen Tatauierung über seinem Geschlecht.«

*

Es war Magalie nicht wohl, als sie an die Tür von Commandant Allens Büro klopfte.

Mit ihrem wie üblich verkniffenen Gesicht sah die Vorgesetzte ihr entgegen. Am liebsten wäre sie umgekehrt, aber ihr war keine andere Lösung eingefallen. Sie wollte Hanni wirklich helfen.

»Ich brauche einen Vorschuss«, bat sie. Die nötigen englischen Vokabeln hatte sie sich vorher aus ihrem Wörterbuch zusammengesucht.

»Einen Vorschuss? In Ihrer ersten Woche?« Miss Allen schien alles andere als gewillt, der Bitte nachzukommen.

»Ich brauche das Geld dringend. Die Inflation. Ich muss die Miete zahlen, sonst wirft mich meine Vermieterin raus.« Das war nicht einmal gelogen. Flehend sah sie Commandant Allen an.

*

Jane starrte auf das weiße Blatt, das vor ihr auf dem Schreibtisch lag. Die Spitze des Bleistifts senkte sich in Richtung Papier. Sie versuchte, sich den Freier in Erinnerung zu rufen, der Luise geschlagen hatte. Ausgemergelt hatte er gewirkt; seine Arme hatten schlaff an seinem Körper herabgehangen. Er war ihr mit dem gesenkten Kopf und dem vorgebeugten Oberkörper vollkommen kraftlos vorgekommen. Seine ganze Haltung schien überhaupt nicht aggressiv gewesen zu sein, obwohl er kurz zuvor auf Luise losgegangen war und ihr ein Veilchen verpasst hatte.

Weil er ihr nicht in die Augen geschaut hatte, verfügte Jane nur über eine ungenaue Vorstellung von seinen Gesichtszügen. Vage meinte sie sich zu erinnern, dass der blasse Mann ein schmales Gesicht mit eingefallenen Wangen gehabt hatte. Vielleicht wusste Fräulein Hemmersbach mehr. Deutlich war ihr hingegen sein dunkles und volles Haar im Gedächtnis geblieben, das im starken Kontrast zu seiner kränklichen Erscheinung stand.

Jane zeichnete die ersten Linien, scheiterte aber an ihrem mangelnden künstlerischen Vermögen. Was sie zu Papier brachte, wies nicht im entferntesten Ähnlichkeit mit dem Freier auf. Für ein Phantombild, mit dessen Hilfe sie nach dem potenziellen Mörder suchen könnten, brauchte sie einen Künstler.

*

Noch immer meinte Magalie, das Blut in der Dachkammer riechen zu können. Auf dem Bett an der linken Wand lag ein zusammengerollter Körper, Luises Bett auf der anderen Seite war leer. Sie näherte sich dem Bett, in dem sie Hanni vermutete. Unter dem Gewicht ihrer Lederstiefel ächzten die Dielen. Hanni fuhr hoch.

»Ich bin's nur«, sagte Magalie beruhigend. Die Prostituierte setzte sich auf die Bettkante. Sie trug ein Nachthemd, und ihre Haare waren zerzaust. »Ich bringe dir das Geld.«

Allmählich kam Bewegung in Hanni. Sie stand auf, ging auf Magalie zu und umarmte sie. Steif blieb Magalie stehen. Hanni weinte an ihrer Schulter. Ihre Tränen benetzten den Stoff der Uniform.

»Ist ja gut.« Magalie gab ihr ein Taschentuch. Laut schnäuzte Hanni hinein.

»Ich hätt nie gedacht, dass Sie ... Ich mein, so was hat noch nie jemand für mich getan.«

Magalie griff in die prall gefüllte Einkaufstasche, in der das Geld steckte. Sie wollte es der Prostituierten reichen, da zögerte sie: »Du kennst den Paragraphen 218?« Hanni sah sie verständnislos an. »Das Gesetz, das Abtreibungen verbietet. Es heißt darin, dass eine Schwangere, welche ihre Frucht vorsätzlich abtreiben lässt oder im Mutterleibe tötet, mit Zuchthaus bestraft wird. Bis zu fünf Jahre kannst du dafür bekommen.« Sie wollte, dass Hanni es sich noch mal überlegte. Die Prostituierte starrte sie an, starrte auf ihre Uniform.

»Bringen Sie mich ins Gefängnis? Warum haben Sie mir das Leben gerettet, wenn Sie mich jetzt bestrafen wollen?« Ihr Blick war glasig.

»Nicht doch.« Magalie drückte ihr das Geld in die Hände und versicherte: »Du hast nichts zu befürchten.«

Hanni presste die dicken Bündel Scheine an ihren Bauch, doch der Blick, mit dem sie Magalie ansah, blieb misstrauisch.

»Es ist unser Geheimnis. Ich häng genauso drin wie du. Wir müssen uns gegenseitig vertrauen, hörst du!«

Langsam begriff das Mädchen. »Mit dem Geld, das Sie mir geben, dadurch können Sie auch Ärger bekommen?«

Als Magalie nickte, zeigte Hanni ihr eine Annonce in der Zeitung, die auf dem Küchentisch lag. »Echt indische Kräuterbäder« wurden dort offeriert.

»Da will ich hin. Die Frau, die das macht, soll's schon oft gemacht haben.«

»Erzähl mir das nicht. Ich will davon nichts wissen. Damit das klar ist: Ich bin nie hier gewesen, in Ordnung?«

»Ich mach es wieder gut.«

»Pass auf dich auf.« Magalie wollte gehen.

»Mir ist noch was eingefallen.« Hanni hielt sie zurück, »wegen Lulu. Da hat ein Uniformierter mit abkassiert.«

»Ein Polizist?«

»Von der Sitte.«

Das deckte sich mit der Aussage des Zuhälters. »Deshalb ist sie aus dem Schlösschen raus und hat für Paul gearbeitet?«

»Es hat nichts genutzt. Er kam trotzdem dauernd an und hat sie ausgenommen wie 'ne Weihnachtsgans.«

»Hat denn Paul nichts dagegen unternommen?«

»Wozu? Wenn er seinen Anteil bekommt, ist ihm alles egal.«

»Weißt du, wer der Polizist ist?«

»Lulu hat ihn Hans genannt.«

*

So leise wie möglich sagte Jane: »Es muss Hanses sein.« Dennoch hallte ihre Stimme im leeren Flur des Präsidiums. »Bei der Razzia im Nachtasyl, da hat er eine Frau ohne Vernehmung und Untersuchung gehen lassen, die eindeutig eine Prostituierte war.«

»Vielleicht ist es ja Hanses, aber deshalb ist er nicht gleich ein Mörder«, widersprach Fräulein Hemmersbach. »Außerdem, was ist, wenn Commandant Allen rausbekommt, dass wir immer noch nach dem Mörder suchen?«

»Dann steh ich dafür gerade.« Jane drückte die Klinke zum Sittendezernat herunter.

Fräulein Hemmersbach fragte: »Was haben Sie vor?«

»Ich will Hanses herausfordern.«

Als sie den Raum betraten, merkten die Männer auf. Bei ihrem Anblick verdrehte Krüger die Augen und schnitt dem Polizisten neben sich eine Grimasse. Sie ignorierte ihn. Zusammen mit der Deutschen steuerte sie den Schreibtisch von Hanses an.

»Wir brauchen die Hilfe Ihrer Abteilung.«

»Was immer in meiner Macht steht, werde ich tun.« Hanses lächelte süffisant.

Im Hintergrund stieß Sittenpolizist Krüger ein Schnauben aus. »Mischen Sie sich wieder in laufende Ermittlungen ein?«

»Wir gehen der Beschwerde einer Prostituierten nach«, erwiderte Jane. »Das gehört zu unseren Aufgaben.«

»Wie löblich.« Hanses' Blick erinnerte sie an die trüben Augen eines toten Fisches.

»Eine Prostituierte gibt an, von einem Sittenpolizisten mit Namen ...«, Jane machte eine bedeutungsvolle Pause, »... Hans erpresst worden zu sein.«

»Seid ihr völlig übergeschnappt, ihr verdammten Weiber!« Krüger sprang von seinem Platz auf und kam auf sie zu. Auch seine Kollegen sahen wütend aus. Sie hatte in ein Wespennest gestochen. Fräulein Hemmersbach trat einen Schritt zurück. Krüger packte Jane grob am Arm.

»Wenn ich eins nicht abkann, sind das diese arroganten Engländer, aber ihre Frauen sind noch viel schlimmer.«

»Ruhig, Krügerchen, ruhig.« Hanses ging dazwischen. »Du wirst nichts tun, was du später mal bereuen könntest. Setz dich hin!«

Krüger befolgte den Rat, der wie ein Befehl geklungen hatte.

»Das ist ein ernstes Vergehen, das Sie einem meiner Kollegen vorwerfen«, sagte Hanses.

Jane bewunderte, wie ruhig er blieb. Er war ausgefuchster, als sie gedacht hatte.

»Wir wollten nur nachfragen. Ganz harmlos. Der aggressiven Reaktion nach zu urteilen, scheint an dem Verdacht womöglich doch was dran zu sein«, sagte sie.

»Die Männer hier sind etwas impulsiv. Für jeden von ihnen würde ich meine Hand ins Feuer legen. Auf das Gewäsch der Mädchen sollten Sie nicht allzu viel geben.«

»Dann dürften Sie keinerlei Probleme damit haben, dass wir uns erkundigen, oder?« Jane ließ nicht locker.

»Haben wir auch nicht. Wir sind bereit, Ihnen jederzeit Rede und Antwort zu stehen.«

»Könnten Sie sich vorstellen, wer der Sittenpolizist mit Namen Hans ist, den die Prostituierte meint?«, provozierte sie ihn.

»Ganz unter uns, Hans ist ja nicht gerade ein seltener deutscher Vorname. Alles ein bisschen dürftig, finden Sie nicht?« Hanses streckte seine Handflächen vor, wie um seine Unschuld zu beweisen.

Als sie die Tür des Büros hinter sich geschlossen hatten und wieder im Flur standen, seufzte Fräulein Hemmersbach auf. »Jetzt ist er gewarnt und wird vorsichtiger sein. Wenn er es war, meine ich.«

Jane antwortete: »Abwarten. Da Hanses unter Garantie der eingebildete Kerl ist, für den ich ihn halte, glaubt er, unbesiegbar zu sein. Er wird einen Fehler machen. Und dann haben wir ihn.«

»Vorsicht!« Fräulein Hemmersbach wies den Flur hinunter, auf dem sich Miss Moody und Fräulein Christ näherten, die eine abgetakelt aussehende Frau zwischen sich führten. Angesichts des aufreizenden Kleides, das viel Haut zum Vorschein brachte, vermutete Jane, dass es sich um eine Prostituierte handelte, die die Polizistinnen zur amtsärztlichen Untersuchung begleitet hatten. Miss Moody und Fräulein Christ wiesen die Frau an, sich auf einen Holzstuhl an der Wand zu setzen, und betraten das Sittendezernat.

»Sie, hallo, Fräulein …!« Die Prostituierte sprach Fräulein Hemmersbach an. »Sie sind doch die Fürsorgerin, die jetzt bei der Polizei ist, oder?«

»Die bin ich.«

»Ich wollte Ihnen danke sagen«, erklärte die Prostituierte.

»Wofür?« Fräulein Hemmersbach schien nicht zu wissen, worum es ging.

»Für das, was Sie für die Hanni getan haben. Die kriegt ihr Malörchen dank Ihnen in den Griff.«

»Das hoffe ich.« Die Antwort von Fräulein Hemmersbach kam schroff. Sie eilte in Richtung Ausgang.

»Was meinte die Frau?«, fragte Jane, als sie sie eingeholt hatte.

»Wie?«

»Malörchen? Das Wort kenne ich nicht.«

»Ein kölscher Ausdruck. Nicht weiter von Belang.« Die Deutsche grüßte den Pförtner zum Abschied und trat auf die Straße. Jane folgte ihr nachdenklich.

Durch ihre Ledersohlen meinte Magalie die Hitze zu spüren, die dem Pflaster entströmte. Sie hatte ihre Füße am Morgen mit Leinentüchern umwickelt. Mittlerweile waren sie von Schweiß durchtränkt. Bei diesen Temperaturen verlangsamte sich der normale Lebensrhythmus zwangsläufig. Vielleicht konnte sie Miss Fairchild zu einer Pause überreden.

Hinter ihnen hupte es. Sie erkannte das rote Auto sofort. Die Künstlerin hielt neben ihnen am Straßenrand. Das Verdeck stand offen. Fräulein Delarue nahm die Autobrille ab. Darunter zeichneten sich Druckstellen und Schmutzränder ab.

»Zu Fuß bei diesem Wetter? Wie wär's mit einer Spritztour?«, schlug die Künstlerin vor.

»Wir sind im Dienst«, gab Magalie zur Antwort.

»Wie lange?«

Der Blick auf ihre Taschenuhr zeigte Magalie, dass sie noch eine knappe halbe Stunde zu absolvieren hatte.

»Gehen Sie schon«, sagte Miss Fairchild

»Bitte?«

»Ich beende die Patrouille allein. Das wird kein Problem sein.«

Daraufhin stieg Fräulein Delarue aus, ging zur Beifahrertür und öffnete sie. Magalie zögerte, dann setzte sie sich auf den glänzenden Ledersitz und schloss die Tür. Fräulein Delarue brauste los. Miss Fairchild blieb als immer kleiner werdender Punkt zurück.

Die Luft roch nach Benzin und Sommer. Magalie öffnete die Knöpfe ihrer Uniformjacke und lockerte den Schlips. Am Rhein stieg ihr ein Geruch von Qualm in die Nase. Erstaunt sah sie zum Deutzer Ufer hinüber. Dort schlängelte sich eine graue Rauchfahne in den blauen Himmel. Drüben musste es brennen.

»Wohin fahren wir?«, erkundigte sie sich bei Fräulein Delarue.

»Lassen Sie sich überraschen.«

Magalie war froh, der stickigen Stadt für einen Moment zu entkommen, und lehnte sich im Sitz zurück.

Die Prostituierte saß noch auf dem Stuhl im Flur. Jane stellte sich neben sie.

»Wie geht es Hanni?«

»Sie wollte heute zu der Frau.« Die Andeutung war kryptisch.

»Wegen ihres Malörchens«, vermutete Jane.

Die Prostituierte richtete sich auf dem Stuhl auf. »Wissen Sie das nicht?«

»Fräulein Hemmersbach hat mir alles erzählt.«

Die Frau sackte zurück. »Dann ist ja gut. Man muss vorsichtig sein. Ist ja verboten.«

Ihre Vermutung, dass hinter der merkwürdigen Andeutung der Prostituierten gegenüber Fräulein Hemmersbach mehr steckte, als diese zugab, bewahrheitete sich.

»Von uns erfährt niemand was«, behauptete Jane.

»Kann ich mir auch nicht vorstellen, wo das Fräulein Fürsorgerin, ich mein, das Fräulein von der Polizei Hanni das Geld gegeben hat.«

»Da war Hanni bestimmt sehr erleichtert.«

»Und wie. Sie ist ja nicht verheiratet und kennt den Vater nicht.«

Es ging also um eine Abtreibung. Das geschah häufig bei gefallenen Mädchen, dass sie ein uneheliches und in Sünde gezeugtes Kind nicht bekommen wollten. Jane verstand nur nicht, wieso Fräulein Hemmersbach darin verwickelt war. Sie sollte mit Commandant Allen darüber sprechen. Es war ihre Pflicht, ihr

Wissen zu melden. Entscheiden musste dann Miss Allen, wie sie mit dem Vergehen der Deutschen umging.

Fräulein Delarue breitete eine rot-weiß karierte Decke auf dem Gras aus. »Nehmen Sie Platz. Die Verpflegung kommt gleich.«

»Die Sonne«, gab Magalie zu bedenken. »Wir werden ganz braun.«

Die Künstlerin lachte. »Was kann daran verkehrt sein. Bräune ist natürlich.«

Magalie setzte sich auf die Decke.

»Ziehen Sie die Stiefel aus«, schlug Fräulein Delarue vor.

Es tat gut, die Tücher von den pochenden Zehen zu wickeln und diese in das Gras zu stecken, das knapp über dem Erdreich noch kühl war. Eine Hummel flog von einer Kleeblüte zur nächsten. Hier draußen am Drachenfels war außer dem Zirpen der Grillen nichts zu hören. Magalie fühlte sich wohl. Ungeachtet der Sonne krempelte sie die Ärmel ihrer Bluse hoch. Fräulein Delarue hatte einen Korb aus dem Auto geholt und packte Leckereien aus, die ihr das Wasser im Mund zusammenlaufen ließen.

»Sie verstehen zu leben, Fräulein Delarue.«

»Lily bitte. Ja, Frau von Anselm ist sehr splendid.«

Die Künstlerin reichte ihr ein Stück Pastete, nach dem Magalie griff, doch Lily hielt es fest, sodass sie nur abbeißen konnte. Es kam ihr komisch vor, sich von ihr füttern zu lassen. Mit der Zungenspitze leckte sie über die Lippen. Als sie hochsah, bemerkte sie Lilys Blick und errötete.

»Darf ich Sie mit Vornamen anreden?«, bat Lily.

»Magalie.«

»Du musst mir erlauben, dich zu malen, Magalie.«

»Wie sind Sie, ich mein, wie bist du eigentlich darauf gekommen, Künstlerin zu werden?«

»Ich wusste schon als junges Mädchen, dass ich nicht aus dem Leben scheiden wollte, ohne etwas geschaffen zu haben, das mich über den Tod hinaus überdauert.«

»Wieso die Malerei? Wieso kein Roman oder Kind?«

»Wieso atmet der Mensch? Es war nie eine Frage, dass ich malen wollte. Mir gefiel nichts anderes.«

»Und deine Eltern? Waren sie damit einverstanden?«

»Meine Mutter hatte immer zu viel mit ihren Verehrern zu tun, um sich um mich zu kümmern. Sie wollte mir eine gute Partie suchen, damit sie mich loswerden konnte.« Während Lily sprach, zerbiss sie eine Erdbeere zwischen ihren Schneidezähnen. Der Saft färbte ihre schönen weißen Zähne rot. »Also verkaufte ich meinen Schmuck und meine Kleider und ging nach Rom. Ich war die erste und einzige Studentin an der Kunstakademie dort.«

»Das war bestimmt sensationell.«

»Sensationell schikanös. Von den Studenten verhöhnt, von den Professoren verachtet; ich sprach kaum italienisch und war nahe am Verhungern.«

»Du hast nicht aufgegeben?«

»Niemals. Ich lasse mir nichts kaputtmachen. Meine innere Kraft hat mir geholfen, das alles durchzustehen.« Lily wechselte den Tonfall und begann zu scherzen: »Jetzt bin ich hier und flehe dich an, dich malen zu dürfen.«

»Ich bin kein Modell. Ich bin nicht schön genug.«

Lilys Lippen näherten sich ihrem Gesicht. »Glaub mir, ich habe einen Blick für Schönheit.«

Magalie ließ sich nach hinten sinken. Auf dem Rücken liegend betrachtete sie den wolkenlosen Himmel. Das gleichmäßige Zirpen der Grillen stimmte sie schläfrig. Tief atmete sie aus und ein. Ein Schatten fiel auf sie. Lily hielt ihr eine Erdbeere hin.

»Mund auf!«

Die Frucht war überreif, weich und zuckersüß.

»Hast du mal von Sappho gehört?«, fragte Lily.

»Ein Grieche?«

»Eine griechische Dichterin. Ihr Werk ist voller Schönheit und Sinnlichkeit. In meinen Bildern versuche ich, ihrer Dichtung nachzueifern.«

Die Wärme, die Magalie umgab, machte ihren Kopf schwer. Lilys kehlige Stimme lullte sie ein. Sie kam sich vor wie in einem Traum.

»Jede Frau hat eine eigene Schönheit. Trotz Armut und Krankheit. Man muss sie nur aus ihr herausholen«, sagte Lily, dabei nahm sie Magalies Hand und spielte mit ihren Fingern.

Magalie mochte es, so umhegt zu werden. Das Wort Begehren fiel ihr ein. Ein Gefühl, das sie lange nicht mehr empfunden hatte. Das letzte Mal hatte er ihre Hand gehalten, so wie es Lily jetzt tat.

Es juckte an ihrem Unterschenkel. Als sie sich kratzte, bemerkte sie die Ameisenstraße auf der Decke, die der Pastete und dem Käse zustrebte. Sie sprang auf. »Ich muss zurück.«

»Und wenn du einfach deinem Gefühl nachgibst?«

»Ich habe Verpflichtungen.« Magalie zog die Stiefel an. Sie glaubte, von Lily durchschaut worden zu sein.

*

Miss Allen war nicht in ihrem Büro gewesen. Jane fühlte sich erleichtert, schließlich wollte sie die Deutsche nicht anschwärzen. Sie verstand nur nicht, was in Fräulein Hemmersbach gefahren war. Mitleid mit einer Prostituierten zu haben, ja, das war durchaus möglich, ihr aber bei einem Gesetzesbruch zu helfen, ging eindeutig zu weit. Dieses Verhalten musste Konsequenzen haben, allerdings würde Janes Beschwerde bedeuten, dass die Deutsche ihre Arbeit verlor. Sie wünschte sich, jemanden in Köln zu haben, mit dem sie über ihren Zwiespalt reden konnte. In diesem Augenblick fiel ihr die Verabredung mit Jack ein. Sie spürte Sehnsucht danach, sich mit ihm zu treffen. Er war ein Landsmann, er war charmant, ein bisschen aufdringlich vielleicht, doch er brachte sie zum Lachen.

Jane sah auf die Uhr. Für eine Schrecksekunde befürchtete sie, es könnte bereits nach drei Uhr sein und sie damit den Treffpunkt verpasst haben. Es war jedoch erst Viertel nach zwei. So blieb ihr genug Zeit, nach Hause zu gehen und die Uniform gegen etwas Bequemeres zu tauschen.

Vierzig Minuten später eilte sie auf den Wallraffplatz zu. Diesmal hatte sie den Tweed im Schrank gelassen und stattdessen einen Baumwollrock zusammen mit einer Bluse angezogen. Am Kragen prangte eine mit Edelsteinen verzierte Brosche, ein Erbstück ihrer Mutter. Von Hedwig hatte sie sich die Haare auf dem Hinterkopf zu einem Knoten binden lassen.

Jane stand in der Mitte des Platzes. Nirgendwo vermochte sie Jack zu sehen. Sie war auf den Soldaten reingefallen wie ein unreifes Mädchen, dem zum ersten Mal der Hof gemacht wird. Er dachte sich bestimmt nichts dabei, seinen Charme jeden Abend bei einer anderen Frau zu versprühen. Es hatte seinen Grund, schalt sie sich, weshalb sie nach dem Bruch ihrer Verlobung nähere Beziehungen zu Männern unterbunden hatte. Entweder spielte ein Mann leichtsinnig mit dem Herz der Frau, so wie er eine Partie Bridge spielte, oder er setzte alles daran, die Frau zur willenlosen Sklavin zu degradieren. Englische Männer führten sich auch zu Hause auf wie in einer der weit entfernten Kolonien des Empires.

»Hätte nicht gedacht, dass Sie kommen«, ertönte es hinter ihr. Sie fuhr herum und erblickte Jack. Blut schoss in ihre Wangen.

»Ich war zufällig in der Gegend«, erwiderte sie. Es war nicht auszumachen, ob er ihr glaubte, jedenfalls bot er ihr seinen Arm an. Sie hakte sich bei ihm unter.

In den Einkaufsstraßen, vor allem beim Militärkaufhaus in der Hohe Straße, drängten sich Engländer neben Deutschen. Die Stadt pulsierte in der Schwüle des Sommers, und Jane pulsierte mit ihr. Sie genoss das Treiben der Menge, die sich von Geschäft zu Geschäft schob. Ein Fremdenführer pries seiner Reisegruppe die wichtigste Sehenswürdigkeit der Stadt an: »Siss iss se Dom.«

»Lassen Sie uns zum Wasser hinuntergehen«, schlug Jane vor.

Auf dem Rhein kämpfte ein Schleppzug gegen die Strömung. Die anderen Flusskähne dümpelten träge vor sich hin. Am gegenüberliegenden Ufer trockneten Fischernetze über Büsche gehängt in der Sonne.

Vieles erinnerte Jane an ihre Heimatstadt London, wie die Kontore und Speicherhallen der Reedereien, doch fühlte sie sich in Köln freier. Besonders schön war es, die Stadt nicht allein zu erkunden, sondern mit Jack an ihrer Seite. Vor dem Stapelhaus las sie aus ihrem »Guide to Cologne« vor:

»The so-called Stapelhaus on the Frankenwerft ... As only fish could be sold in this house it is very probable that as early as 1370 it was compulsory to slaughter cattle in a building here also. The building was restored by the city architect Heimann in the original

form. In the lower rooms a restaurant business is carried on: these rooms were decorated by the Cologne painter Ludwig Mauss, the upper part contains the city Natural History collection.«

Als Jack ihr auf die Nase tippte, unterbrach sie ihre Lektüre.

»Ihr Gesicht ist ganz gerötet«, sagte er. Tatsächlich spürte sie ein leichtes Brennen auf ihrer von Natur aus hellen Haut, die die Augustsonne ohne den Schutz eines Huts nicht vertrug.

»Vielleicht sollten wir ein schattigeres Plätzchen aufsuchen«, schlug sie vor und deutete auf das Museum für Naturkunde.

Ein Geruch nach Staub und Bohnerwachs empfing sie. Im Inneren waren sie vor der Sonne zwar geschützt, doch in den Räumen staute sich die Hitze des Tages. Das Sonnenlicht, das die hohen Fenster durchließen, brachte den Staub in der Luft zum Tanzen. Außer ihnen war niemand zu sehen.

Ein Brand Ende Juni hatte die mineralogische Sammlung schwer beschädigt. Noch immer konnte man sie nicht besichtigen. Auch die Schmetterlings- und Käfersammlung blieb für den Publikumsverkehr gesperrt, aber Jane verabscheute die Kästen mit bunt schillernden Insekten, die von Nadeln in ihrer Leibesmitte auf Pappe gespießt waren, ohnehin. Sie hätte ihnen ein kurzes, glückliches Leben, angefüllt mit der Suche nach Nektar oder Dung gegönnt.

Sie steuerten die Abteilung für Ostafrikanische Zoologie an. Angesichts der ausgestopften Tiere fühlte Jane Beklemmung in sich aufsteigen. Die Tiere sahen so lebendig aus, wie der Löwe, bereit zum Sprung auf eine friedlich grasende Antilope, dabei waren sie längst mausetot. Sie erinnerten sie an die aufgebahrten Leichname ihrer Eltern mit einer Schicht von Schminke auf dem Gesicht, um Tod und Verwesung zu verdecken. Den Toten das Aussehen von Lebenden zu geben war nur ein Versuch, die Unwiderruflichkeit des Sterbens zu verleugnen. Sie dachte an die grausame, aber ehrliche Nacktheit der Leiche von Luise, als sie auf dem Obduktionstisch gelegen hatte. Das war der wahre Tod und nicht etwa das Grinsen ihres toten Vaters, das sie zu Lebzeiten von ihm nicht gekannt hatte.

Jemand fasste sie um die Taille. Jane zuckte zusammen, dann begriff sie, dass es Jack war, der sich von hinten an sie drückte und mit seiner Zunge hinter ihre Ohrmuschel fuhr. Sie witterte den moschusartigen Duft seiner Erregung. Wie Fieber breitete sich die Hitze des Begehrens in ihrem Körper aus. Jack flüsterte:

»Ich will dich.«

Durch den Stoff ihrer Bluse und dem des Büstenhalters spürte sie den Druck seiner Hände, die ihre Brustwarzen rieben, bis sie hart wurden. Auf einmal nahm sie hinter den Glaskästen eine Bewegung wahr.

»Lass mich!« Sie löste sich von Jack. Keine Sekunde zu früh, denn der Museumsaufseher kam auf sie zu.

»Wie schön das Fell der Antilope glänzt«, bemerkte sie. »Da hat der Präparator ganze Arbeit geleistet.«

Der Wärter beobachtete sie mit einem deutlich sichtbaren Stirnrunzeln. Als er um die nächste Ecke bog, fiel ihr Blick auf das Schild unter der ausgestopften Antilope: »Zebra, afrikanisches Grasland«.

Jacks überschwengliches Lachen steckte sie an.

*

Der Fahrtwind löste Magalies Knoten. Ihre Haare flatterten. Sie legte ihren Kopf zurück auf den gepolsterten Sitz. Die Sonne schien ihr ins Gesicht; der Wind liebkoste ihre Haut.

»Schön, nicht?«, rief Lily ihr zu.

»Wundervoll.« Die Beklemmung, die Magalie zuvor überfallen hatte, wich von ihr. Erneut überkam sie eine Unbeschwertheit, die ihr gut tat.

»Wenn ich das Geld dazu hätte, würde ich den ganzen Tag im Auto herumfahren«, schwärmte sie. »Was würde ich nicht für ein Leben ohne finanzielle Sorgen tun.«

»Geldsorgen«, Lily lachte verächtlich, »sind Gift für die Seele.«

»Nur nicht vermeidbar. Zumal in Zeiten dieser irrwitzigen Inflation.«

»Materielle Dinge interessieren mich nicht. Ich bin Künstler.«

»Und wenn Frau von Anselm dir ihre Zuwendungen streicht?«

»Das würde sie nie tun.« Rasant nahm Lily eine Kurve.

»Woher willst du das wissen? Es ist ihre Gönnerhaftigkeit, von der du abhängst.«

Ein undeutbarer Blick traf Magalie. »Mir steht alles zu.«

»Was verlangt Frau von Anselm eigentlich als Gegenleistung von dir?«, fragte sie.

Lily schien sie nicht zu verstehen. Vielleicht lag es am Lärm des Automobils.

»Warum gibt dir Frau von Anselm das Auto, das Atelier und alles? Was erhält sie dafür?«, rief sie ihr zu.

»Einen einmaligen Einblick in die schaffende Kreativität, einen Hauch von Genialität, der ihre bürgerliche Langweile durchweht.«

Magalie betrachtete Lily, die mit behandschuhten Händen das Lenkrad umklammert hielt. Ihr Griff war selbstbewusst und energisch. Diese Frau bekam, was sie wollte. Sie fragte sich, was die Künstlerin eigentlich von ihr wollte.

*

Sie waren auf der Suche nach einem Off-Licence, einem britischen Geschäft für Alkoholika, in der Hoffnung auf ein kühles Getränk. Jane hatte es abgelehnt, dass Jack ihre Hand hielt, doch wann immer sich ihre Arme beim Gehen zufällig streiften, durchfuhr sie ein wohliger Schauer.

Auf dem Bahnhofsvorplatz bekam sie von einem jungen Mann mit Schiebermütze ein Flugblatt in die Hand gedrückt. »Dein Körper gehört dir«, lautete die Überschrift. »Für die Abschaffung des Paragraphen 218.« Kleiner war darunter gesetzt: »Die Abtreibung sollte freigegeben werden und die Kosten durch die Krankenkassen übernommen werden.« Gezeichnet war das Ganze mit dem Kürzel KPD.

»Communists!« Jack nahm ihr den Zettel aus der Hand. Er zerknüllte ihn und warf ihn in den Rinnstein. Überrascht blickte Jane auf ihre Fingerspitzen, die von der frischen Druckerschwärze grau gefärbt waren.

*

Die Luft in der Kneipe war rauchgeschwängert. Eine schwüle Anspannung wie vor einem Gewitter lag über allem. Magalie hatte sich von Lily dazu überreden lassen, am Abend noch etwas zu trinken und ihre Freunde im »Dekke Tommes« kennen zu lernen. Dafür hatte sie die Uniform gegen ein Kleid getauscht.

Zielstrebig steuerte die Künstlerin auf einen voll besetzten Tisch inmitten der Gastwirtschaft zu. Einer der dort sitzenden Männer stand just in diesem Moment auf und echauffierte sich lautstark: »Dieser Lustgreis, dieses Fleischgebirge, dieser Dienstbote der Bourgeoisie.« Im Licht der Lampe, die über dem Tisch hing, sah Magalie die feinen Spuckefäden, die aus seinem Mund sprühten. »Nur verschleimte Bürgergehirne atmen den Pesthauch eines Museums. Das Museum ist eine Leichenkammer.«

Lily stieß Magalie von der Seite an. »Er heißt Hoerle.«

Der Künstler hatte ein langes Gesicht und einen sehr kurz geschnittenen Pony. Magalie betrachtete seine charakteristische große Nase, die vollen Lippen und das kantige Kinn. Sein Tonfall war bitter und ironisch zugleich.

»Was im Museum hängt, ist keine Kunst. Das sind nur gefällige Zugeständnisse an einen verkleisterten Publikumsgeschmack.«

Es kam Magalie merkwürdig vor, vollkommen unbeteiligt der erhitzten Diskussion beizuwohnen. Sie hatte das Gefühl, Position beziehen zu müssen, obwohl sie nicht recht begriff, worum es ging. Aber hier schien niemand gleichgültig zu sein.

»Der Künstler muss zum Konstrukteur werden. Weg mit dem Persönlichen, dem Künstlerischen in der Kunst.«

Jemand pflichtete Hoerle bei: »Das Kunstwerk sollte am besten anonymisiert werden.«

»Gerd Arntz«, informierte Lily.

Ein anderer der Männer, der in sich zusammengekauert neben Magalie gehockt hatte, wie in innerer Versenkung begriffen, hob den Kopf und riss die vor der Brust verschränkten Arme so plötzlich empor, dass sie vor Schreck zusammenfuhr. Die Schwermütigkeit, die ihn wie eine Aura umgeben hatte, fiel von ihm ab.

»Kunst ist die Äußerung einer Kultur, aber das Proletariat hat keine Kultur. Es zieht sich die Kultur der Reichen an wie das Dienstmädchen die abgelegten Kleider ihrer Herrschaft.«

»Seiwert«, erklärte Lily. »Einer der Denker der Kölner Progressiven.«

»Was für Progressive?«

»So nennen sie ihre Art von Kunst.«

Seiwert fuhr fort: »Der Prolet säuft Schnaps, wo die Herren Sekt haben. Er isst Margarine, wo es Butter gibt. Ja, ich frag euch, Genossen, wie soll da sein schlecht geschmiertes Hirn die Fähigkeit zu einer eigenen Anschauung der Welt entwickeln?«

Bevor jemand auch nur den Ansatz zu einer Antwort machen konnte, sprach er weiter: »Das Proletariat wird nie und nimmer eine Kultur losgelöst von der Bourgeoisie haben.«

Seine Faust durchteilte die von Zigaretten aufsteigenden Rauchschwaden, die sich unter der Wucht seiner Erregung eiligst verzogen. Er hatte melancholische, mandelförmige Augen und dichte Brauen, die über der Nasenwurzel zusammengewachsen waren. Seine hohe Stirn wurde von dunklen Haaren umkränzt. Der ausgeprägte Mund, über dem ein spärliches Bärtchen spross, sprach voller Leidenschaft: »Und warum wird es keine eigene Kultur haben? Weil der Begriff des Proletariats mit dem Begriff der Profitwirtschaft untrennbar verbunden ist.«

Ein sinnlicher Mann, fand Magalie, nur etwas störte sie, etwas wirkte komisch an ihm.

Hüstelnd wagte ein grobschlächtiger Künstler den Widerspruch: »Wir können das Proletariat doch zu einer eigenen Kultur bringen.«

Seiwert fixierte ihn mit einem Blick, der von Melancholie zu Bosheit gewechselt war. »Ah«, dabei dehnte er das A sehr lang, »Genosse Freundlich will uns etwas mitteilen. Und wie, meint er, kann das Proletariat seine Kultur entwickeln?«

Freundlich war ein merkwürdiger Name für den Mann, der mit seinem fleischigen Kinn einem Metzgermeister oder Burschenschaftler glich. Es fehlten nur die blutbefleckte Schürze oder der Schmiss. Er räusperte sich, dann sprach er mit einer warmen Stimme, die wirklich freundlich war:

»Durch Kollektivarbeit gelangt der Proletarier zu seiner ursprünglichen Kultur.«

Die heilige Gemeinschaft von Mensch und Welt im All war

Freundlichs Anliegen. Ganz fromm klang er, als er schloss: »Noch ist in Deutschland das kollektive Leben nicht vorhanden. Aber die Umwandlung des individuellen Denkens ins kollektive ist …«

Das höhnische Gelächter Seiwerts unterbrach ihn: »Du irrst, mein Freund. Du willst kommunistische Inhalte in die künstlerische Form der Bourgeoisie verpacken. Dadurch werden sie aber hohl und leer. Bedenke, Form und Inhalt sind eins. Du rüttelst niemanden mit der herkömmlichen Kunst auf. Wahre Kunst muss Kampfmittel sein.«

Mit einem eindringlichen Blick bedachte Seiwert jeden Einzelnen am Tisch; so verschaffte er seinen Worten Nachdruck. Magalie bemerkte, dass sein Haar an einer Stelle wie verrutscht aussah und einen Verband freigab. Fragend wandte sie sich an Lily.

»Das ist eine Perücke«, meinte diese. »Als Kind hat Seiwert eine Röntgenverbrennung erlitten, die bis heute nicht verheilt ist.«

»Er hat seitdem eine offene Wunde? Wie schmerzhaft.«

»Wahrscheinlich ist er deshalb so ein Stachel im Fleisch«, erwiderte Lily, bevor sie sich einmischte: »Aber Franz, Kunst kann aufrütteln und persönlich sein. Das schließt sich nicht aus.«

Die Männer richteten ihre Aufmerksamkeit auf sie. Die Künstlerin ließ sich nicht aus der Ruhe bringen. Mit klarer Stimme verkündete sie: »Meine Bilder zeigen die individuelle Schönheit, die eigene Wahrheit.«

»Lily, Lily, Lily.« Arntz lachte sie an. »Träum schön weiter auf deinem Wolkenschlösschen namens Anselmheim. Die Kunst, die du produzierst, ist schlichtweg sentimental. Verkleisterter Kitsch, der schwielige Hände zeigt und Augenhöhlen, aus denen das Elend blickt. Proletkunst im Großvaterstil. Damit wirst du nichts und niemanden verändern.«

»Was hat sich denn durch deine Teilnahme an der Niederschlagung des Kapp-Putsches verändert?« Lily wartete die Antwort gar nicht erst ab. »Politik ist was für Traumtänzer.«

»Politik ist das einzige Mittel zur wahren Veränderung, zur wahren Kunst. Was du mit Aufrütteln meinst, Lily, ist Schönfärberei.« Seiwert war angriffslustig. »Du erzeugst beim Betrachter höchstens Mitleid, aber bestimmt keine Revolution. Erst wenn die Profitwirtschaft fällt, fällt auch das Proletariat. Und nur mit dem Fall des Proletariats wird es die klassenlose Gesellschaft geben, die eine eigene Kultur schaffen kann.«

Die meisten der Anwesenden nickten zustimmend. Lily gab nicht klein bei. »Wie soll denn diese Kultur aussehen, wenn du alle Kunst als bourgeois ablehnst?«

»Das können wir nicht wissen«, sagte Seiwert, »weil wir als Künstler infiziert sind mit der Kultur der Bourgeoisie. Wir sind bürgerliche Intellektuelle, weiter nichts. Solange wir Einzelkunstwerke herstellen, bestätigen wir den egozentrischen Menschentypus der herrschenden Klasse.«

»Wozu redet ihr dann? Wozu seid ihr Künstler? Warum lasst ihr die Malerei nicht einfach sein?« Mittlerweile wirkte Lily ebenso aggressiv wie der Hauptredner.

»Wir sind Künstler, um Abbrucharbeit zu leisten am Gebäude der kapitalistischen Gesellschaft. Die äußere Form muss zerstört werden, damit das Wahre übrig bleibt. Nieder mit der Lüge. Fort mit ihr! Fort mit den Götzenbildern, fort mit der Achtung vor der bürgerlichen Kultur, Genossen!«

Seiwerts Rede hatte die Männer in Rage gebracht. Einer der Künstler stieß seinen Stuhl zur Seite, zückte ein Messer und wollte gleich mit dem Zerstören der Kunstwerke beginnen. Sein ausgeprägter Adamsapfel hüpfte auf und ab. Auch Lily stand auf.

»Ja, redet nicht länger, handelt endlich! Gehen wir!« Vor Erregung vibrierte ihre Stimme.

»Wohin?« Seiwert wirkte auf einmal nahezu defensiv.

»Ins Museum. Lasst uns die bürgerliche Kunst gleich jetzt zerstören.«

Magalie fragte sich, ob Lily es ernst meinte. Die Künstler schienen betreten. Hoerle murmelte: »Ach, doch nicht jetzt.«

Freundlich rief nach dem Kellner und bestellte eine Runde Bier. Der Mann mit dem Messer setzte sich wieder. Allmählich verstand Magalie, dass die verschwitzte Reizbarkeit der Männer eigentlich ganz harmlos war. Seiwert, der zuvor noch von Hass und Wut erfüllt war, sackte auf seinem Stuhl zusammen. Kraftlos war sein Blick. In diesem Augenblick erkannte sie in ihm den Freier wieder, der Luise geschlagen hatte.

ELF

»Sobald das Membrum virile in das Vestibulum eindringt, reibt sich die Glans penis vorerst an der Glandula clitoridis, welche sich am Eingange des Geschlechtskanals befindet und vermittels ihrer Lage und des Winkels, den sie bildet, nachgeben und sich biegen kann. Nach dieser ersten Reizung der beiden Empfindungszentren gleitet die Glans penis ...«

Entnervt unterbrach Jane ihre Lektüre. Sie hatte sich das Buch des französischen Arztes Roubaud besorgt, weil darin der Geschlechtsakt geschildert wurde, doch es bereitete ihr Probleme, sich den Akt bildlich vorzustellen. Was um alles in der Welt war eine Glans penis?

Sie schlug das Laken zurück und öffnete die oberen Knöpfe ihres Seidenpyjamas. Das Wasserglas von ihrem Nachttisch drückte sie gegen ihr glühendes Gesicht, dann trank sie den Inhalt mit gierigen Schlucken. Sie nahm das Buch wieder zur Hand.

»Die Bewegung und Empfindung zeigen eine unbeschreibliche Unordnung; die Glieder werden von Konvulsionen, manchmal auch von Krämpfen ergriffen, bewegen sich in allen Richtungen oder erstarren wie Eisenstangen, die aneinander gepressten Kiefer machen die Zähne knirschen, und einzelne Personen gehen in ihrem Delirium so weit, dass sie, des anderen Teilnehmers in diesem Wollustkampfe ganz vergessend, eine ihnen unvorsichtigerweise überlassene Schulter bis zum Blute beißen.«

Die Vorstellung grauste Jane. Vergebens hatte sie gehofft, etwas über den ihr unbekannten Sexualverkehr zu erfahren. Bei ihrem nächsten Zusammentreffen würde sie Jack energisch in seine Schranken weisen. Sie war viel zu alt für solche Albernheiten.

Es klingelte an der Haustür. Ziemlich spät für einen Besuch. Kurz darauf hörte sie das Trampeln von Füßen, die die Treppe zu ihrem Schlafzimmer heraufkamen. Durch die geschlossene Tür kündigte Hedwig Mr. Longman an. Jane zog ihren Morgenmantel über und schickte das Mädchen schlafen.

In der Eingangshalle sah Jack sie mit seinem frechen Jungenlachen an. Jane nahm sich vor, ihm die Leviten zu lesen. Sie öffnete den Mund. Bevor ein Wort über ihre Lippen kam, küsste er sie. Sie versteifte sich und drückte ihre Hände gegen seinen Brustkorb. Er ließ nicht von ihr ab. Rasch löste er den Knoten ihres Morgenmantels. Seine Hände glitten über ihren Pyjama, nestelten an den Knöpfen. Das Türschellen unterbrach sie. Jack war erstaunt.

»Wie viel Herrenbesuch erwartest du denn noch?«

*

Missmutig packte Magalie den Laib Brot aus, den sie gegen einen Eimer Geldscheine getauscht hatte. Das Geld entsprach nicht einmal mehr dem Wert des Papiers, auf das es gedruckt war. Wer hingegen über englische Pfund verfügte, konnte für lächerliche Beträge kaufen, was das Herz begehrte: Häuser, Hotels, einfach alles, während sie nicht einmal wusste, wie es am nächsten Tag weitergehen sollte.

Sie riss ein Stück vom Brot ab. Es schmeckte nach Pappe. Um den faden Geschmack herunterzuspülen, griff sie nach der Kanne Tee, die Miss Fairchild gekocht hatte, und schenkte sich ein. Ein dünnes Rinnsal ergoss sich in die Tasse. Sie gähnte. Obwohl sie spät ins Bett gekommen war, hatte sie bereits am frühen Morgen in der Bibliothek alte Zeitungen nach Frauenmorden und gewalttätigen Übergriffen auf Prostituierte durchsucht, aber nichts gefunden, was dem Mord an Luise glich.

»Was machen wir jetzt wegen Seiwert?«, fragte sie Miss Fairchild. In der vergangenen Nacht hatten sie und die Engländerin gemeinsam vor der Gaststätte auf der Lauer gelegen, bis der Künstler herauswankte. Sie waren ihm nach Hause gefolgt.

»Wir dürfen Hanses nicht vergessen.«

»Welches Motiv sollte er denn haben?« Magalie gefiel Miss Fairchilds Verdacht nicht.

»Vielleicht hat Luise Hanses gedroht, seine Erpressung anzuzeigen.«

Sie unterbrach die Kollegin: »Kann es sein, dass Sie sich auf die deutsche Polizei eingeschossen haben? Nur weil ein Polizist etwas Kriminelles macht, ist er nicht gleich ein Mörder.«

»Ich habe nichts gegen die deutsche Polizei. Es sei denn, Polizisten brechen die Gesetze, die sie eigentlich zu bewahren haben.«

»Hanses ist eine Ausnahme.«

»Irrtum. Ich kenne noch jemanden von der Polizei, der es mit dem Gesetz nicht so genau nimmt. Ich weiß, dass Sie Hanni Geld für einen Abort gegeben haben«, sagte die Engländerin.

Magalie suchte nach einer Erklärung: »Ich habe damit keinem geschadet.«

»Doch, dem ungeborenen Leben.«

»Das Hanni nicht will.«

»Sie hätten sie davon überzeugen können, das Kind zu bekommen«, erwiderte Miss Fairchild.

»Unmöglich. Sie wollte sich umbringen, damit das Kind stirbt.«

»Warum haben Sie ihr nicht vorgeschlagen, das Kind ins Waisenhaus zu bringen?«

In diesem Augenblick betraten Miss Ley und Fräulein Bachem das Büro. Magalie stand auf. »Wir müssen auf Patrouille.«

Miss Ley lächelte. *»Duty calls.«*

Draußen liefen sie schweigend nebeneinander her. Magalie hatte Angst, dass Miss Fairchild sie bei Miss Allen melden würde. Sie musste sich ihr verständlich machen.

»Manchmal ist man nicht mehr Herr der Lage. Ich konnte Hanni nicht im Stich lassen. Nicht, wo wir die tote Luise gefunden haben. Ich wollte Hanni nicht auch noch tot sehen.«

»Ein Polizist darf sich nicht von seinen Gefühlen leiten lassen. Das gilt vor allem für eine Frau innerhalb der Polizei.«

»Wovon hätte Hanni denn die nächsten Monate leben sollen? Den dicken Bauch hätte sie auf Dauer nicht verstecken können.« Magalie war verzweifelt. »Nicht vor ihren Freiern. Die wären nicht länger zu ihr gekommen. Sie wäre mit dem Kind in ihrem Bauch verhungert.«

»Ihr Verhalten bleibt falsch«, erklärte Miss Fairchild. »Aber ich werde Sie nicht melden.«

Erleichterung erfasste Magalie.

*

Der Saal, in dem Prof. Dr. Hasenkopf seine Vorlesung hielt, war mit Studenten angefüllt, die sich eifrig Notizen machten. So leise wie möglich betraten Fräulein Hemmersbach und Jane den Raum. Der Professor stand hinter seinem Pult, auf das er die Hände stützte, während er redete.

»In der Verstandestätigkeit liegt das Weib weit hinter dem Manne zurück, da ihm durch Monatsblutungen und Geburten Lebensenergie entzogen wird.«

»Ich dachte, er wäre Professor für Psychologie«, wunderte sich Jane.

»Pssst!«, raunte ein Student. Sie schwieg.

»Um ihre biologische Funktion zu erfüllen, sendet das Weib sexuell stimulierende Düfte aus«, erläuterte der Professor. »Die kann es durch Parfüms verstärken und nachahmen. Weil das Weib zur Zeit der Regel und in späteren Jahren einen unangenehmen Geruch ausdünstet, dient das Parfüm auch zur Verdeckung desselben.«

Janes Augen schweiften über die Sitzreihen. Nur vereinzelt saß ein junges Mädchen unter den männlichen Studenten.

Der Professor hatte mit seinen Händen ausgeholt, führte sie nun in einer weiten Bewegung zusammen und verschlang sie ineinander. »Das Wesen des Weibes ist in der Scheide einzigartig symbolisiert. Das weibliche Geschlecht zeigt kein aggressives Hervortreten wie beim männlichen Glied, sondern die Schamlippen verhüllen sich, verschließen sich gleich einer Tempeltür. Das Wesen des Weibes ist das schamvolle Verstecktsein.«

Es dauerte noch über zwanzig Minuten, bis Hasenkopf seine Vorlesung beendete, indem er das Buch, das vor ihm auf dem Pult lag, zuschlug.

Jane, die sich von dem Psychologen Einblicke in das Wesen des Mörders erhoffte, überredete ihn, mit ihr und Fräulein Hemmersbach einen Spaziergang durch die Grünanlagen der Universität zu unternehmen. Nachdem sich seine Ungläubigkeit bezüglich der weiblichen Polizei gelegt hatte, war er bemüht, ihnen Rede und Antwort zu stehen.

»So, wie Sie die Verletzungen schildern, könnten sie einen stark emotionalen Hintergrund aufweisen«, überlegte er.

»War der Täter ein typischer Frauenmörder?«, fragte Fräulein Hemmersbach.

»Charakteristisch für den Frauen- und Lustmörder ist«, führte Hasenkopf aus, »dass er einer verstärkten Gewaltanwendung bedarf, um zum sexuellen Genuss zu kommen. Sehr häufig lässt er die Ermordete in derselben entblößten Lage liegen, wie er sie getötet hat. Was Sie mir vom Tatort erzählt haben, deutet darauf hin, dass dem Mörder der Anblick der zerfetzten Leiche Wollust bereitet hat.«

Mit den Augen folgte Jane dem Flug eines Schmetterlings. Sie wünschte sich, den Sommer einfach nur genießen zu können. Fern von allen schlimmen Geschehnissen.

»Ist Wollust ein Motiv?«

»Durchaus. Ein anderes wäre Eifersucht. Auch hier ist die Gewalt erklärbar«, sagte der Professor. »In Breslau hat ein Opernsänger einer Frau nach heftigen Szenen das Gesicht und den Oberkörper mit einem Rasiermesser völlig zerschnitten. Und in Leipzig kam es zu einem brutalen Mord, als ein Student mit einer Schere auf das Mädchen einstieß, mit dem er intimen Verkehr unterhielt.«

»Kann es sein, dass der Täter ein eifersüchtiger Freier der Prostituierten war? Dass sie ihn vielleicht weggeschickt hat?«, erkundigte sich Fräulein Hemmersbach.

»Möglich. Der Widerstand, den der Täter findet, kann den Affekt der Wut auslösen. Weil sie, die doch jeden nimmt, ausgerechnet ihn zurückweist. Der Mord ist vielleicht aus Rache verübt worden.«

»Aber mit Bestimmtheit können Sie uns kein Motiv nennen«, stellte Jane fest.

»Leider nicht. Dazu müsste ich den Charakter des Mörders studieren.«

»Wieso ist denn jemand in der Lage, ein solches Verbrechen zu begehen?« Fräulein Hemmersbach war blass geworden.

»Zunächst muss eine erbliche Belastung vorliegen. Zusammen mit exzessiver Masturbation kann es dann zu einer Sexualstraftat kommen«, antwortete Hasenkopf. Ein Schwarm Spatzen stob von den Ästen des Baumes auf, unter dem sie gingen. »Im kindlichen Alter ist die Onanie für den schwachen Organismus und die sich entwickelnde Psyche sehr gefährlich.« Der Professor ließ sich vom wüsten Gezwitscher der Vögel nicht irritieren. »Das in früher Jugend onanierende Kind wird menschenscheu. Die Isolation des Onanisten in geschlechtlicher Beziehung steigert den Egoismus und die Herzenskälte.«

Sie suchten den Schatten einer großen Kastanie. Durch die anhaltende Trockenheit trugen etliche Blätter bereits die gelbe Färbung des Herbstes. Mit ihrem Hut fächelte sich Jane Luft zu.

Hasenkopf sah sie entschuldigend an. »Es tut mir ausgesprochen Leid, den Damen gegenüber solche Themen anzuschneiden.«

»Führt Onanie unweigerlich zu Sexualstraftaten?«, erkundigte sich Fräulein Hemmersbach.

»Wie bereits gesagt, nicht ausschließlich. Doch sie kann bei erblich belasteten Konstitutionen den Ausbruch einer Psychose fördern. Wir nennen es das masturbatorische Irresein.«

»Kann man nichts dagegen ausrichten?«

»Leider ist die Masturbation die am weitesten verbreitete Volkskrankheit. Ich empfehle für gewöhnlich eine leichte Diät. Vermieden werden sollten auf jeden Fall der Konsum von zu viel Fleisch und gewürzten Speisen sowie Alkohol. Leichte Kleidung, die insbesondere an den Geschlechtsteilen nicht zu viel Wärme erzeugt, ist ebenso angeraten wie ein kühles Lager, kalte Waschungen, Abreibungen und Sitzbäder.«

»Könnte der Täter auch ohne Irrsein, ohne Hass gehandelt haben? Indem er mit dem Mord beispielsweise ein ganz anderes Motiv verdecken wollte?«, kam Jane auf ihr eigentliches Anliegen zurück.

»Sie meinen, dass der Mörder einen Lustmord nur vortäuscht? Das ist denkbar, wenn es sich um einen äußerst kontrollierten Menschen handelt. Um jemanden, der es liebt, Macht über andere auszuüben.«

»Jemand in Uniform?« Jane sah sich in ihrem Verdacht bestätigt.

»Auch das ist durchaus denkbar.«

Wer außer einem Polizisten konnte auf die Idee kommen, einen Lustmord zu fälschen. Schließlich war Hanses mit Kommissar Neumann bestens bekannt und wusste, welche Vermutungen seine Kollegen vom Morddezernat als Erstes anstellten, wenn sie die übel zugerichtete Leiche einer Prostituierten fanden.

»Was ist denn mit der Ritzung in der Haut der Prostituierten?«, fragte Fräulein Hemmersbach.

Der Professor rückte seine Brille zurecht. »Es könnte eine Inbesitznahme sein. So wie ein Künstler sein Werk signiert.«

In dem Blick, den Fräulein Hemmersbach Jane zuwarf, schien Triumph zu liegen.

*

Sie wusste nicht, warum sie sich über das Verhalten von Kommissar Neumann aufregte. Eigentlich hatte sie keine andere Reaktion erwartet. Als Magalie ihm mit ihrem Verdacht gegen Seiwert kam, grummelte er abweisend:

»Wohl zu viel Sherlock Holmes gelesen und sich auf der Steppe der Phantasie vergaloppiert.« An seinen Kollegen Stechemesser gewandt fügte er hinzu: »Ich bin mal was trinken.«

Neumann nahm seinen Hut und sein Jackett und verließ die Amtsstube. Das hätte gar nicht besser laufen können, freute sich Magalie. Jetzt konnte sie in aller Ruhe ihren Plan verfolgen. Sie und Miss Fairchild hatten sich aufgeteilt, um ihrem jeweiligen Verdacht nachzugehen.

»Entschuldigung«, murmelte Stechemesser.

»Wirklich ganz schön heiß hier. Meine Kehle ist ganz ausgetrocknet«, sagte Magalie nicht ohne Hintergedanken. Sie lächelte Stechemesser an, der seinen Füllfederhalter zur Seite legte. Beim Aufstehen stieß er sich seinen Oberschenkel an der Schreibtischkante. Mit schmerzverzerrtem Gesicht rieb er über die Stelle, dann humpelte er zum Waschbecken. Dort spülte er ein fleckiges Glas und füllte es mit Wasser aus dem Hahn. Magalie trank es aus, während sie die Symbole und Kringel betrachtete, die Stechemesser auf einem Notizblock hinterlassen hatte. Blaue Linien überzogen das Papier wie Tatauierungen die Haut.

Bald musste sie zu ihrem eigentlichen Anliegen kommen. Sie

hielt das Glas gegen das Fenster ins Licht und betrachtete die Abdrücke ihrer Fingerspitzen, die sich darauf abzeichneten.

»Ich habe viel an die Fingerabdrücke gedacht, die dabei helfen, einen Täter zu fassen. Gibt es noch weitere Methoden? Ich meine, haben Sie am Tatort andere Spuren entdeckt?«

Stechemesser schien froh zu sein, von seiner Arbeit reden zu können. »Wir haben etliche fremde Haare gefunden, die nicht zu denen des Opfers passen.«

»Das können Sie mit Bestimmtheit sagen?«

»Ja, denn jedes Haar hat seine eigene Struktur, seine eigene Dicke und Farbe. Aber wir stehen hier vor einem ähnlichen Problem wie mit den Fingerabdrücken. Wir brauchen etwas vom Täter, mit dem wir die Spuren vergleichen können.«

»Sonst noch irgendwelche Funde?«

»Sie meinen?«

»Was ist mit …«, Magalie zögerte kurz, das Wort auszusprechen, schließlich tat sie es doch, »… Samenflüssigkeit. Lässt sich darüber auf den Täter schließen?«

Er sah sie nicht an, als er auf die Frage antwortete: »Wir haben keinerlei Spermaspuren auf oder im Opfer gefunden. Selbst wenn, würde uns das nicht weiterhelfen.«

Magalie glaubte fest daran, dass Seiwert der Mörder war. Doch die Tatsache, dass Luise sich offensichtlich nach dem letzten Verkehr gewaschen hatte beziehungsweise dass der letzte Verkehr weit vor dem Mord stattgefunden haben musste, verwirrte sie. Es sprach für die Theorie Prof. Dr. Hasenkopfs, dass der Mörder den Beischlaf nicht brauchte, weil ihm das Verletzen und Töten des Opfers diesen ersetzte. Es konnte aber auch für Miss Fairchilds Verdacht bezüglich des Sittenpolizisten Hanses sprechen.

Neben dem Bismarckdenkmal auf dem Augustinerplatz stand eine große Orientierungstafel, die den »Rhine Forces Officers' Club« im dahinter gelegenen Gebäude bewarb. Jane fand, dass für die britischen Soldaten einiges getan wurde, damit sie nicht aus Langeweile die Dienste von käuflichen Frauen in Anspruch nahmen. Vor zwei Jahren waren deshalb die Familien nachgeholt worden. Neben dem Officers' Club für die Männer gab es eine Mothers' Union, eine Gruppe der Boy Scouts und der Girl Guides, eine eigene Schule für die englischen Kinder in der Frankstraße und eine Theatergruppe. Sonntags konnte man Cricket und Fußball spielen. Nicht einmal auf Teegebäck wie Scones und Crumpets musste man verzichten, seit die Bäcker ihr Angebot erweitert hatten. Allerdings betrachteten die Kölner diese eigenständige andere Welt neben der ihren nicht durchweg mit Wohlwollen.

Janes empfindliche Haut begann zu jucken. Sie kratzte sich an der Schläfe. In wenigen Tagen würde sie die oberste Schicht abwerfen wie eine Schlange. Aber das war ihre geringste Sorge. Sie hatte sich vorgenommen, Hanses auf den Zahn zu fühlen. Es bestand durchaus die Möglichkeit, dass er der Mörder war. Eine direkte Konfrontation kam nicht in Frage. Erst einmal musste sie in Erfahrung bringen, ob der Sittenpolizist sich auch an anderen Prostituierten bereicherte.

Vor dem Hauptbahnhof kam Magalie eine dürre Gestalt schwankend entgegen. Der Frau klebte die Haut auf den Knochen. Ihre Augen lagen in tiefen Höhlen. Die Haare waren strähnig und zerzaust. Sie schien sich tagelang nicht gewaschen zu haben. Als sie wenige Zentimeter vor Magalie stand, wurde ihr Gestank vom säuerlichen Geruch billigen Rotweins überdeckt.

»Bisschen Geld für 'ne Bedürftige.« Fordernd hielt sie ihre schmutzige Hand auf.

Magalie unterdrückte das in ihr aufkeimende Mitleid. Sie legte deutliche Strenge in ihre Stimme. »Geh nach Hause, schlaf deinen Rausch aus und wasch dich!«

»Verdammte Hure«, bellte die Frau und taumelte auf den nächsten Passanten zu, um ihn anzubetteln. Magalie sah ihr nach. Sie überlegte, die Säuferin in Gewahrsam zu nehmen, entschied sich aber dagegen. Was nutzte das schon. Ein paar Tage in der Arrestzelle, und alles ging wieder von vorne los. Die Sucht hatte dermaßen an der Frau gefressen, dass es nur eine Frage der Zeit war, bis sie ihr endgültig zum Opfer fiel.

In diesen Tagen war Alkohol ein ernst zu nehmendes Problem. Der Lebenshunger derjenigen, die den Krieg überlebt hatten, war ebenso unersättlich wie ihr Hunger nach Vergessen durch Absinth und Kokain. Eine Prohibition, ein vollständiges Verbot von Alkoholika wie in den Vereinigten Staaten von Amerika, erschien ihr als das einzig Sinnvolle, um der Trunksucht endlich Herr zu werden.

Sie wollte gerade den Bahnhof betreten, da bemerkte sie Lily, die an dem roten Auto lehnte und eine Zigarette rauchte. Magalie näherte sich ihr.

»Ich habe auf dich gewartet.« Die Künstlerin inhalierte den Rauch und schnippte den Rest der Zigarette weg. Zwei Kinder stürzten gleichzeitig darauf zu und balgten sich um den Stummel. Lily sah ihnen zu. »Ich will dich malen.«

»Ich bin im Dienst.«

»Dann warte ich bis zu deiner Pause.«

An der großen Eingangstür des Bahnhofs sah sich Magalie noch einmal nach Lily um. Die Künstlerin winkte ihr zu.

Sie hatte umsonst an die Tür zu Luises und Hannis Dachkammer geklopft. Niemand antwortete Jane. Irgendwann gab sie es auf. Stattdessen besuchte sie die Nachbarn, erfuhr allerdings nichts Neues. Bei der reichlichen Zahl von Männern, die zu Luise und auch zu Hanni kamen, erinnerte sich niemand an einzelne Gesichter. Hanses war hier auf jeden Fall nicht in Uniform aufgetaucht, so viel konnte Jane immerhin in Erfahrung bringen.

Die räumliche Nähe hatte ihr wieder einmal die Bilder von Luises Leiche vor Augen geführt. Wie sinnlos ihr Tod war. Doch für den Mörder musste er einen Sinn gehabt haben. Man tötete niemanden ohne einen triftigen Grund. Sie erinnerte sich an die Soldaten im Krieg. Einander vollkommen fremde Männer gingen aufeinander los. Sie töteten, fügten sich die heftigsten Schmerzen und schlimmsten Entstellungen zu. Sie verspürten glühenden Hass aufeinander, ohne sich vorher jemals gesehen zu haben.

Eine Fliege umschwirrte Janes Ohr. Mit einer Handbewegung verscheuchte sie das lästige Insekt. Sie wollte den Tod nicht länger in ihr Leben lassen. In Frankreich hatte er ihr Leben dominiert. Dort hatte sie als Krankenwagenfahrerin die schwer verletzten Soldaten von den Schlachtfeldern aufgelesen und in die notdürftig eingerichteten Lazarette transportiert. Aber auch weit weg von den Kriegsschauplätzen schien sie den Tod nicht loszuwerden.

Auf dem Bürgersteig in der Weidengasse standen ein paar Frauen herum. Obwohl die Uhr erst Tea Time anzeigte, waren sie geschminkt und trugen Kleider mit viel zu tiefen Ausschnitten. Einige rauchten, andere studierten ihre Fingernägel oder riefen der Nachbarin ein paar Worte zu. Alle machten einen gelangweilten Eindruck. Als Jane an der Ersten von ihnen vorbeikam, warf diese einen alarmierten Blick auf die Uniform und tat beschäftigt. Sie hatte ihr Haar blond gefärbt. Färberei war etwas für Schauspielerinnen oder Prostituierte.

Ohne Fräulein Hemmersbach konnte Jane nichts tun. Sie wechselte die Straßenseite und bog in den Eigelstein ein. Auffallend viele Frauen lungerten auf dem Bürgersteig herum. Einzelne Männer gingen gaffend an ihnen vorbei. Mancher blieb für einen kurzen Wortwechsel stehen. Darunter waren englische Soldaten. Jane hätte sie anhalten können, war aber zu sehr mit dem Gedanken an Luises Mörder beschäftigt. Gerade als sie an der Hausnummer sechzehn vorbeikam, bemerkte sie auf der anderen Straßenseite einen weiteren englischen Soldaten, der mit einem jungen Mädchen sprach. Seine Statur, seine ganze Haltung kam ihr bekannt vor. Es war Jack.

Am liebsten wäre sie davongerannt, gleichzeitig empfand sie das dringende Bedürfnis, ihn zur Rede zu stellen. In diesem Moment drehte er sich zu ihr um. Er erkannte sie sofort. Seine Stirn legte sich in Falten. Sekunden später setzte er sein ihr so vertrautes Lächeln auf und überquerte die Straße.

»Hallo, bist du im Dienst?«

»Was willst du von der Prostituierten?«

»Ich?« Jack schien verblüfft. »Sie hat mich angequatscht. Ich hab ihr gesagt, dass ich kein Interesse habe.«

Jane wusste nicht, ob sie ihm glauben konnte. Sie wollte es so gern.

»Gestern warst du nicht mehr da, als ich nach Hause gekommen bin.«

»Du bist ohne eine Erklärung verschwunden. Ich bin es nicht gewohnt, auf eine Frau zu warten.«

Verletzt sah sie ihn an. Irgendwie hatte sie in der Nacht damit gerechnet, dass er noch da wäre, wenn sie von der Kneipe zurückkam, zu der sie Fräulein Hemmersbach geführt hatte, aber das Haus war bis auf die schlafende Hedwig leer gewesen.

Ein Hund streifte an ihnen vorbei, schnüffelte an einem Mauervorsprung und hob das Bein. Der gelbe Strahl färbte die Wand dunkel. Ein Geruch nach Ammoniak stieg Jane in die Nase. Jack nahm sie am Arm, und sie ließ sich von ihm wegführen.

Die Sonne brannte durch die Glasscheiben des Gartenhauses und brachte die stickige Luft zum Flimmern. Lily riss die Türen und Fenster auf. »Mein Atelier.«

Neugierig besah sich Magalie den Raum, in dem Leinwände an den Wänden lehnten. Außer einer Staffelei, einem Regal und einem abgenutzten Sessel war kein Mobiliar vorhanden. Ihr Blick blieb an einer Porzellanpuppe hängen, die auf einem Regalbrett drapiert war. Die Haare wirkten ausgedünnt, als ob Kinderhände zu oft daran gezogen hätten. Feine Risse überzogen den Kopf. Magalie griff nach ihr.

»Ein Kindheitsandenken?«

»Ich habe ihn von meinem Vater geschenkt bekommen. Setz ihn bitte wieder hin.«

Sie tat es. Die Künstlerin korrigierte den Sitz der Puppe, die einen winzigen Herrenanzug trug.

»Du musst sehr viel mit der Puppe gespielt haben, den Rissen nach zu urteilen.«

»Als meine Halbschwester geboren wurde, habe ich ihn zu Boden geworfen.« Lily sah beinahe schuldbewusst aus. »Sein Name ist Billy.«

»Hast du keine neue bekommen?«

»Er ist unersetzlich. Er ist der Einzige, der all die Jahre zu mir gehalten hat.«

Das Licht, das ins Atelier fiel, beleuchtete alles wie mit einem Scheinwerfer. Magalie betrachtete die Risse in der Porzellanhaut der Puppe, die durch die spärlichen Haare schimmerte wie bei einem Säugling. Mit dem Zeigefinger strich sie darüber. Sie musste an den Jungen denken, der aus ihrem Schoß gekommen war. In ihren Armen hatte sie ihn gehalten, bis er kalt und steif wie diese Puppe war. Sie hatte ihm nie einen Namen gegeben.

»Kann ich sehen, was du malst?« Sie schüttelte den Gedanken ab.

Der Reihe nach holte Lily die Bilder hervor und präsentierte sie Magalie. Auf den ersten waren Porträts von Fabrikarbeiterinnen, die dem Mädchenalter noch nicht entwachsen sein konnten und den Betrachter bereits mit dem abgestumpften Blick entgegensahen, den Magalie von der Arbeiterschaft kannte. Doch trotz des müden, desillusionierten Gesichtsausdrucks trug jede Arbeiterin Züge von Individualität und Schönheit.

Ein anderes Bild zeigte eine stillende Proletarierin. Hinter ihrer Schulter lugte ein kleines Mädchen mit glasigen Augen und rotzverschmierter Nase hervor. Die starke Präsenz der Bilder überraschte Magalie. Ihrer verstörenden Wirkung konnte sie sich nicht entziehen. Sie erinnerten sie an das Bild, das sie bei Süßholz-Paule gesehen hatte. Es musste von Lily stammen.

»Sie sind so anders, so besonders«, stammelte sie in Ermangelung der richtigen Worte. »So schön.«

»Natürlich sind sie das«, erwiderte die Künstlerin. »Wenn du diese Frauen auf der Straße siehst, bemerkst du das nicht. Dann sind sie wie viele. Ohne Reiz, ohne Persönlichkeit. Ich hole die Schönheit aus ihnen heraus. Ich mache sie zu dem einzigartigen Lebewesen, das du auf der Leinwand siehst.«

Mit dem Stolz und der Liebe, mit der Lily die Leinwände betrachtete, kam sie Magalie vor wie eine Mutter. Auf den nächsten Bildern waren Prostituierte zu sehen, teils auf der Straße, teils in den Zimmern, in denen sie ihrem Gelderwerb nachgingen. Jede von ihnen war mit viel Liebe zum Detail gemalt.

Die Künstlerin sagte wie zu sich selbst: »Im Kunststudium ging es immer nur um klassische Schönheit. Voll Trotz habe ich aufbegehrt, denn wahre Schönheit ist umfassender. Sogar im angeblich Hässlichen finde ich noch das Besondere des Lebens.«

Deutlich konnte Magalie bei einer der gemalten Frauen die geplatzten Äderchen auf den Wangen erkennen. Eine andere hatte

Einstiche von Heroinspritzen auf den Armen. Diese Details waren schaurig, aber sie brachten ihr die Dargestellten auch näher, als es eine Fotografie vermocht hätte. Sie versuchte ihre Eindrücke zu vermitteln: »Die Bilder, sie scheinen zu atmen.«

Wie auf ein Stichwort hin ging Lily zu der Staffelei und drehte sie in Magalies Richtung. Die Farbe auf der Leinwand glänzte frisch. Es war eine Frau zu sehen, vermutlich eine Fischersfrau, aber ihrem Ausdruck fehlte das Pulsieren der anderen Bilder. Der Blick, mit dem Lily das Werk fixierte, drückte Unzufriedenheit aus.

»Ich weiß nicht, was zurzeit schief läuft. Nichts Klares, nichts Lebendiges entsteht mehr unter meinen Fingern. Ich will Leben schaffen, den Menschen schaffen«, rief sie aus. »Es ist die einzige Art, Gott zu sein. Aber bei diesem Bild komme ich der Wahrheit und Schönheit einfach nicht nah.«

Magalie wandte sich den aufgereihten Leinwänden zu. Ein Mädchen auf einem der Bilder erkannte sie.

»Das ist Hanni«, stellte sie fest. Lily zuckte mit den Schultern. »An Namen kann ich mich nicht mehr erinnern.«

»Weißt du noch, wann du sie gemalt hast?«

Lily dachte nach. »Muss vor ein paar Monaten gewesen sein.«

»Wann genau?«

»Wozu willst du das wissen?«

»Ich kenne sie. Und vor allem die Frau, die sich mit ihr eine Dachkammer geteilt hat und die ermordet wurde. Hast du sie mal bei Hanni gesehen? Oder einen ihrer Freier?« Magalie wurde nervös.

»Wenn ich male, denke ich nur an mein Motiv.«

»Hat Hanni denn mal was über Luise erzählt?«

»So hieß die Tote, nicht wahr? Wir haben nicht groß geredet. Ich hab ihr Geld dafür gegeben, dass ich sie malen durfte. Das war's.«

Magalie war enttäuscht.

»Wieso interessierst du dich so dafür?«, fragte Lily.

»Ich habe doch Luise gefunden. Ich mein, die Leiche. Die Erinnerung daran lässt mich nicht mehr los. Wenn ich nur ein bisschen früher gekommen wäre, vielleicht hätte ich den Mord verhindern können.«

»Hättest du nicht. Schicksal lässt sich nicht verändern.« Lily legte ihre Hand auf Magalies Schulter. Ihre Finger streichelten sie.

Magalie zeigte auf ein Bild, das auf dem Regal ganz oben lag und von dem sie nur eine Ecke sah. »Kann ich das angucken?«

Lily verzog das Gesicht. »Es ist nicht mein Bestes. Was ist mit dem Modellsitzen?«

Magalie ließ sich auf den abgewetzten Sessel fallen, der in der Mitte des Raums stand. Lily nahm ein Stück Zeichenkohle und warf mit schwarzen Strichen ein paar Linien auf das Papier. Das brachte Magalie auf eine Idee.

»Ich hab da mal ein Zeichen gesehen, das ich nicht zuordnen kann. Vielleicht kennst du es. Ich mal es dir auf.«

Nachdem Lily ihr den Skizzenblock und die Kohle gereicht hatte, versuchte Magalie sich an der Wiedergabe der Ritzung. Sie gab das Papier zurück.

»Hast du es schon mal bei einem deiner Künstlerfreunde gesehen?«

Lily betrachtete es eine Weile. Gespannt wartete Magalie auf ihre Antwort.

»Bei den Progressiven nicht. Die machen politische, realistische Werke. Eine Spirale des Lebens, das passt nicht zu ihnen.«

»Aber zu Seiwert passt es vielleicht?«

»Nein. Können wir hier fortfahren?«

Magalie fiel es schwer, sich ruhig zu verhalten. Eine Spirale war es also, etwas nie Endendes. Das konnte bedeuten, dass der Mörder immer wieder zu morden vorhatte, um seinen perversen Trieb zu befriedigen.

»Setz dich gerade hin.«

Sie streckte ihr Kreuz durch.

»Nicht bewegen«, kommandierte Lily.

Stocksteif saß Magalie da und schwitzte unter ihrer Kleidung. Sie spürte das dringende Bedürfnis, ihre Beine auszuschütteln. Sie kam sich vor wie die Porzellanpuppe auf dem Regal. Um sich abzulenken, fragte sie nach Lilys Schwester.

»Meine Halbschwester«, betonte die Künstlerin. »Sie ist reich verheiratet. Trotzdem will sie mich nicht unterstützen, weil mein Lebensstil angeblich unmoralisch ist.«

»Und dein Vater und deine Mutter, unterstützen die dich nicht?«

»Meine Mutter hat meinen Vater vergrault, deshalb hat er eine neue Familie gegründet, als ich vier war. Mit einer Frau, die nicht wie ein Loch gesoffen hat wie meine Mutter.«

»Das muss für dich als kleines Mädchen schwer gewesen sein.«

Lily machte eine wegwerfende Handbewegung. »Ich konnte meinen Vater sehr gut verstehen, schließlich habe ich es selbst nicht mit meiner Mutter ausgehalten.«

»Warum hat er dich bei ihr gelassen? Warum hat er dich nicht mitgenommen?«

Keine Antwort.

»Leben deine Eltern noch?«

»Meine Mutter hat sich vor ein paar Jahren endlich zu Tode gesoffen. Nach der Beerdigung stand ich vor der Tür meines Vaters. Das Mädchen hat behauptet, er wäre nicht da, aber ich wusste, dass seine Frau es mit der Lüge zu mir geschickt hatte.«

»Was hast du getan?«

»Ich bin an dem Dienstmädchen vorbei ins Haus gegangen. Er erschien auf der Treppe. Er hat mich nicht erkannt. ›Was wollen Sie?‹, hat er gesagt.«

»Dein eigener Vater?« Mit Zärtlichkeit dachte Magalie an ihren Vater zurück, der immer aufmerksam und liebevoll mit ihr umgegangen war.

»Er hat mir Geld gegeben, damit ich gehe.«

»Du hast es ihm vor die Füße geworfen.«

»Ich war abgebrannt.«

»Aber …«

Ihr Einwand wurde von der harschen Antwort Lilys erstickt. »Ich brauchte dringend Geld.«

Angesichts von Lilys angespannter Miene schwieg Magalie. Die Künstlerin beschied: »Wir verschieben das Modellsitzen. Das Licht ist nicht gut heute.«

Als ob die Sonne ihren Worten Hohn sprechen wollte, schien sie in aller Intensität herein. Lily räumte die Zeichenutensilien weg. Dabei drehte sie Magalie den Rücken zu. Verwirrt nahm

Magalie ihre schlechte Stimmung wahr. Alles deutete darauf hin, dass Lily sie loswerden wollte. Unschlüssig stand sie im Raum herum. Lily stellte die Bilder zurück an die Wand.

»Übrigens, es war sehr nett mit deinen Künstlerfreunden«, bemerkte Magalie und fügte hinzu: »Ich würde gerne noch mal mitkommen.«

»In Ordnung.«

»Wann gibt's ein nächstes Treffen?«

»Heute Abend in Seiwerts Wohnung.«

Magalie konnte ihr Glück kaum fassen.

Jane sträubte sich, als Jack sie durch die Menge auf dem Jahrmarkt am Georgsplatz führen wollte.

»Wenn mich jemand sieht. Ich bin im Dienst.«

»Sieh es doch als Patrouillengang an.« Jack lächelte. »Du musst mich beaufsichtigen, damit ich keinen Unfug anstelle.«

Da sie beide in Uniform waren, machte man ihnen Platz. Nur einmal stieß jemand Jane mit dem Ellbogen schmerzhaft in die Seite. Als sie sich umdrehte, blickte sie in abweisende Gesichter, unter denen sie den Rüpel nicht auszumachen vermochte.

An einer Bude konnte man auf Dosen werfen. Jack blieb stehen und ließ sich drei Bälle geben.

»Ich gewinn eine der Pfauenfedern für dich«, prahlte er. Tatsächlich traf er bereits mit dem zweiten Ball so geschickt, dass der Dosenstapel scheppernd in sich zusammenfiel.

»Was bekomme ich dafür?«, wollte er wissen. Sie gab ihm einen Kuss auf den Mund. Sofort erschrak sie über ihre eigene Courage. Die aufgepeitschte Atmosphäre des Jahrmarktes musste ihr zu Kopf gestiegen sein. Warum auch nicht, dachte sie. Warum sollte sie sich nicht mit der Menge treiben lassen. Sie hatte keine Lust, sich mit Konventionen abzugeben. Konventionen waren etwas für ihr Leben in London. Hier war ein anderer Ort, ein anderes Leben.

Sie kamen an Karussellen und Losbuden vorbei und an gemalten Schildern, die kuriose Attraktionen anpriesen. Doch für das größte Kind der Welt, für den Mann mit dem Vogelkopf und für die zusammengewachsenen Schwestern schien sich niemand zu interessieren. Die Farbe der Schrift blätterte von den Werbetafeln. Vor dem Krieg mussten die Monstrositäten für lange Schlangen gesorgt haben, jetzt stellten so viele Verstümmelte ihre vernarbten Stümpfe auf den Straßen kostenlos zur Schau, dass niemand mehr Wert auf die seltsamen Launen der Natur legte. Eine der armen Kreaturen, deren Gesichtshaut derart verbrannt war, dass Jane wegsah, bettelte Jack an. Er gab dem Mann einen Pence.

»Du hast Mitleid mit ihm?« Sie fühlte Erstaunen.

»Bei dem entstellten Gesicht.«

»Aber er war Soldat. Er ist dein Feind gewesen. Er hätte dir auf dem Schlachtfeld gegenüberstehen und dich töten können.«

»Wir haben gewonnen.« Jack tat den Einwand ab. Sie mochte seine große Geste.

Als Nächstes führte er sie zu den Automaten. Jack bezahlte. Jane hielt ihre Augen an die Gucklöcher und drehte die Kurbel. Auf dem ersten sepiafarbenen Foto war eine schlafende Dame zu sehen. Das zweite Bild zeigte, wie sich ihr ein Mann näherte. Sein Gesichtsausdruck verhieß nichts Gutes, und in der Hand hielt er ein gezücktes Messer. Auf dem dritten Foto stand er über der ahnungslosen Frau. Bedrohlich hob er sein Messer. Jane konnte nicht fassen, was der Automat ihr präsentierte. Sie sah einen Lustmord mit an. Obwohl die Bilder offenbar gestellt waren, stand ihr der Schweiß auf der Stirn. Sie kurbelte zum vierten Foto. Der Mann stach der Dame mitten ins Herz. Sie war erwacht. Deutliches Entsetzen spiegelte sich in ihrem Gesicht.

Plötzlich war die Dame Luise, die sich gegen den Tod aufbäumte, nicht sterben wollte. Vergeblich wehrte sie sich gegen den Angreifer, den sie zuvor ahnungslos in ihre Wohnung gelassen hatte.

Jane zog den Kopf zurück und blinzelte. Das Sonnenlicht schmerzte. Doch sie wollte sich auch noch das fünfte und letzte Bild ansehen. Die Dame lag in zwei roten Tintenklecksen, während der Mörder sich mit blutig rot koloriertem Messer vom Tatort entfernte. Der Mörder darf sich nicht entfernen, sagte eine Stimme in Jane. Dafür hatte sie Sorge zu tragen. Wer auch immer Luise diesen schrecklichen Tod angetan hatte, musste endlich gefasst werden. Jane lief los.

»Wo willst du hin?«, rief Jack ihr nach.

Sie drehte sich um, ohne zu stoppen: »Ich muss etwas fragen. Unbedingt!«

Im Bordell roch es nach Puder und Dreck. Jane achtete darauf, nicht die fleckige Tapete links und rechts mit den Schultern zu berühren. Als sie vor der Kupfertafel stand, die das Schlafgemach von Fürstin Rose kennzeichnete, klopfte sie an. Niemand antwortete. Sie drückte die Klinke herunter und warf einen Blick in den Raum. Er war leer. Das Bett war gemacht. Hanni schien nicht da zu sein.

Anschließend betrat Jane den Salon. Diesmal kam die Musik nicht vom Klavier, sondern vom Grammophon, das den eingängigen Schlager »Ausgerechnet Bananen« spielte. Eine Frau, die sie als Antonia wiedererkannte, sang in der Zimmermitte mit.

»Ausgerechnet Bananen, Bananen verlangt sie von mir. Was braucht man beim Küssen von Obst was zu wissen?« Dabei wiegte sie sich hin und her, griff in ihr Dekolletee und streichelte ihre Brüste. Auf dem Plüschsofa vor ihr gaffte ein Mann sie an. Die Bordellbesitzerin schenkte Absinth aus. Gertrud saß bei einem Soldaten auf dem Schoß und flößte ihm Alkohol aus der Flasche ein. Er wirkte sehr betrunken. Schließlich nahm Gertrud ihn an der Hand und führte den schwankenden Mann mit sich.

Martha stellte sich neben Jane und lachte, dabei zeigte sie gelbliche schiefe Zähne: »Das wird leicht verdientes Geld. Der weiß doch gar nicht mehr, wo oben und unten und rein und raus ist.«

»Kann ich Sie auf ein Getränk einladen?«, fragte Jane.

»Schampus!«, erwiderte Martha frech.

Jane reichte der Bordellchefin eine Pfundnote, die diese in den Graben zwischen ihren fleischigen Brüsten stopfte, wo das Papier versank wie die Titanic in den Tiefen des Meeres. Als sie sich auf einer etwas abseits gelegenen Chaiselounge niederließen, deren Polsterung derart durchgesessen war, dass Jane die Federn spürte, gesellte sich Antonia zu ihnen. Die Frauen kippten den Sekt in einem atemberaubenden Tempo hinunter. Jane sah sich genötigt, eine weitere Flasche zu ordern. Antonia kaute an den Fingernägeln, die bereits ganz blutig waren. Martha fächerte sich mit einer Illustrierten Luft zu. Es war heiß und stickig im Raum. Jane erkundigte sich nach Auffälligkeiten der letzen Zeit:

»Ist irgendwas Besonderes passiert, ich meine, nach dem Tod von Luise?«

»Der englische Soldat mit der komischen Tatauierung, der war hier«, berichtete Antonia.

»Was ist geschehen?«

»Nichts.«

»Und Hanses, war der auch hier?«, horchte Jane nach.

»Wer?« Antonia und Martha stellten sich dumm.

»Der Sittenpolizist.«

Der Blick, den die beiden Frauen ihr zuwarfen, kam Jane lauernd vor. Sie fügte hinzu: »Ich weiß, dass er Luise erpresst hat.«

Die Frauen lachten bitter.

»Warum hat ihn keine von euch angezeigt?«

»Moment mal! Er ist Polizist.« Antonia riss mit den Zähnen an ihrem Daumennagel. »Wer glaubt denn einer Hure?« Sie spuckte einen Nagelfetzen aus.

»Ich glaube euch«, beteuerte Jane. »Erzählt mir, was ihr von ihm wisst.«

»Er steigt mal umsonst über uns rüber.« Antonia zuckte mit den Schultern. »So wie einige seiner Kollegen. Dafür haben wir weniger Scherereien mit der Sitte.«

»Eure Chefin weiß das?«

»Die hält uns dazu an. Den kleinen Verdienstausfall kann sie verschmerzen. Die Polente kriegt auch frei Alkohol.«

»Dagegen muss vorgegangen werden.«

Martha drückte sich einen Pickel aus. »Das war immer so, und das wird immer so bleiben.«

Jane nahm sich vor, dass dies nicht der Fall sein würde. Nicht wenn sie es Miss Allen erzählte. Die konnte es dem Commander-in-chief melden. Dafür brauchte sie allerdings Beweise.

»Erpresst Hanses euch auch?«

Antonia schüttelte den Kopf. »Uns nicht. Wir sind ja nicht erste Sahne. Der nimmt nur Frauen, die viel reinbringen.«

»Wen?«

Die Prostituierten blickten gleichzeitig in die Richtung einer Frau, die, einen Mann untergehakt, den Raum verließ.

Zurück im Headquarter lief Magalie Commandant Allen über den Weg. Angesichts der zunehmenden Hitze hatte Allen ihren schweren Mantel abgelegt, bewegte sich aber, als fehle ihr der sichere Schildkrötenpanzer.

»Ich bin sehr erfreut über Ihre dienstlichen Berichte«, sagte Miss Allen auf Englisch. Erleichtert stellte Magalie fest, dass Miss Fairchild ihr Versprechen gehalten und sie nicht bei der Vorgesetzten gemeldet hatte. Das hätte mit absoluter Sicherheit ihren Rausschmiss bedeutet, was nicht nur finanziell einer Katastrophe gleich gekommen wäre. Sie mochte ihre neue Aufgabe als Polizistin. Für sie war es eine Ehre, aus den Fürsorgerinnen, die sich für diesen Posten beworben hatten, ausgesucht worden zu sein. Wenn es mehr Frauen bei der Polizei gäbe, glaubte sie, würden Männer wie Hanses kaum Gelegenheit dazu finden, die Macht ihrer Stellung zu missbrauchen. Sicher würden in diesem Fall auch die Anfeindungen gegen ihre Person aufhören, sobald sich die Herren an die Kolleginnen gewöhnt hatten. Alle Erneuerungen waren mit Widerstand verbunden. Wie die Demokratie. Sie war ganz jung, nicht einmal den Kinderschuhen entwachsen, und schon gab es viele Stimmen, die das alte Kaiserreich zurückwünschten.

Im Büro tippte Fräulein Bachem auf der Schreibmaschine. Magalie setzte sich an ihren Platz, auf dem ein Päckchen lag. Sie blickte zu Fräulein Bachem, die ihrer Frage zuvorkam:

»Das hat ein Polizist für Sie abgegeben. Er hatte so einen komischen Namen.«

»Stechemesser«, riet sie.

»Genau. Was für ein absurder Name für einen Polizisten. Ist er Ihr Verehrer?«

»Wie kommen Sie denn darauf?« Magalie öffnete das Päckchen.

Fräulein Bachem hob neugierig den Kopf. »Er schien mir sehr interessiert an Ihrer Person zu sein.«

Ein Buch kam zum Vorschein, auf dessen unbeflecktem Einband »Daktyloskopie« stand.

»Lehrbuch zum Selbstunterricht für Richter, Polizeiorgane, Strafanstaltsbeamte, Gendarmen etc.«, las Magalie. »Von Kamillo Windt und Siegmund Kodicek. Wien und Leipzig 1923.«

»Na ja, ein Verehrer verschenkt wohl doch eher Pralinen«, bemerkte Fräulein Bachem, die sich wieder der Schreibmaschine zuwandte. Der eigentümliche Geruch ungelesener Bücher stieg Magalie entgegen, als sie das Lehrbuch aufschlug. Darin ging es um die Verwertung von Fingerabdrücken zu Identifizierungszwecken. Diese neue Methode übertraf die Bertillonage und alle anderen bisherigen Identifizierungsmittel.

Sie nahm sich vor, Stechemesser für seine Hilfe zu danken.

Jane wartete vor der Tür mit der Tafel »Gräfin von Selbs-Wittberg«. Endlich kam der Freier heraus. Während er zum Ausgang ging, knöpfte er seine Hose zu.

Als sie ohne zu klopfen ins Zimmer trat, wusch sich die Frau, die die anderen Alma genannt hatten, an einer Waschschüssel aus Emaille vor einem wandgroßen Spiegel. Fest rieb sie über ihre Haut, bis diese rot leuchtete. Sie schob den Träger ihres Unterkleids hoch und sah Jane an.

»Ist was?«

»Wie viel gibst du an Hanses ab?«

»Hä?«

Jane lehnte sich von innen an die Tür. »Ich weiß, dass Hanses einen Anteil von dem Geld deiner Freier bekommt.«

»Unfug!« Alma zog ein dünnes Kleid über den Kopf und stieg in Schuhe mit hohen Absätzen. »Lass mich raus.«

»Erst sagst du mir, was ich wissen will.« Mit verschränkten Armen wich Jane keinen Zentimeter zur Seite. Zwar war sie ein wenig kleiner als die Prostituierte, aber sie konnte sich auf ihre Jiu-Jutsu-Kenntnisse verlassen.

»Wenn's so ist? Was wollen Sie dagegen tun?«

»Dir helfen.«

»Ja klar. Und Hanses locht mich als Nächstes ein. Das ist so sicher wie das Amen in der Kirche.«

Jane packte sie am Arm. »Denk an das, was Luise passiert ist. Willst du so enden?«

Alma wich zurück. »Hanses hat der Lulu das angetan?«

In diesem Moment begriff Jane, dass sie zu weit gegangen war. »Nein. Ich will nur nicht, dass die Polizei die Grenzen von Gut und Böse verwischt.«

Sie kramte einen Stift und einen Zettel hervor und schrieb ihre Adresse auf. »Hier, wenn du bereit bist auszupacken. Ich garantiere dir, dass dir nichts geschieht.«

Den Zettel reichte sie Alma.

*

»Die in Figur zwölf ersichtliche fotografische Abbildung von vier Fingern einer Mumie, die sich im Besitze des kaiserlich-königlichen naturhistorischen Hofmuseums in Wien befindet, zeigt, dass die Papillarlinien auch noch nach Tausenden von Jahren wahrgenommen werden können.«

Jemand trat neben Magalie. Sie sah auf. Es war Miss Fairchild. »Was lesen Sie da?«

»Ein Buch über Fingerabdrücke. Ich habe mir überlegt, die Abdrücke von Seiwert mit denen auf dem Messer zu vergleichen.«

Miss Fairchild trat näher und betrachtete die Abbildungen der Papillarlinien.

»Es wird nur ein Problem sein, zu Seiwert zu gehen und zu sagen: ›Geben Sie mir mal Ihre Fingerabdrücke, weil ich Sie für den Mörder halte‹«, erklärte Magalie.

Über dieses Hindernis grübelte sie noch nach, als sie ihren Tagesdienst längst beendet hatte und am Platz der Republik aus der Straßenbahn stieg. Die Uniform hatte sie zuvor gegen ein Sommerkleid gewechselt.

Magalie ging zu Fuß weiter zum Eigelstein. Der neue Belag aus Asphalt auf dem Deutschen Ring hatte viel Geld verschlungen. Er gab ihm einen großstädtischen, aber unpersönlicheren Anstrich. Wegen einer Baustelle musste sie einen Bogen laufen. Baustellen gab es überall in Köln. Für kurze Zeit kamen dort die Geheimnisse der alten Stadt zum Vorschein, wenn die Arbeiter

Münzen, Knochen, Siegelringe, Götterbilder, Gläser und sogar Sarkophage ausgruben.

Nummer 147 war ein heruntergekommenes Haus. In der Toreinfahrt herrschte ein muffiger, schaler Geruch wie auf dem Grund eines Brunnens. Sie stieg die Treppe des Hinterhauses hoch bis zu Seiwerts Wohnung. Etliche Frauen und Männer waren bereits versammelt; in einigen von ihnen erkannte sie die Kneipengäste wieder.

Die kahlen Wände der Wohnung waren lange nicht mehr gestrichen worden. Die Farbe wirkte schmutzig und bröckelte an einigen Stellen ab. Nur hin und wieder hatte Seiwert eine Bleistiftskizze hingenagelt. Ein Bett, fünf zusammengewürfelte Holzstühle, ein abgewetzter Sessel und ein wurmstichiger Kleiderschrank, das war alles, was die Wohnung behaglich machen sollte.

Sie stand so lange unentschlossen an der Tür herum, bis ein Mann mit Pfeife im Mund auf sie zukam. Es war Hoerle.

»Wir haben uns im ›Dekke Tommes‹ gesehen«, begrüßte er sie.

»Fräulein Delarue hat mich eingeladen«, beeilte sich Magalie zu erklären. Der würzige Tabakgeruch stieg ihr in die Nase.

»Sind Sie auch Künstlerin?«

»Angehende«, behauptete sie.

»Wenn Sie an Kunst interessiert sind«, meinte Hoerle, der an seiner Pfeife zog, »sind Sie hier gerade richtig. Wir haben unsere Bilder mitgebracht, um darüber zu diskutieren.«

»Planen Sie eine gemeinsame Ausstellung?«

»Nein, aber es kann nicht darum gehen, allein im Atelier vor sich hinzupinseln. Es geht um einen politischen Anspruch. Deshalb stellen wir uns mit unseren Bildern dem Urteil der anderen.«

»Kann ich eines Ihrer Bilder sehen?«

Hoerle reichte ihr einen Holzschnitt. »Mein Werk.«

Darauf waren zwei als Prostituierte erkennbare Frauen mit prallen Hinterbacken zu sehen. Auf den ausladenden Hinterteilen standen die Kürzel SPD und KPD. Die Frauen liefen auf aneinander gereihten Hakenkreuzen, die eine Linie bildeten.

»Ich nenne es ›Die nur äußerlich feindlichen Schwestern gehen auf den nationalen Strich‹«, sagte Hoerle.

»Jetzt hast du sie aber lange genug in Beschlag genommen«, mischte sich eine weibliche Stimme ein. Magalie war erfreut, Lily zu sehen. Hoerle beachtete sie nicht, sondern redete weiter mit Magalie.

»Fühlen Sie sich inspiriert?«

»Tatsächlich ist mir die Idee zu einem Kunstwerk gekommen. Ich dachte daran, einfachste Materialien zu verwenden. Tinte statt Ölfarbe.«

Ihr Gesprächspartner stopfte seine Pfeife neu. Sie nutzte die Gelegenheit, um ihr Vorhaben voranzutreiben: »Ich würde gerne die Persönlichkeit des einzelnen Menschen herausstellen. Egal ob Proletarier oder Bürger.«

»Falls Sie Hilfe dabei brauchen, stehe ich Ihnen selbstverständlich zur Verfügung.« Hoerle zündete den Tabak an.

»Seit wann interessiert dich das Persönliche in der Kunst? Du nennst doch alle bürgerlichen Künstler Prostituierte«, mischte sich Lily ein.

Auch Seiwert war hinzugetreten und beteiligte sich an der Diskussion: »Wo liegt der Unterschied zwischen dem Künstler, dem Arbeiter, dem Wissenschaftler oder einem Weib? Sie alle verkaufen ihren Körper.«

»Prostitution ist doch nicht mit körperlicher oder geistiger Arbeit zu vergleichen«, widersprach Magalie. »Außerdem ist nicht jede Frau käuflich.«

Hoerle lachte. »Alle Frauen verkaufen sich. Die Bürgerliche kostet die Ehe, das Proletariermädchen ein Abendessen, und die Prostituierte wird nach Tarif bezahlt.«

Seiwert pflichtete ihm bei: »Zumal die Prostitution noch am ehrlichsten ist. Du gehst hin, kriegst das, was du willst, ohne schöne Worte und Tamtam, und gehst wieder. Anders als in der Ehe, wo du eigentlich auch nur das eine willst, aber dem Ganzen einen offiziellen Anstrich geben musst. Im Grunde gibt es keinen Unterschied zwischen der Ehe und der Prostitution.«

»Der Unterschied besteht in der Liebe«, sagte Magalie.

Seiwert höhnte: »Liebe? Die gibt es nicht. Liebe ist ein sentimentales von der Bourgeoisie verkitschtes Gefühl.«

Sie sah ihn an. Es klang so abfällig, wie er über Liebe sprach.

Im Brief des Mörders hingegen war von der wahren Liebe die Rede gewesen.

»Die wahre Liebe verbindet Mann und Frau«, warf sie auf gut Glück ein.

»Zwischen den Geschlechtern kann es keine wahre Liebe geben«, sagte Lily, während sie Magalie anblickte. »Dafür sind Mann und Frau zu verschieden.«

»Sehr richtig«, erklärte Seiwert. »Der Ehemann ist der müde gewordene Bordellbesucher, der sich das Bordell im eigenen Heim errichtet. Die Ehe ist ein Arbeitsvertrag, sonst nichts.«

»Wenigstens ist ein Arbeitsvertrag eine Form von Absicherung«, entgegnete Magalie. »Die Prostituierten haben nichts. Wie Lulu.« Mit Bedacht hatte sie den Spitznamen Luises gewählt und beobachtete nun Seiwerts Reaktion. Tatsächlich zuckte sein rechtes Augenlid. »Die ermordete Prostituierte hier aus der Nachbarschaft.« Magalie redete direkt mit ihm. »Haben Sie sie gekannt?«

»Ich habe sie gelegentlich besucht. Sie war auch schon hier auf einem unserer Treffen«, antwortete er.

»Die ist tot?«, meldete sich Hoerle zu Wort.

»Ermordet«, ergänzte Magalie. »Ihr Mörder läuft noch frei herum.«

»Das gibt's nicht«, sagte Hoerle. »Ich weiß genau, wie wir mit ihr getrunken haben. Erinnerst du dich, Lily?«

»Die Frau war eine Dirne?« Lily klang ungläubig.

»Als ob du das nicht gewusst hast.« Hoerle lachte. »Du klärst doch bei hübschen Frauen immer ab, ob sie was für dich wären.«

»Ich bringe Frauen meine Liebe entgegen, ich bespringe sie nicht«, verteidigte sich die Künstlerin.

»Du hast es leicht, von Liebe zu reden. Schließlich erwartet keine, dass du sie heiratest«, erwiderte Seiwert.

Magalie unterbrach ihn: »Die Dirnen erwarten sicher nicht, dass man sie heiratet, und sie erwarten garantiert nicht den Tod.«

Lily schwieg. Auch Hoerle sprach nicht. Nach einigen stummen Sekunden sagte Seiwert:

»Das Leben ist schmerzhaft und brutal. Wieso sollte man anders sterben? Kein langsames Dahinsiechen, kein Verrotten bei lebendigem Leib. Im Grunde ist Lulus Tod doch wie der an der

Front der ehrlichste aller. Wir sollten sie nicht bedauern, wir sollten sie beglückwünschen zu der Reinheit ihres Abgangs.«

Die anrüchige Atmosphäre des Bordells hatte Jane in eine merkwürdige Stimmung versetzt. Sie fühlte sich erhitzt und das nicht nur von der Temperatur des Sommers. Ein starkes Verlangen verbreitete sich von ihrem Unterleib her über den ganzen Körper. Sie drehte das Licht auf dem Nachttisch aus und dachte an den schönen Soldaten. Wie fordernd seine Lippen waren, wie rau die Haut an seinen zärtlichen Händen. Gleich morgen, beschloss sie, würde sie sich mit Jack treffen. Sie konnte nicht länger warten. So eine Gelegenheit bot sich nicht noch einmal. Wen hatte sie mit ihren vierzig Jahren bislang jemals so anziehend gefunden? Nicht einen. Für ihren Verlobten hatte sie zwar geschwärmt, aber nach mehr als dem Austausch von ein paar keuschen Küssen hatte es sie nie verlangt.

Die Türklingel riss sie aus ihren Gedanken. Mit einem Satz richtete sie sich auf. Ihre nackten Füße tasteten auf dem Boden nach den Hausschuhen. Aufgeregt fuhr sie sich durch das gelöste Haar, das lang über ihre Schultern hing. Es konnte nur Jack sein. Sie machte Licht und warf einen prüfenden Blick in den Spiegel des Waschtischs. Ihr Gesicht glänzte von der Creme, die sie vor dem Schlafengehen reichlich aufgetragen hatte. Mit einem Handtuch wischte sie darüber. Dadurch löste sich die verbrannte Haut auf ihrer Nase. Hastig verteilte sie ein wenig Puder mit der Quaste über ihr Gesicht. Sie wollte Jack nicht warten lassen.

Zwei Treppenstufen auf einmal nehmend erreichte sie die Haustür noch vor Hedwig. Das Dienstmädchen wirkte verschlafen.

»So spät? Spinnen die denn«, grummelte sie vor sich hin.

»Leg dich wieder hin, ich kümmer mich darum.« Jane war es nur recht, sie so schnell wie möglich loszuwerden. Sie wartete einen Moment, bis Hedwig zurück in ihre Kammer geschlurft war, bevor sie die Tür mit einem strahlenden Lächeln öffnete.

An Jacks Stelle stand ein Junge von ungefähr fünfzehn Jahren vor ihr, der geräuschvoll den Rotz in seiner Nase hochzog.

»Wollt schon wieder gehen!« Mit diesen unfreundlichen Worten drückte er ihr einen zusammengefalteten Zettel in die Hand. Ihr Herz schlug schnell. Vielleicht war es eine Nachricht von Jack. Sie faltete das Papier auseinander. Da bemerkte sie, dass der Junge noch immer vor ihrer Tür herumlungerte.

»Moment!« Sie ging zu einer Vase auf einem Tischchen im Flur, in dem sie Münzen für Trinkgelder aufbewahrte. Ihre Freude ließ sie großzügig zu einer Hand voll Pencestücke greifen, die sie dem Jungen in die Hand drückte. Dafür lüftete er sogar seine Mütze.

»Man dankt.«

Mit vor Aufregung zitternden Fingern las sie die überbrachte Nachricht.

»Morgen, zehn Uhr abends, Sankt Maria im Kapitol. Allein. Wegen dem Mord.«

Nachdem sie ihre Enttäuschung heruntergeschluckt hatte, begriff Jane, dass sie etwas ausgesprochen Wichtiges in der Hand hielt.

ZWÖLF

Auf der Vorder- und Rückseite des Papiers in ihrer Hand prangten fein säuberlich schwarze Abdrücke. Sorgsam hielt Magalie den Bogen an einer Ecke fest, um die Tinte nicht mit dem Schweiß ihrer Hände zu verwischen. Es war ihr im Verlauf des gestrigen Abends gelungen, Seiwerts Fingerabdrücke zu nehmen. Nachdem sie Hoerle von ihrem künstlerischen Einfall vorgelogen hatte, war dieser nur zu bereit gewesen, sie dabei zu unterstützen. Auf dem dafür vorgesehenen Bogen Papier hatte er als Erster die charakteristischen Abdrücke aller zehn Finger hinterlassen und dafür gesorgt, dass Lily, die anderen Gäste und endlich Seiwert ebenfalls ihre Abdrücke abgaben. Magalie verabscheute die Lüge, aber sie hatte sich selbst die Absolution erteilt mit der Begründung, so immerhin zur Aufklärung eines der schlimmsten Verbrechen beizutragen.

Jetzt musste es ihr nur noch gelingen, Seiwerts Fingerabdrücke mit denen vom Tatort zu vergleichen. Dafür wollte sie Stechemesser ohne seinen Vorgesetzten abpassen und ihn unter einem Vorwand dazu bringen, ihr die Indizien zu zeigen. Sie hatte den Gedanken verworfen, ihm frei heraus von ihrem Unterfangen zu erzählen. Erst wollte sie Gewissheit haben, dass Seiwert tatsächlich der Frauenmörder war.

Ungeduldig bezog sie vor dem Präsidium Stellung und wartete. Das Klopfen der Holzkrücken eines Kriegsversehrten auf dem Pflaster ergab zusammen mit dem Pochen des Blutes in ihren Adern einen bedrohlichen Rhythmus.

*

Am frühen Morgen hatte Jane, einem plötzlichen Impuls folgend, ihren langen rötlichen Zopf abschneiden lassen. Die Haarspitzen reichten nur noch bis zu den Kieferknochen. Die Frisur verlieh ihr ein wesentlich jüngeres Aussehen. Dazu trug sie ein neues Kleid aus grünem Stoff. Das flache Dekolletee war mit Goldperlen eingepaspelt und wirkte unschuldig, doch hinten verlief ein spitzer Ausschnitt bis zur Mitte des Rückens. Mit dem Haarschnitt und in dem Kleid fühlte sich Jane ganz modern. Ihre Aufmachung war für den Tag zwar zu herausgeputzt, aber sie hatte einen schwerwiegenden Entschluss getroffen. Heute würde sie sich nicht länger um Konventionen scheren. Heute würde sie dem Verlangen ihres Herzens und dem ihres Körpers folgen.

Im Headquarter hatte sie in Erfahrung gebracht, dass Jack im Hauptbahnhof Dienst schob, wo er Waggonladungen voller Notgeldscheine überwachte, die Köln an diesem Vormittag erreichten, um den Geldmangel der Inflation wenigstens zum Teil auszugleichen.

Jane zog ihren Strohhut tiefer ins Gesicht. Sie hatte Hedwig mit einer Nachricht zu Commandant Allen geschickt, dass sie unpässlich sei. Vorsichtige Blicke nach allen Seiten werfend, um nicht von einem Mitglied der Frauen-Wohlfahrtspolizei überrascht zu werden, eilte sie zu den Gleisen.

Bald hatte sie den richtigen Bahnsteig ausgemacht. Unter den Soldaten befand sich Jack. Mit einem Lächeln, von dem sie hoffte, es würde einladend aussehen, ging Jane auf die Gruppe zu. Die Männer musterten sie mit unverhohlener Neugier.

Auch Jack bemerkte sie, machte aber keinerlei Anzeichen, besonders erfreut über ihren Anblick zu sein. Schon bereute sie ihr Kommen. Dennoch setzte sie ihren Weg fort. Die letzten Meter kamen ihr vor wie der Gang zum Schafott. Nie war ihr etwas schwerer gefallen. Nicht einmal der Moment, in dem ein Sterbender, dessen Gesicht zu einer ekelerregenden Masse von Blut und Fleisch entstellt war, sie um einen letzten Kuss gebeten hatte.

Jacks abweisende Miene machte es nicht einfacher.

»Mr. Longman, wenn ich um eine berufliche Unterredung bitten dürfte.«

Die Soldaten grinsten breit. Jane wusste nicht, was Jack ihnen von ihr erzählt hatte. Womöglich sahen sie in ihr nur ein liebestolles altes Weib. Im Grunde war sie das ja auch. In ihrem Alter ihre Unschuld verlieren zu wollen kam ihr nun wieder lächerlich vor.

Jack ging vor ihr her zu einer ruhigen Ecke, in der sie vor den neugierigen Blicken der anderen geschützt waren.

»Was willst du?« Noch immer schien er ungehalten zu sein.
»Ich dachte, wir könnten … falls du Zeit hast …«
»Was?«
»Ich würde gerne den Tag mit dir verbringen.«
»Damit du mich wieder sitzen lassen kannst?«
Es dauerte ein paar Sekunden, bis sie begriff, dass er auf den Jahrmarkt anspielte, als sie von dem Automaten mit den Lichtbildern eines Frauenmords erregt davongelaufen war.
»Es lag nie in meiner Absicht, dich zu kränken.«
»So was hab ich nicht nötig.«
»Ich verspreche dir, dass es nicht mehr vorkommt.« Sie strich über seinen sehnigen Unterarm und wagte ein Lächeln. »Bist du wieder gut mit mir?«
Anstelle einer Antwort packte er sie grob und zog sie an sich. Gewaltsam pressten sich seine Lippen auf die ihren. Er tat ihr weh, doch sie wagte es nicht, ihn darauf hinzuweisen.
»Gehen wir irgendwohin, wo wir Ruhe haben«, keuchte Jack.
Nach einer Rücksprache mit den Kameraden, während der sie abseits stand, kam er pfeifend zu ihr.
»Alles klar. Die Jungs decken mich. Wir haben alle Zeit der Welt. Hast du was mit deinen Haaren gemacht?«
Sie nahmen das erstbeste Hotel in einer Seitenstraße in der Nähe des Bahnhofs. Bevor sie es betrat, achtete Jane darauf, dass niemand, den sie kannte, sie dabei beobachtete.
Die guten Zeiten des Etablissements schienen bereits im vorherigen Jahrhundert vorbei gewesen zu sein. Der nach Schimmel stinkende Teppich war von einem schmutzigen Rot, die Tapeten wiesen Stockflecken auf. Das Holz des Tresens war verkratzt und stumpf. Wenn schon die Eingangshalle von dieser schäbigen Armseligkeit war, wie mussten dann erst die Zimmer aussehen. Aber Jane ließ sich davon nicht abhalten. Nicht einmal Ungeziefer auf der Matratze konnte sie noch schrecken. Ihre Finger spielten mit den Perlen am Ausschnitt, während sie wartete, bis Jack sie als Mr. und Mrs. Smith in das Hotelbuch eingetragen hatte. Endlich reichte der Portier ihm einen Schlüssel. Sein lauernder Blick streifte sie. Was immer der Mann von ihr halten mochte, ganz falsch konnte er damit nicht liegen. Sie

war bereit, sich Jack hinzugeben. Fest entschlossen ging sie vor ihm die Treppe hinauf.

Mit rotgefleckten Wangen reichte Stechemesser Magalie eine Tasse Kaffee, die er auf dem Spirituskocher im Büro erwärmt hatte.

»Trinken Sie nichts?«, fragte sie.

»Das war mein Letzter.«

»Den kann ich Ihnen unmöglich wegtrinken«, protestierte sie und wollte ihm die Tasse zurückgeben. Er wiegelte ab. Zufrieden lehnte sie sich auf dem Stuhl zurück. Kommissar Neumann würde den ganzen Tag nicht in die Amtsstube kommen. »Dringende Termine«, hatte Stechemesser erklärt. Es konnte nicht besser laufen.

»Mir scheint, als würden Sie hier die meiste Arbeit erledigen«, begann sie ein Gespräch, von dem sie hoffte, es bald in die Richtung lenken zu können, die sie ihrem Ziel ein Stück näher brachte.

»Nicht doch.« Stechemesser wurde noch röter als zuvor.

»Vielen Dank für das Buch, das Sie mir freundlicherweise zur Verfügung gestellt haben.« Sie schob es ihm über den Tisch zu. »Ich habe leider nicht alles genau verstanden. Zu wissenschaftlich, Sie wissen schon.« Sie bedachte ihn mit einem koketten Augenaufschlag.

»Die Materie ist auch wirklich kompliziert für einen Laien«, sagte Stechemesser.

»Können Sie mir das nicht noch mal genau erklären?«

»Sicher. Betrachtet werden die Papillarlinien. Das sind jene zarten Linien, die der Hautoberfläche der Hand ein Muster verleihen.« Er schien froh zu sein, ein fachliches Thema anschlagen zu können.

Sie streckte ihre Handflächen vor. »Diese hier?«

»Genau.« Der Polizist griff nach ihren Händen, ließ sie aber sofort wieder los. »Es ist ganz einfach.«

Aus der Schreibtischschublade holte er die Druckerschwärze, mit der er seinen Daumen bestrich, den er sorgsam auf ein Blatt seines Notizblocks drückte. Anschließend ging er zum Waschbecken und säuberte den Finger. Zurück am Tisch färbte er ihn erneut ein und hinterließ einen weiteren Abdruck neben dem ersten. »Sehen Sie, kein Unterschied. Die Linien sind unverwechselbar.«

»Und sie verändern sich nicht? Zum Beispiel mit zunehmendem Alter?«, erkundigte sich Magalie.

»Nein, selbst an Leichen, die wochenlang im Wasser gelegen haben, lassen sich die Papillarlinien deutlich feststellen.«

Das wusste sie zwar längst, doch hütete sie sich davor, dies zu verraten.

»Würden Sie mir die Abdrücke vom Frauenmord zeigen?«, bat sie. »Damit ich mir ein genaues Bild von der Schwierigkeit der Methode machen kann«, fügte sie erklärend hinzu. »Falls es Ihnen keine Umstände bereitet.«

Stechemesser ging zu einem Karteischrank und holte eine Akte hervor, deren dünner Umfang darauf hindeutete, dass die Polizei mit ihren Ermittlungen nicht gerade weit gekommen war. Der hochaufgeschossene Mann zog einen Stuhl heran, setzte sich neben Magalie und verstaute mit etwas Mühe seine langen Beine unter dem Schreibtisch. In der Akte lagen Fotografien. Er nahm die oberste in die Hand:

»Hier, sehen Sie, das ist einer der Fingerabdrücke. Ein Daumen.«

»Mir wird gerade ein wenig schwindelig.« Theatralisch griff sie mit der Hand an die Stirn. »Der Kreislauf spielt bei der Hitze verrückt. Könnte ich noch einen Kaffee bekommen?«

Stechemesser stand auf. »Ich werde Ihnen sofort einen besorgen.« Eilig verschwand er aus dem Büro. Kaum fiel die Tür hinter ihm ins Schloss, holte Magalie den Papierbogen heraus, den sie in einer Zeitung versteckt hatte. Mit angehaltenem Atem legte sie ihn neben die Fotografien mit den Fingerabdrücken des Tatorts.

Der wohlige Schauer, der Jane überlief, während Jack über ihre Brust strich, raubte ihr den Atem. Sie lag auf dem Messingbett, das bei jeder Bewegung quietschte. Außer den Schuhen hatte sie nichts ausgezogen. Jack kniete mit bloßem Oberkörper über ihr. Sie sprachen kein Wort. Als er begann, ihr Kleid hochzuschieben, schloss sie die Augen. Sie spürte, wie er den Hüfthalter von den Strümpfen löste, ihre Unterhose herabzog und ihre Beine spreizte. Eine kurze Pause entstand, in der er von ihr abließ. Dies und das Rascheln, das sie hörte, veranlassten Jane zu blinzeln. Sie sah, wie Jack sich an seiner Hose zu schaffen machte. Schamvoll wandte sie den Blick ab.

Als er in sie eindrang, schmerzte es und tat doch gut. Sie stöhnte. Das Ganze dauerte nicht lang. Im Gegenteil kam es ihr kurz, viel zu kurz vor. Jack stieß ein Keuchen aus, das sie an das Wimmern der verwundeten Soldaten in ihrem Krankentransporter erinnerte. Anschließend rollte er von ihr herunter. Mit geschlossenen Augen hörte sie, wie er aufstand und sich anzog. Enttäuschung machte sich breit und eine unendliche Sehnsucht nach Zärtlichkeiten. Als sie die Augen aufschlug, stand er in Uniformhose vor ihr und knöpfte sein Hemd zu.

»Wir haben doch Zeit, oder?«, lockte sie. Es störte sie nicht einmal, dass ihr Unterleib entblößt vor einem ihr beinahe fremden Mann lag.

»Ich muss los«, sagte er.

»Bleib«, bat sie und griff nach seinem Arm. Er befreite sich. Verunsichert fragte sie: »Wann sehen wir uns wieder?«

»Vielleicht heute Abend«, war seine Antwort.

Sie nickte zustimmend, erinnerte sich dann an ihre geheimnisvolle Verabredung und bat: »Nach elf? Vorher muss ich zu einem Treffen.«

»Mit wem?«

Schwang da Eifersucht in seiner Stimme mit? Ihr Herz tat einen aufgeregten Sprung.

»Es geht um den Mord an der Prostituierten. Ich will einem Hinweis nachgehen. Dafür muss ich zu Sankt Maria im Kapitol.«

»Mitten in der Nacht?«

Sie war erfreut über die Besorgnis, die sie heraushörte. »Ich bin oft nachts in der Stadt unterwegs. Das gehört zu meinem Beruf als Polizistin. Also sehen wir uns?«

»Möglich. Wenn ich komme, komm ich. Wenn nicht, nicht.«

Jane bekam keinen Abschiedskuss, als Jack das Hotelzimmer verließ.

Magalie schaffte es, die auf den Fotografien erkennbaren Papillarlinien und deren Gabelungen mit allen zehn Fingerabdrücken Seiwerts zu vergleichen, bevor Stechemesser mit dem Kaffee in der Hand zurückkam. Sie trank ein paar Schlucke, obwohl ihr der Sinn überhaupt nicht nach der geschmacklosen, heißen Brühe stand. Der Polizist wirkte besorgt.

»Soll ich einen Arzt rufen?«

»Nicht nötig. Ich fühle mich viel besser.« Den Bogen Papier hielt sie hinter dem Rücken verborgen. Die Höflichkeit gebot ihr, noch einen Moment zu bleiben. Am liebsten wäre sie sofort gegangen, insofern kam es ihr gelegen, dass es an der Tür klopfte. Stechemesser sammelte die Fotografien ein und steckte sie zurück in die Akte.

Der eintretende Besucher war der Sittenpolizist Hanses.

»Tag, Stechemesser. Ist Neumann …« Als er Magalies gewahr wurde, brach er mitten im Satz ab.

»Auf Wiedersehen. Danke vielmals für den Kaffee.« Sie sah zu, dass sie hinauskam. Auf dem Flur hörte sie gerade noch, wie Hanses fragte: »Wollte die wieder rumschnüffeln?«

Ihr war keine Zeit geblieben, die Hauptklassifikationen der Fingerabdrücke miteinander abzugleichen. Doch bereits der oberflächliche Vergleich hatte ein eindeutiges Resultat ergeben. Die Fingerabdrücke von Seiwert stimmten zwar mit einem Abdruck vom Fensterbrett überein, aber nicht mit denen von der Tatwaffe. Das hieß, er konnte nicht der Mörder sein.

*

Der Himmel war schwarz, als Jane die schwere Holztür mit beiden Händen öffnete. Im Inneren der Kirche lagen Finsternis und eine Grabesstille wie auf einem Friedhof um Mitternacht. Die aufkeimenden Bilder von Gruselgeschichten ihrer Kindheit verdrängte sie nachdrücklich, dennoch trat sie nur zögernd in das sie empfangende Dunkel. In ihr wuchs das ungute Gefühl, eine Torheit zu begehen. Wenigstens hatte sie den Zettel mit dem Treffpunkt für Hedwig deutlich sichtbar auf ihren Nachttisch gelegt. Eine kleine Rückversicherung, falls etwas schief laufen sollte.

Durch die Glasfenster von Sankt Maria im Kapitol fiel ein schwacher Lichtschein, der in Sekundenschnelle sein Leben aushauchte. Jane wartete wenige Meter von der Eingangstür entfernt, die hinter ihr ins Schloss gefallen war. Sie konnte nicht mehr zurück. Lange war sie hin- und hergerissen gewesen, ob sie diese geheimnisvolle Verabredung einhalten sollte. Nicht aus Angst, sondern aus Sorge, dass Jack ausgerechnet um diese Zeit herum zu ihr käme. Er würde sicher verärgert sein, wenn er sie nicht zu Hause antraf und den Weg zu ihr umsonst unternommen hatte. Andererseits war ihr eingefallen, wie kühl er sie nach ihrem Zusammensein im Hotel behandelt hatte. Auch deshalb hatte sie entschieden, die Nachforschungen über ihre Sehnsucht nach Jack zu stellen.

Mit den Händen tastete sie an der Wand entlang. Sie hörte das Rauschen ihres Blutes und glaubte, dass ihr Atem weithin zu vernehmen sei. So still war es um sie herum zuletzt auf den Schlachtfeldern in Frankreich gewesen, wenn das letzte Geschütz und die Schreie der Verwundeten verklungen waren.

Am äußersten Ende des Kirchengangs meinte sie, Licht zu sehen. Vielleicht wartete dort die Kontaktperson auf sie. Langsam setzte sie einen Fuß vor den anderen, dennoch dröhnten die Schritte in ihren Ohren, schienen von den steinernen Wänden widerzuhallen. Dann stieß sie mit den Beinen gegen eine Bank. Der Aufprall auf dem Holz war nicht schmerzhaft, doch es polterte laut. Stocksteif harrte sie in der Dunkelheit aus. Nichts regte sich. Also setzte sie ihren Weg fort. Jetzt wusste der geheimnisvolle Informant ohnehin, dass sie da war. Weitere Vorsicht war nicht länger von Nöten. Jane näherte sich dem Lichtschein. Er stammte von den Kerzen, die die Gläubigen für ihre Gebete entzündet hatten. Das Licht flackerte gespenstisch. Niemand war zu sehen.

Wegen der Hitze vermochte die Mutter keinen Schlaf zu finden. Bereits viermal hatte Magalie sie unter gutem Zureden wieder zu Bett gebracht, weil sie Anstalten gemacht hatte, sich ans Klavier zu begeben. Daher blieb sie neben ihr sitzen und reichte ihr in regelmäßigen Abständen ein feuchtes Tuch für die heiße Stirn. Die alte Frau stöhnte dann und wann auf, war aber zu erschöpft, um etwas zu sagen. Das gab Magalie die Gelegenheit, nachzudenken. Einmal waren da die ständigen Geldsorgen durch die zunehmende Inflation. Den Vorschuss, den sie Hanni gegeben hatte, hätte sie selber dringend gebraucht. Beinahe war sie versucht, die ererbte Taschenuhr zum Pfandleiher zu bringen. Sie verwarf den Gedanken wieder. Ihr Vater hatte die Uhr nicht einmal verkauft, als es mit seinem Geschäft immer mehr bergab ging. Sie stammte noch von seinem Vater und war das Einzige, was von der Familientradition übrig geblieben war.

Den Kopf in die Hände gestützt sah sie zum Fenster. Die schwarzen Umrisse der Häuser ragten in den dunklen Himmel. Von draußen drang eine Schwere herein, als sei die Stadt eine abgehalfterte Dirne, die auf den nächsten Freier wartete.

Alles hätte so gut zu Seiwert als Täter gepasst; sein Angriff auf Luise, die blutige Signatur in der Haut, die Brutalität der Schnitte, die einen grausamen Charakter offenbarten. Nun war sie ratlos, wer sonst der Mörder sein konnte. Es mochte ein anderer Freier gewesen sein, ein Verrückter oder Hanses. Es schien Magalie, als würde der Mord an Luise nie gesühnt. Sie seufzte auf. Die Glocke von Sankt Martin schlug zehnmal.

Dumpf läuteten die Glocken. Janes Herz klopfte im Takt. Zehn Uhr war der verabredete Zeitpunkt. Aus den Augenwinkeln nahm sie eine Bewegung in der Dunkelheit wahr. Ihre Beklemmung steigerte sich. Was war das für ein Geheimnis, dessen Offenbarung einen solch verlassenen Ort erforderte?

Vorne in der Kirche glaubte sie, einen Umriss auszumachen, der sich ihr näherte. Sie kniff die Augen zusammen. War es ein Mann oder eine Frau? Sie vermochte es nicht zu erkennen. Ein Schauer lief ihr über den Rücken, als der Umriss plötzlich vor ihr stand. Eine finstere Gestalt ohne Gesicht. Schwarz wie der Teufel. Er hob den Arm. Sie bemerkte einen Gegenstand darin, keuchte, wich zurück, prallte gegen den schweren Kerzenhalter. Es roch nach verschmortem Stoff. Ihre Augen weiteten sich vor Schreck. Abwehrend streckte sie die Hände nach vorn. Ihre Hände krallten sich in die Jacke des Angreifers. Vergebens.

Bevor sie von dem Schlag auf den Kopf zusammensackte, erkannte Jane noch, dass die schwarze Fratze von einem Damenstrumpf herrührte, in den zwei Schlitze geschnitten waren.

*

Magalie klappte den Deckel ihrer Taschenuhr zu, nachdem sie wiederholt nach der Uhrzeit gesehen hatte. Seit dem letzten Mal waren bloß zwei Minuten vergangen. Es war vierzehn nach elf am Donnerstagmorgen. Im Büro des Hauptbahnhofs wartete sie auf die Engländerin, die einfach nicht kommen wollte, dabei war sie sonst von der pünktlichen Sorte.

Erneut blickte sie zur Tür. Die Klinke bewegte sich keinen Millimeter. Es brannte ihr auf der Seele, Miss Fairchild von den Fingerabdrücken zu erzählen und ihre Meinung dazu einzuholen. Außerdem saß vor ihr ein Mädchen, das die Polizei aufgegriffen und zur Frauen-Wohlfahrtspolizei gebracht hatte, weil es mit einem Mann in finanzielle Verhandlungen getreten war. Sie sollten sie zur Untersuchung beim Amtsarzt begleiten.

Magalie griff zur Tageszeitung und überfolg einen Artikel über den andauernden passiven Widerstand gegen die Ruhrbesetzung. Es gab bereits hundert Todesopfer zu beklagen.

Das Mädchen schniefte laut. Magalie sah auf.

»Kann ich nicht bitte gehen?« Die Augen des Mädchens waren geschwollen. Magalie schüttelte den Kopf, bot ihr aber einen Schluck Wasser an. Gierig trank das Mädchen. Danach blickte sie Magalie vertrauensselig an. »Ich wollte das nicht, aber er hat mich so drum gebeten.«

»Wer? Dein Zuhälter?«

»Mein Bräutigam«, korrigierte das Mädchen. »Er hat gesagt, er hat sich auf den ersten Blick in mich verliebt.«

»Deshalb hast du dich erst ihm hingegeben und dann anderen Männern.«

Das Mädchen trank noch einen Schluck. »Er hat gesagt, dass er dringend Geld braucht. Nur ich kann ihm helfen. Ich will ihm doch helfen. Er würde auch alles für mich tun.«

Magalie faltete die Zeitung zusammen. »Für den bist du wie

eine Zigarette. Nachdem er dich genossen hat, wirft er den Rest weg.«

Wieder sah sie auf die Uhr. Neunzehn nach elf. Miss Fairchild schien nicht mehr zu kommen. Wahrscheinlich fühlte sie sich noch unpässlich wie am gestrigen Tag. Sie würde das Mädchen alleine zum Amtsarzt bringen.

Auf dem Vorplatz des Bahnhofs war es diesig. Die Sonne drang nicht richtig durch den verhangenen Himmel. Schwüle senkte sich nieder. Etliche Menschen strömten trotz der Hitze erstaunlich schnell auf ein parkendes Automobil zu und verdeckten es bald ganz. Neugierig geworden zog Magalie das Mädchen am Ärmel mit sich. Ungerührt vom Lärmen um sie herum putzte sich eine Katze auf dem Pflaster die Pfoten. Magalie schlug einen Bogen um sie.

Direkt vor dem Auto teilten Dienstmädchen in gestärkten weißen Schürzen, die in Kontrast zu den Lumpen der drängenden Menge standen, aus einem Kessel Suppe aus und reichten Brotscheiben dazu. Schmutzige Finger krallten sich um die Näpfe. Wer einen ergatterte, machte sich schleunigst in einen entfernten Winkel davon, wo niemand ihm die Beute abjagen konnte. Ein Abfallsammler, der im Unrat des Rinnsteins nach Essbarem wühlte, wurde des Treibens gewahr und ließ sofort ab von seinem Tun, um sich in das Schlachtgetümmel zu stürzen. Es war ein Schieben und Drängen um das Automobil, in dessen Inneren, geschützt unter einem Sonnenschirm, Frau von Anselm saß. Vor die Nase hielt sie ein Taschentuch gepresst.

Es hupte. Magalie winkte Lily zu. Die Künstlerin stieg aus dem Auto und zwängte sich durch die Menschen auf Magalie zu, die das Mädchen weiterhin festhielt, damit es nicht davonlief.

»Was für ein Spektakel«, meinte Lily. »Wirf ihnen einen Brotkanten zu, und sie liefern dir die reinsten Gladiatorenkämpfe.«

»Das ist kein spaßiger Zeitvertreib«, erwiderte Magalie. »Almosen sollte man bewusst einsetzen und nicht zur persönlichen Belustigung.«

Die Künstlerin machte eine abwehrende Geste. »Hauptsache, es hilft den Armen.«

Aber die Suppenspenden von Frau von Anselm halfen ihnen

nicht richtig. Die Glücklichen darunter hatten vielleicht bis zum Abend keinen Hunger mehr. Spätestens morgen würde alles wieder von vorne losgehen. Frau von Anselm würde in dem Glauben, etwas Gutes getan zu haben, nach Hause fahren und sich den Bauch voll schlagen. Das war keine Hilfe, das war eine Schmierenkomödie.

»Wenn man den Menschen nur einmal hilft«, erklärte Magalie Lily ihren Unmut, »ist es auf längere Sicht so, als hätte man ihnen gar nicht geholfen. Was ändert das an ihrem Leben auf Dauer?«

»Ich glaube, für die Menschen hier macht das eine Menge aus, dass sie satt geworden sind.«

Tatsächlich gab es um sie herum lauter zufrieden schmatzende Leute. Magalie wollte Lily schon widerwillig zustimmen, da ging den Dienstmädchen die Suppe aus. Sie packten Kessel und Näpfe in den Kofferraum. Diejenigen, die nichts von dem Essen bekommen hatten, drängten nach vorne, um nicht leer auszugehen. Unzählige Hände zogen an den Schürzen der Dienstmädchen. Rufe nach Nachschub wurden laut, die sich in ein allgemeines Geschimpfe steigerten.

»Wir wollen auch was!«

»Ich hab Hunger.«

Magalie und Lily verständigten sich mit einem Blick. Während Magalie versuchte, die Leute zu beruhigen, eilte die Künstlerin zum Wagen, um Frau von Anselm vor der aufbegehrenden Menge in Sicherheit zu bringen. In ihrer Hilflosigkeit musste Magalie das Mädchen, das sie die ganze Zeit über bei sich behalten hatte, loslassen, um die Menschen mit ausgebreiteten Armen zurückzudrängen. In deren müden Gesichtern loderte Wut. Ein Hupen und das Automobil fuhr davon. Kaum war es aus dem Sichtfeld der Menschen entschwunden, erlosch die Wut ebenso schnell, wie sie aufgeflackert war.

Das Erste, was Jane wahrnahm, war eine eisige Kälte, die sich in ihrem Körper ausgebreitet hatte. Dann spürte sie den Schmerz in ihren Gliedern. Sie hatte keine Ahnung, wo sie sich befand. Als sie die Augen aufschlug, sah sie Mauern, die sie umgaben. Wenigstens war es hell. Ihr Rücken fühlte einen harten Boden.

Schwerfällig drückte sie sich hoch, dabei fiel etwas aus ihrer Hand und verursachte auf den Steinplatten ein Klirren. Sie achtete nicht darauf. Langsam kehrten Bruchstücke des gestrigen Abends zurück. Sie hatte eine Verabredung in Sankt Maria im Kapitol gehabt, um eine Kontaktperson zu treffen, doch alles, woran sie sich erinnerte, waren der angsteinflößende Schatten und der Schlag, der ihr das Bewusstsein geraubt hatte. Sie fasste mit der Hand an den Kopf. Sofort zuckte sie zurück. Das hatte wehgetan. Vorsichtig tastete sie noch einmal. Eine Schwellung und eine blutige Kruste befanden sich an ihrem Hinterkopf.

Das Mädchen war weiß wie ein Leichentuch, als Magalie mit ihr den Flur zum Untersuchungszimmer entlangging. Zum Glück war sie nicht ausgebüchst. An der Tür sträubte sie sich jedoch. Magalie riss der Geduldsfaden. Den eigenen Körper verkaufen wie eine billige Ware und sich anstellen, wenn es um die Gesundheit ging.

»Komm schon!« Sie zerrte das Mädchen mit sich.

Dr. Meents war nicht allein. Vor ihm auf der Liege lag eine Frau mit gespreizten Beinen. Daneben stand Hanses. Mit einem Blick vergewisserte sich Magalie, dass niemand von der Frauen-Wohlfahrtspolizei anwesend war. Streng wies sie die Männer zurecht, noch bevor sie sie begrüßte. Hanses war sichtbar schlechter Laune.

»Wie lang soll ich denn warten, bis mal eine von euch Zeit hat? Bis ihr hier auftaucht, hab ich Spinnweben angesetzt«, schimpfte er. Dabei kratzte er sich am Mundwinkel, wo sich ein dicker Herpes befand. Sie ekelte sich.

»Dann melden Sie Ihrem Vorgesetzten, dass nicht genug Personal vorhanden ist und mehr Frauen bei der Polizei eingestellt werden.«

»Gott behüte«, stieß Hanses aus. »Außerdem, Sie sind ja jetzt bei der Untersuchung anwesend.«

Magalie schluckte ihre Empörung hinunter. Es lohnte nicht, sich auf einen verbalen Kampf mit ihm einzulassen, denn er war ihr an Unverschämtheit weit überlegen, doch allmählich bekam sie Lust, ihn wie Miss Fairchild als Verdächtigen zu betrachten.

»Also gut«, überwand sie sich, »fahren Sie bitte mit der Untersuchung fort, Dr. Meents.«

»Sehr wohl!« Der Amtsarzt deutete eine Verbeugung vor ihr an, deren spöttischer Beigeschmack ihr durchaus bewusst war.

»Bleiben wir sachlich«, mahnte sie. Sie blickte zu dem Mädchen, das sich wohl am liebsten hinter dem Arzneischrank verkrochen hätte.

Hanses meinte kumpelhaft zu Dr. Meents: »Man sollte allen Weibern die Kehle durchschneiden, dann hätte man endlich seine Ruh!«

Die Frau auf dem Untersuchungstisch lachte auf. Dabei waren schwarze Löcher in den Zahnreihen zu sehen. Eigentlich war sie sehr attraktiv, doch das Lachen entstellte ihre Schönheit. Es verging ihr auch sogleich, als Dr. Meents die Stirn runzelte.

»Sieht nach dem harten Schanker aus.«

Magalie horchte auf. »Sie meinen Syphilis?«

Dr. Meents nickte. Während er einen Abstrich machte, blickte die Frau entsetzt drein. Der Amtsarzt legte den Abstrich unter das Mikroskop auf seinem Tisch.

»Was untersuchen Sie da?«, fragte Magalie und trat zu Meents, um in das Mikroskop sehen zu können.

»Der Erreger der Syphilis, die Spirochaeta pallida, ist ein schraubenförmiges, korkenzieherartiges kleines Lebewesen. Sehen Sie, wie es zuckt?«

Angesichts des sich windenden Erregers wich sie angewidert zurück. Sie fing den angsterfüllten Blick des Mädchens auf.

»Und was passiert jetzt mit der Frau?«

»Ich nehme ihr Blut ab, um sicher zu gehen. Es würde zu weit führen, diese Blutprobe dem Laien verständlich machen zu wollen. Nur so viel sei gesagt: Eine von besonders vorbehandelten Tieren stammende Blutwassermischung, welche die Fähigkeit besitzt, Hammelblutkörperchen im Probierglas aufzulösen, verliert diese Fähigkeit, sobald gewisse Auszüge aus Organen, gemischt mit dem Blutwasser eines Syphilitikers, zugesetzt werden.«

Dr. Meents bereitete eine Spritze vor. Die Frau schrie auf, als sich die Nadel in ihren Arm bohrte. Sie ignorierend fuhr der Arzt fort: »Wir nennen es die Wassermann'sche Blutprobe. Wenn die Reaktion positiv ist, liegt Syphilis vor.«

»Das bedeutet, keinen sexuellen Verkehr mehr«, hakte Magalie nach.

»Die Frage ist nur, inwieweit dies zu überwachen ist.«

»Dafür werde ich schon Sorge tragen«, mischte sich Hanses ein, »dass dieses dreckige Stück nicht unbescholtene Familienväter ansteckt.«

Er wies die Frau, die unglücklich schniefte, an, sich anzukleiden. Etwas an der hübschen, aber ausgemergelten Dirne kam Magalie bekannt vor. Hanses verließ mit der Frau den Raum. Unterdessen wusch sich Dr. Meents gründlich die Hände. Das Mädchen, das Magalie zur Untersuchung mitgebracht hatte, zog sich erst aus, nachdem sie ihr zugeredet hatte.

»Es ist in deinem eigenen Interesse«, beteuerte Magalie. »Je früher eine Krankheit erkannt wird, umso besser die Heilungschancen. Nicht wahr, Dr. Meents?«

»In der Tat. Die Frühsyphilis lässt sich gut behandeln.«

Er widmete sich mit Interesse dem ihm dargebotenen Unterleib. Unter seinen Berührungen erzitterte das Mädchen.

»Kann man Syphilis nicht auch einfacher erkennen?«, fragte Magalie.

»Nicht so früh. Erst nach zwei bis drei Wochen bildet sich an der Stelle, wo das Syphilisgift eindringt, ein kleines Knötchen oder eine offene Stelle aus, aus welcher sich dann das offene Geschwür entwickelt.« Plötzlich verstummte er.

Das Mädchen wurde unruhig. »Ist da was?«

Auch Magalie spürte Nervosität in sich aufsteigen. Dr. Meents nahm von dem Mädchen ebenfalls einen Abstrich und legte ihn unter das Mikroskop. Die Augen des Mädchens folgten jedem seiner Handgriffe. Mit der Diagnose ließ er sich Zeit. Schließlich räusperte er sich.

»Wir haben Glück. Es ist nur der weiche Schanker, keine Syphilis.«

Erleichtert seufzte das Mädchen auf.

»Wo ist der Unterschied?«, wollte Magalie wissen.

»Beim weichen Schanker findet man bereits ein bis drei Tage

nach der Ansteckung an den Geschlechtsteilen kleinere offene Geschwüre, die sich weich anfühlen und mit zackigen, unterminierten Rändern versehen sind. Das heilt in wenigen Wochen ab.«

Gönnerhaft tätschelte der Arzt dem Mädchen den Oberschenkel. »Du darfst dich wieder anziehen.«

Sie sprang vom Untersuchungstisch und schlüpfte so schnell es ging in Unterrock und Kleid. Magalie wollte sich schon mit ihr auf den Weg machen, als Dr. Meents sie zurückhielt.

»Übrigens, das Mädchen, das Sie mir neulich gebracht haben …«

»Sie meinen Luise Röhl?«

»Das war der Name. Lulu. Genau. Die hatte weniger Glück.«

»Ist mir bekannt«, erwiderte Magalie. »Ein schlimmes Schicksal, das sie ereilt hat.«

Dr. Meents nickte. »Oft sieht der harte Schanker ganz unscheinbar aus, und da er keine Schmerzen verursacht, wird er leicht übersehen. Im Fall von Luise Röhl hat sich der Schanker an der äußeren Öffnung des Muttermundes gebildet. Unsichtbar also für das bloße Auge. Ich habe es nur durch den Abstrich erkannt.«

»Sie meinen?«

»Luise ist an Syphilis erkrankt, und zwar schon seit geraumer Zeit. Sie sollten sie dringend aus dem Verkehr ziehen.«

*

Mit kleinen Schlucken trank Jane den heißen Tee, der ihr nach und nach neue Lebensgeister einhauchte und wenigstens für einen kurzen Moment den unerträglich pochenden Kopfschmerz vertrieb. Sobald der Schmerz nachließ, wallte in ihr Ärger darüber auf, dass sie in die Falle des anonymen Briefschreibers getappt war. Sie hätte Jack oder wenigstens Fräulein Hemmersbach um Verstärkung bitten können.

Ein Luftzug ließ sie aufblicken. Die Deutsche kam herein. »Hier sind Sie. Ich habe Neuigkeiten …«

Weiter kam sie nicht. »Sie haben sich die Haare schneiden lassen … und was ist das?« Offenbar hatte sie das getrocknete Blut an Janes Haaren bemerkt.

Kurz informierte sie Fräulein Hemmersbach über das Geschehen der letzten Nacht. Die überlegte, ob es vielleicht Zufall gewesen sei.

»Womöglich war es ein Dieb, der den Opferstock plündern wollte. In letzter Zeit mehren sich Diebstähle überall.«

»Das war eine Warnung«, widersprach Jane. »Sie stammt von jemandem, dem wir mit unseren Nachforschungen auf die Füße getreten sind.«

»Gut für uns.«

Angesichts des Pochens in ihrem Schädel erwiderte Jane: »Was soll daran bitte gut sein?«

Fräulein Hemmersbach stand auf und ging zum Waschbecken, wo sie eine Emailleschüssel füllte. Währenddessen erklärte sie: »Das bedeutet, dass wir nah dran sind an dem Täter.« Sie nahm ein sauberes Handtuch von der Ablage. »Darf ich?« Ohne eine Antwort abzuwarten tränkte sie das Tuch und reinigte die Verletzung.

Jane zuckte zusammen.

»Die Wunde muss genäht werden«, befand Fräulein Hemmersbach.

»Holen Sie mir einen Spiegel«, bat Jane. Sie griff in ihre Schreibtischschublade, nahm ein Nähnecessaire heraus und eine Packung Streichhölzer. Über der Zündholzflamme desinfizierte sie die Nadel. »Würden Sie mir bitte den Spiegel halten.«

Es bereitete ihr zwar Mühe, sich selbst am Hinterkopf zu nähen, aber die einfachen Handgriffe hatte sie im Krieg gelernt. Sie biss sich von innen in die Wange. Derweil blickte die Deutsche in eine andere Richtung. Als sie fertig war, fragte sie Fräulein Hemmersbach: »Was hat sich bezüglich des Künstlers ergeben?«

Die Deutsche reichte ihr ein Blatt Papier mit lauter Fingerabdrücken und den dazugehörigen Namen. »Ich habe seine Abdrücke nur bekommen, weil ich mir von allen seinen Künstlerfreunden welche hab geben lassen. Seiwerts Abdrücke habe ich mit denen von der Mordwaffe verglichen. Fehlanzeige. Seiwert ist nicht der Mörder.«

»Bleibt uns als Verdächtiger nur noch Hanses«, sagte Jane, der das Denken schwer fiel, weil das Pochen zurückkehrte.

»Der kein Motiv hat, Luise zu ermorden.«

Jane räumte die Nähutensilien weg. »Ich bin sicher, wir finden etwas über ihn raus. Wollen Sie auch einen Tee?«

Jane goss sich eine weitere Tasse ein.

»Sie haben Alma erwähnt«, sagte Fräulein Hemmersbach. »Ihr haben Sie doch von Ihrem Verdacht gegenüber Hanses erzählt.«

»Ich habe ihr meinen Namen und meine Adresse genannt«, bestätigte Jane.

»Wir sollten uns mit ihr unterhalten«, sagte Fräulein Hemmersbach.

*

Laute Schreie drangen durch die Tür der »Gräfin von Selbs-Wittberg«. Magalie sah Miss Fairchild mit hochgezogener Augenbraue an, dann klopfte sie an die Tür.

»Frauen-Wohlfahrtspolizei. Alles in Ordnung da drinnen?«

Als sie hörte, wie die Schreie abbrachen und es im Zimmer vernehmlich raschelte, musste sie grinsen. Bald darauf öffnete sich die Tür, und ein Herr, der seinen Hut ins Gesicht gezogen hatte, drückte sich an Magalie und Miss Fairchild vorbei. Hinter ihm erschien die Gräfin, gänzlich nackt, die Arme in die ausladenden Hüften gestemmt und anscheinend nicht gerade bester Laune. »Was fällt euch ein, mein Geschäft zu stören? Wollt ihr mich ruinieren?«

Die selbst ernannte Adelige Alma gehörte zu der Sorte Frauen, die Magalies Mutter als liederlich bezeichnen würde. Sie hatte blondes Haar wie eine Leinwandgöttin, aber am Scheitel war die Farbe bereits herausgewachsen, was ihr ein ausgesprochen ungepflegtes Äußeres verlieh.

»Würden Sie sich bitte etwas überziehen«, sagte Miss Fairchild.

»Noch nie 'ne nackte Frau gesehen?« Sich am Bauch kratzend blickte Alma auf ihr Gegenüber. Magalie war klar, dass es auf einen Machtkampf hinauslaufen würde, den sie besser für sich entschieden, wenn sie aus der Dirne etwas entlocken wollten.

»Wir können Sie auch gleich zum Amtsarzt mitnehmen. Was

dauern kann. Vor dem späten Abend sind Sie nicht zurück im Schlösschen«, drohte sie.

Das zog. Mürrisch ging Alma ins Zimmer, kleidete sich in einen Morgenmantel und ließ sich auf die Matratze fallen. Sie zündete eine Zigarette an. Den Qualm blies sie in Richtung Magalie. Diese baute sich vor der Prostituierten auf, im Vertrauen darauf, dass ihre Körpergröße Respekt einflößte. Tatsächlich fing Alma an, mit ihrem Hinterteil auf dem Bett hin- und herzurutschen, während Magalie sie mit strengem Blick fixierte.

»Was ist denn?«, ging die Dirne in die Defensive.

Miss Fairchild trat neben Magalie. »Hast du jemandem von meinem Besuch vor zwei Tagen erzählt?« In ihrer Erregung wechselte sie vom höflichen »Sie« zum »Du«.

Alma zog hektisch an ihrer Zigarette. »Wieso sollte ich?«

»Hast du oder hast du nicht?« Die Stimme der Kollegin klang ungehalten.

»Weiß nicht. Vielleicht ist mir ein Wort rausgerutscht.«

»Wem gegenüber?«

»Hanses, dem Sittenpolizisten«, gab die Prostituierte zu.

Während sie Alma und das Schlösschen verließen, schwor Miss Fairchild, sich wie ein Spürhund an Hanses' Fersen zu heften. In Magalie stieg ein diffuses Gefühl von Angst auf. Sie verabscheute den Sittenpolizisten zutiefst, doch sie hatte immer einen Kriminellen als Mörder gesehen, nie einen Polizisten, einen Vertreter des Rechts. Die Richtung, die ihre Nachforschungen genommen hatten, war nicht gut, das spürte sie. Niemand würde ihnen dankbar die Hand schütteln, wenn sie einen aus den eigenen Reihen entlarven würden. Im Gegenteil. Nur zu gut erinnerte sie sich an die unmissverständliche Warnung Commandant Allens. Auch wenn sie der Gesellschaft eigentlich einen Dienst erwiesen und den Frauenmörder hinter Gittern brachten, konnte es gegen sie verwandt werden. Womöglich würde es sie ihre Arbeitsstelle kosten, und sie würde sich ins Heer der Arbeitslosen ohne Zukunft einreihen müssen.

»Vielleicht sollten wir an dieser Stelle mit unseren Nachforschungen aufhören«, merkte sie an.

Miss Fairchild blieb abrupt stehen. »Was?«

»Das Ganze droht uns zu entgleiten. Ich meine, wenn Hanses jetzt sogar Gewalt anwendet. Er hat in der Kirche bewiesen, zu welcher Brutalität er fähig ist.« Magalie nahm ihren Hut ab und wischte sich über die nasse Stirn.

»Gerade weil er zu weit gegangen ist, müssen wir weitermachen«, sagte Miss Fairchild. »Wenn wir jetzt feige kneifen, stellen wir ihm einen Freifahrtschein aus für weitere Vergehen und, wer weiß, für weitere Morde.«

Magalie schämte sich für ihr Zaudern.

*

Die Suppe schwappte über den Rand des Tellers auf die weiße Leinendecke, als das Dienstmädchen ihn abstellte.

Mit einer Handbewegung wischte Jane Hedwigs »Verzeihung« vom Tisch. Auf der Brühe befanden sich Fettaugen. In Janes Kopf schwammen schwere Gedanken, verstopften die Gehirngänge, verknoteten ihren Verstand.

»Mögen gnädige Frau die Vorspeise nicht?« Hedwig blickte missbilligend auf den unangerührten Suppenteller.

»Tut mir Leid«, erwiderte Jane. Gleich ärgerte sie sich über den entschuldigenden Ton, den sie dem Dienstmädchen gegenüber angeschlagen hatte. Schließlich erwies Hedwig ihr keine Gefälligkeit, sondern sie bezahlte sie dafür, ihren Wünschen zu entsprechen.

»Sie können nach dem Abendessen freinehmen«, schlug sie dem Mädchen nicht ohne Hintergedanken vor.

»Sehr wohl.« Hedwig räumte den Suppenteller ab und legte Jane ein Stück Braten mit Kartoffeln als Beilage vor. Sie begann, mit dem Messer etwas von dem Fleisch abzuschneiden, doch sie brachte es nicht über sich, davon zu essen. Ihr war übel, und sie fühlte sich unruhig. Es musste daran liegen, dass sie auf Jack wartete. Ihr ganzer Körper verlangte nach ihm, war von dem Wunsch nach seinen Berührungen so angefüllt, dass sie keinen Hunger, keine Müdigkeit und keine Hitze spürte.

Nachdem Hedwig den Rest des Abendessens abgetragen hatte, präsentierte Jane ihr den Hoover Handstaubsauger, den sie ihr zur Arbeitserleichterung gekauft hatte. Begriffsstutzig hielt das Dienstmädchen das Gerät, das an einen Dudelsack erinnerte, in den Armen.

»Damit du die schweren Teppiche nicht mehr alle nach draußen zum Ausschlagen schaffen musst. Du kannst den Dreck darauf einfach wegsaugen.«

»Sehr wohl«, antwortete Hedwig, deren Gesichtsausdruck andeutete, dass sie nichts verstanden hatte. Trotz Janes Freundlichkeit war sie spröde wie immer.

Eine Weile hörte Jane ihr zu, wie sie in der ans Esszimmer grenzenden Küche rumorte. Der Zeiger der Wanduhr bewegte sich unaufhörlich weiter. Ihr Fuß wippte auf und ab. Sie wollte nicht, dass Hedwig Jack über den Weg lief, deshalb ging sie in die Küche, wo das Mädchen dabei war, die Töpfe mit Scheuersand zu schrubben.

»Das kannst du morgen machen.«

Hedwig stierte auf das Geld, das Jane ihr reichte. »Geh in ein Tanzlokal, kauf dir eine Limonade und genieß den Abend.«

»Sehr wohl.« Noch immer machte das Mädchen keine Anstalten, die Küche zu verlassen, daher griff Jane nach dem Strohhut mit den billigen Stoffblumen, der an einem Haken an der Tür hing, und drückte ihn Hedwig in die Hand.

Sie sah dem Mädchen nach, wie sie das Haus verließ und um die Straßenecke verschwand. Gerade rechtzeitig, denn unmittelbar darauf lief Jack über die Gehplatten zur Tür. Jane umarmte ihn, berührte ihn, fühlte sich von ihm berührt, wusste nicht mehr, wo sie aufhörte und er anfing. Sie nahm seine Hand und führte ihn ins Wohnzimmer zum Sofa, dabei fingerte sie an den vielen kleinen Knöpfen ihrer Bluse herum. Das nächste Mal würde sie sich etwas anziehen, was leichter wieder auszuziehen war. Sie wollte sich hinlegen, da umfasste Jack sie von hinten. Er griff in ihre Haare, was ihr einen Schmerzensschrei entlockte.

»Ist was?«

»Nur eine Platzwunde. Mach weiter.« Jane wollte nicht länger warten. Mit einer Hand öffnete Jack den Stoffgürtel ihres Rocks, der die Beine hinunterrutschte und auf ihre Füße fiel. Nun zog er ihren Hüftgürtel und die Unterhose hinab und drang in sie ein. Der Druck auf ihren Hinterbacken, der rhythmisch zu- und abnahm, die fast schon aggressiven Bewegungen Jacks erregten Jane. Als er plötzlich innehielt und sich nach wenigen Sekunden von ihr löste, war sie enttäuscht. Sie drehte sich um, schlang ihm die Arme um den Hals und überdeckte sein Gesicht mit Küssen. Ihre nicht befriedigte Sehnsucht brachte sie dazu, ihn auch diesmal zu bitten, bei ihr zu bleiben.

»Ich kann nicht. Ich hab Spätdienst.«

»Tausch ihn! Verbring die Nacht bei mir.«

Er nahm ihre Hände von seinem Nacken und wandte sich ab. Sein nackter Hintern streckte sich ihr entgegen, als er sich nach seiner Hose bückte. Jane schloss schamhaft die Augen. Sie musste darüber lachen und öffnete sie wieder. Absichtlich lang wanderte ihr Blick über die sommersprossige Haut auf seinem Rücken und über den Union Jack, den er sich bei dem Tatauierer hatte stechen lassen. Lust überkam sie, ihn zu berühren. Vorsichtig streckte sie die Fingerspitzen nach ihm aus.

»Starrst du mich etwa an?«

Sie fühlte sich ertappt und zog die Hand zurück.

»Dann kannst du auch den Rest betrachten.« Jack drehte sich zu ihr um. Die Hose, die er bereits hochgezogen hatte, ließ er fallen. Sein Glied stand vom Körper ab. Sie starrte mit Verwunderung, Erregung und Befremden darauf. Erst jetzt fiel ihr die Tatauierung über dem Penis auf. Es war die blaue Zeichnung eines Pärchens. Der Mann hatte einen ebenso erigierten Penis wie Jack, den die Frau anfasste. Der Mann steckte der Frau einen Finger in die Vagina.

»Bist du etwa schockiert?« Jack griff nach ihr. Sie wich zurück. Ihr war der Stammfreier Luises eingefallen, der Engländer mit der ominösen Tatauierung über seinem Geschlecht.

DREIZEHN

Die Kreide, die kratzend über das Papier fuhr, gab zusammen mit den Grillen im Garten ein leises Konzert, während Magalie Lily erneut Modell saß. Es war ihr freier Tag in dieser Woche.

Die Künstlerin blickte immer wieder in ihre Richtung, dennoch hatte Magalie nicht das Gefühl, für sie wirklich anwesend zu sein. Das gab ihr Zeit, nachzudenken. Einen endgültigen Beweis dafür, dass Hanses Luises Mörder war, konnten nur seine Fingerabdrücke liefern. Diese zu erlangen hielt sie für ein unmögliches Unterfangen, zumal der Polizist offenbar Verdacht geschöpft hatte. Sie konnte ihm kaum mit ihrem Kunstwerk kommen.

Noch immer widerstrebte es ihr, Hanses als Mordverdächtigen zu betrachten, einzig und allein weil er Polizist war. Die Polizei sollte auf der Seite des Rechtmäßigen stehen. Natürlich wusste sie, dass auch Polizisten Fehler machen konnten. Oder war es etwa kein Fehler, die Frauen in Britannien daran zu hindern, für ihr Wahlrecht zu demonstrieren? Nicht immer waren Gesetz und Rechtmäßigkeit das Gleiche. Und Hanses irritierte sie. Seine Kontakte, die er zu den Prostituierten unterhielt, waren eindeutig unlauterer Natur.

Ein Schweißtropfen lief ihre Schläfe hinab. Trotz der Hitze im Atelier trug sie Uniform, da Lily sie unbedingt darin hatte porträtieren wollen. Sie prägte sich ein, wie ihre Hand in ihrem Schoß lag. Rasch wischte sie den Tropfen weg und saß wieder still. Dennoch hatte Lily die Bewegung bemerkt. Sie sah auf.

»Es ist zu warm«, entschuldigte sich Magalie.

Lily legte den Zeichenblock weg. »Wie unhöflich von mir, dich in dieser Montur sitzen zu lassen. Mach dich ruhig frei.«

Magalie zog die Jacke aus. Die Bluse darunter war am Rücken und unter den Achseln klitschnass.

»Häng sie zum Trocknen auf«, schlug Lily vor. Sie zögerte.

»Vom Haus aus kann dich keiner sehen.«

Magalie öffnete ihre Bluse und hängte sie über die Stuhllehne. Es war zwar eine Erleichterung, so frei dazusitzen, gleichzeitig war es ihr unangenehm, nur einen Büstenhalter zu tragen. Sie bemerkte, wie Lilys Augen über ihre nackten Schultern wanderten.

»Darf ich dich malen, wie du bist?«, fragte Lily.

Magalie wusste selbst nicht, warum, aber sie nickte. Lily trat zu ihrem Stuhl und rückte sie in die richtige Position für die Skizze, so wie sie es zuvor schon gemacht hatte. Da hatte Magalie die Uniform getragen. Jetzt strichen Lilys Finger über ihre Haut. Unter der Berührung erzitterte sie. Mit Erschrecken stellte sie fest, dass sie zuletzt vor fünf Jahren derartig gefühlt hatte, als sie ihm begegnet war und seine Hände auf ihrem Körper gespürt hatte.

Leise bat sie die Lily aufzuhören. Vergeblich. Lily strich weiter, bis aus der Berührung ein Streicheln wurde. Magalie hielt die Hand fest.

»Hast du nie daran gedacht zu heiraten, eine Familie zu gründen?«, wollte sie wissen.

»Warum sollte ich?«

»Weil es dem Wesen und den Bedürfnissen einer Frau entspricht.« Sie versuchte, die Unsicherheit aus ihrer Stimme zu verdrängen. Lautstark war das Zirpen der Grillen im Gras zu vernehmen.

»Wirklich?« Lily zog die Hand zurück. Sie nahm ihre Zeichenutensilien wieder auf. Während sie zeichnete, sagte sie: »Es entspricht auf jeden Fall nicht meinem Wesen. Ich bin ein Künstler, ein Erzeuger. Ich erschaffe meine Bilder, hauche ihnen Leben ein. Was bin ich anderes als ein Mann.«

Zu Magalies Erstaunen war Lily sichtbar überzeugt von dem, was sie sagte. Sie sah sich nicht als Frau.

»Aber der Körper, unser Körper, setzt uns natürliche Grenzen. Wir sind Frauen. Die Natur hat uns dazu geschaffen, Kinder zu gebären.«

Lily lachte. »Ich gebäre nicht. Wenn schon, dann begehre ich.«

*

Die ganze Nacht hatte Jane wach gelegen und gegrübelt. Auch der Morgen danach hatte keine Erleichterung gebracht. Der schreckliche Verdacht, einmal in ihr gesät, keimte auf. Sie musste wissen, ob Jack zu Luises Freiern gehört hatte.

Im Bordell schlugen ihr Schwüle und Feindseligkeit entgegen. Bei Janes Anblick stöhnte Alma auf.

»Ich hab alles gesagt. Es ist lästig.«

»Keine Sorge. Ich will mit Antonia sprechen«, sagte Jane. Alma wies in eine Ecke des überhitzten Salons, in der Antonia auf einem Sofa herumlungerte und eine Zigarette rauchte, die in einer langen Spitze steckte. Schlaff hing eine Federboa um ihren Hals. Das Kleid, das sie trug, war an ihren Schenkeln hochgerutscht und gab den Blick auf weiße Haut frei. Trotz der unerträglichen Raumtemperatur nahm Jane ihren Hut nicht ab, den sie aufgesetzt hatte, um ihre Kopfverletzung zu verbergen.

»Ich muss etwas von dir wissen«, erklärte sie Antonia. Ihr Zeigefinger fuhr über die Sofalehne und hinterließ eine Spur in der Staubschicht.

»Keine Uniform heute? Ist das was Offizielles oder privat?« Antonia gähnte. Ein Blick aus halbgeöffneten Augen streifte Janes Tageskleid mit dem Krägelchen aus Baumwollmusselin.

»Das weiß ich noch nicht«, antwortete sie wahrheitsgemäß. »Es geht um Luises Freier mit der Tatauierung.«

»Warum lassen Sie uns nicht einfach in Ruhe unsere Arbeit tun«, meldete sich Alma zu Wort. Jane hatte gar nicht gemerkt, dass die Prostituierte hinter sie getreten war.

»Oder macht es Ihnen besondere Freude, so intime Fragen zu stellen? Haben Sie sonst keine Beschäftigung?« Die Dirne war angriffslustig.

»Dürfte ich mich mit Fräulein Antonia bitte allein unterhalten!« Jane legte so viel Autorität wie nur möglich in ihre Stimme. Ihre Geduld war am Ende. Unwillkürlich wich Alma einen Schritt zurück, dennoch ließ sie es sich nicht nehmen hinzuzufügen:

»Von mir aus. Ist ja Ihre Sache, wenn Sie sich an unseren Geschichten aufgeilen. Ich frag mich nur, warum. Entweder sind Sie eine frigide alte Jungfer oder andersherum.« Ein triumphierendes Lächeln lag auf Almas Lippen, als sie sich umdrehte und davonging.

Noch vor wenigen Tagen hätte die Bemerkung der Dirne Jane

durcheinander gebracht. Nun schüttelte sie sie ab wie eine lästige Fliege. Sie griff in die Tasche ihres Kleides und zog eine unbeholfene Strichzeichnung hervor, die sie Antonia reichte. Die Prostituierte wirkte gelangweilt. Ungeduldig wartete Jane auf eine Reaktion. Endlich sagte Antonia:

»Das ist die Tatauierung von Luises Freier.«

*

Sie spazierten zu dem Nachtlokal, in das Lily Magalie auszuführen beabsichtigte. Im Dunkeln wimmelten die Straßen von sich in den Hüften wiegenden Frauen, liederlichen Mädchen und zwielichtigen Herren, die sich für einen Augenblick der Galanterie verschrieben hatten. An Magalies Seite stolzierte die Künstlerin in einem maßgeschneiderten Smoking. Hier, im Schutz der ausgelassenen Nacht, machte Magalie die exotische Aufmachung nichts aus. Sie selbst trug ein schlichtes Sommerkleid, das sie mit einer großen Seidenblume am Revers aufzufrischen versucht hatte.

»Sieh dir nur die Anzugjacken der englischen Offiziere an«, sagte Lily. »Sind sie nicht elegant?«

Statt des alltäglichen Waffenrocks trugen die Offiziere am Abend eine Art Smoking mit bunten Aufschlägen in den Farben ihres Regiments.

»Ich werde für uns auch solche Jacken schneidern lassen. Gleich morgen früh gebe ich sie in Auftrag.«

»Wen meinst du mit uns?«, fragte Magalie.

»Billy und mich.«

»Deine Puppe.«

»Mein Freund.«

Es war Magalie unangenehm, dass Lily von ihrer Puppe sprach, als sei sie ein Mensch.

»Wieso trägst du überhaupt Männerkleider?«

»Ich trage die Kleidung, die am besten zu mir passt.«

»Du bist so schön. Wie hinreißend würdest du erst in Kleidern aussehen.«

Die Künstlerin bedachte sie mit einem abfälligen Blick.

Als sie das Nachtlokal betraten, umfing sie Treibhauswärme. Zigarettenrauch mischte sich mit dem Geruch blumiger Parfüms. In ihrem ganzen Leben war Magalie noch nie zum Vergnügen in einem solchen Etablissement gewesen. Für ein junges Mädchen hatte es sich nicht geschickt, und später fehlte ihr die Gelegenheit dazu. Von dem erregten Rausch im Raum ließ sie sich mitreißen. Zahlreiche Spiegel an den Wänden, von goldenen Säulen eingefasst, vervielfachten und vergrößerten die Umgebung ins Endlose. Das Gemurmel der Amüsierwilligen verschmolz mit der Orchestermusik. Hinter ihr lachte jemand über eine Zote. Lily führte sie durch die wogende Menge zu einem freien Tisch und rückte einen Stuhl zurecht. Magalie sah sich um. Englische Soldaten schäkerten mit leichten Mädchen, weibliche Männer kicherten über ausladende Mannweiber. Damen und Dirnen waren nicht voneinander zu unterscheiden. In dieser Freitagnacht vergnügte sich eine Gesellschaft aus allen Schichten, von allen Lastern verdorben, wie sie feststellte. Lilys männliche Aufmachung war den meisten keinen zweiten Blick wert.

»Gefällt es dir?«, rief Lily ihr über den im Saal brodelnden Lärm zu.

»Es ist phänomenal.«

»Was möchtest du trinken?«

»Ein Gläschen Wein vielleicht«, sagte Magalie, die sich von der Atmosphäre bereits ganz trunken fühlte. Lily hielt einen Kellner an den Rockschößen seines Fracks fest und orderte Sekt.

»Das ist viel zu kostspielig«, wiegelte Magalie ab.

Lily legte eine Hand auf die ihre. »Ich will mich an der Nacht heute satt trinken.«

Um sie herum taten die anderen Gäste dasselbe. Ein Mann, dessen Schuhe von Wichse glänzten wie seine Stirn von Schweiß, kam auf ihren Tisch zu, verneigte sich und forderte Magalie zum Tanz auf. Sie lehnte ab.

»Wegen mir brauchst du nicht darauf zu verzichten«, sagte Lily. »Amüsier dich, wie du willst.«

»Ich bin nicht ganz in der Stimmung«, erwiderte Magalie. »Außerdem hat der Herr mir nicht gefallen.«

Weil das Orchester lautstark zu spielen begann, beugte sich

Lily zu ihr herüber, dabei schwoll eine Sehne an ihrem Hals an. Sie blies ihren warmen Atem auf Magalies Haut. »Wartest du immer noch auf den Richtigen, oder gefallen dir Männer im Allgemeinen nicht?«

»Zumindest ist mir seit langem kein Mann mehr begegnet, der mich gereizt hätte«, antwortete Magalie wahrheitsgemäß.

»Vermisst du die Liebe nicht? Sehnst du dich nicht nach einer liebkosenden Berührung?« Lily sprach heiser. Magalie rückte näher an sie heran, um sie zu verstehen. Blonder Flaum spross auf den Wangen der Künstlerin. Über ihrer Oberlippe bemerkte Magalie ein Muttermal, das ihr zuvor nicht aufgefallen war.

»Natürlich gibt es manche schlaflose Nacht, in der ich mir Liebe wünsche. Doch ich habe gelernt, lernen müssen, dass aus Liebe viel Unheil wachsen kann. Deshalb halte ich mich von Männern fern. Liebe umschließt einen zu sehr mit Fesseln. Wir Frauen sind schon durch unseren Körper und dessen Gebärfähigkeit eingeengt. Selbst wenn wir nicht lieben, kann der Beischlaf Folgen für uns haben.«

Durch dichte Wimpern fiel Lilys Blick auf sie. »Nicht der Beischlaf mit einer Frau.«

Magalie war heilfroh, als der Kellner endlich den Sekt an ihren Tisch brachte. Er schenkte ihnen zwei Kelche mit der goldenen Flüssigkeit ein. Das Glas klirrte beim Anstoßen. Sie nahm einen tiefen Schluck. Von ihren Lippen perlte ein Tropfen. Mit dem Finger wischte Lily ihn fort. Magalie beobachtete, wie um sie herum geküsst und geschmust wurde, und spürte eine längst verloren geglaubte Sehnsucht in sich aufsteigen.

Als Hedwig Mr. Longman ankündigte, schwindelte es Jane. Sie wollte das Dienstmädchen beauftragen, Jack wegzuschicken, doch es war zu spät, denn er stand bereits unten im Flur und hatte sie an der Tür zu ihrem Schlafzimmer erspäht. In der Hand hielt er einen Strauß gelber Rosen.

Sie atmete tief durch, bevor sie die Treppe hinabstieg, die Hand fest am Geländer. Mit seinem Jungenlachen strahlte er ihr entgegen. Von den Rosen, die er ihr reichte, ging ein intensiver Geruch aus.

»Meine Verehrung!«

»Danke!« Sie drückte die Blumen Hedwig in die Hand. Erwartungsvoll sah Jack sie an.

»Mr. Longman, ich fühle mich unpässlich«, sagte sie. Das war nicht einmal gelogen.

»*The roses need water.* Wasser«, wandte sich Jack an das Dienstmädchen. Hedwig knickste und verschwand in die Küche. Als die Tür hinter ihr ins Schloss gefallen war, legte Jack einen Arm um Janes Taille.

»Hab ich dir schon gesagt, wie gut dir die neue Frisur steht?«, murmelte er, die Nase in ihrem Haar verborgen. Jane waren seine Zärtlichkeiten, nach denen sie sich zuvor so gesehnt hatte, auf einmal unangenehm. Sie wollte sich aus der Umarmung befreien. Er ließ sie nicht los. Stattdessen fing er an, ihr Gesicht mit Küssen zu bedecken. Seine Zunge fuhr in ihren Mund, spielte an den Zähnen herum. »Ich will dich«, stöhnte er.

Die Berührungen ertrug sie nicht. Sie wehrte ihn ab.

»Komm schon. Den ganzen Tag hab ich nur an dich gedacht.«

»Ich habe Kopfweh.«

Er sah sie an. »Du willst mich verscheißern. Du bist doch sonst so wild darauf.«

»Jack, bitte, mir geht es nicht gut. Ich muss ins Bett.«

»Da komm ich mit«, versuchte er es noch einmal.

»Nein.«

Seine Augen verengten sich. »Was ist denn los mit dir?«

Sie spürte seine Gereiztheit und wollte ihn abwimmeln, gleichzeitig befürchtete sie, ihn gänzlich zu verlieren, wenn sie ihn wegschickte.

»Ich bin nicht die einzige Frau, mit der du schläfst«, brach es aus ihr heraus. Für einen Moment schien er verwundert, dann lachte er:

»Du bist eifersüchtig.«

Sie verschränkte die Arme vor der Brust und wartete auf eine Antwort. Er seufzte. »Du bist nicht die einzige Frau, mit der ich jemals geschlafen habe, das ist richtig. Aber du bist diejenige, mit der ich es jetzt tun möchte.«

»Du gehst zu Prostituierten.«

»Wie jeder Mann.«

»Kennst du eine Luise, auch Lulu genannt?«

Seine Überraschung war unübersehbar. »Ich kenne viele Huren. Mit keiner ist es was Ernstes, du brauchst dir keine Sorgen zu machen. Bei denen benutze ich ein Kondom. Und ich geh nur zu sauberen Frauen.« Wieder griff er nach ihr, drückte sich an sie.

»Ich will nicht.« Sie stieß gegen seine Brust.

»Stell dich nicht an.« Er umfasste ihre Handgelenke. Das tat weh. Mit einer Bewegung, die sie beim Jiu-Jutsu-Training gelernt hatte, machte sie sich los.

»Du gehst besser.«

»Ist das dein letztes Wort? Wenn ich jetzt gehe, kannst du mir gestohlen bleiben.«

Jane hatte nicht gewollt, dass die Situation derart eskalierte, doch sie wollte auch nicht, dass er noch eine Sekunde länger blieb. Stumm wies sie ihn zur Tür. Ihre Abfuhr schien ihn durcheinander zu bringen. Er schüttelte den Kopf, wurde rot, ging aber.

»Du bist so steif, dass du sogar beim Scheißen die Arschbacken zusammenkneifst.« Knallend fiel die Tür ins Schloss.

Janes Beine gaben nach. Mühsam schleppte sie sich in ihr Schlafzimmer und setzte sich aufs Bett. Sie begriff nicht, was soeben vor sich gegangen war. Der Krieg hatte die Männer nicht nur mit körperlichen Verstümmelungen entlassen. Selbst wenn sie äußerlich unversehrt waren, konnte ihr Geist verkrüppelt sein.

Es bereitete ihr Probleme, die kleinen Kugelknöpfe an ihrem Kleid zu öffnen, so zitterten ihre Hände. Sie bereute es, sich mit Jack eingelassen zu haben. Und nicht nur das, sie hatte ihm auch vom Mord an Luise erzählt und davon, dass sie einem Hinweis nachgehen wollte. Er wusste von dem Treffen mit dem Unbekannten, von dem Ort und von der ungefähren Uhrzeit. Hektisch werkelte sie an den Knöpfen herum, dabei riss einer ab und fiel zu Boden. Es klirrte leicht. Das Geräusch erinnerte sie an etwas. Sie dachte nach, kam jedoch nicht darauf.

Als sie sich entkleidet hatte, legte sie sich auf die Seite. Auf dem Rücken konnte sie wegen der Kopfverletzung nicht schlafen. Jane tastete nach dem Schalter und löschte das Licht der Nachttischlampe. In diesem Moment erinnerte sie sich. Als sie in der Kirche aufgewacht war, hatte sie etwas in der Hand gehalten. Diesen Gegenstand musste sie finden. Aber erst morgen. Um nichts in der Welt wollte sie die Kirche ein weiteres Mal bei Nacht betreten.

Lily saß so nah bei ihr, dass ihre Körper sich berührten. Auf Magalies Unterarmen stellten sich die feinen Härchen auf. Sie fühlte sich angenehm beschwingt. Das rauschhafte Treiben um sie herum hatte sie in eine leichtsinnige Stimmung versetzt. Sie erkannte sich selbst nicht wieder, als sie darüber lachte, wie eine aufgedonnerte Frau einem Herrn, der sie mit seinem Schnurrbart an der Wange kitzelte, die Geldbörse aus dem Jackett zog. Sie griff nicht ein. Sollte der Mann doch für sein Vergnügen bezahlen.

Magalie griff nach der Flasche, die sich als leer entpuppte. Sogleich orderte Lily eine weitere. Zum wiederholten Male stießen sie an, wisperten einander Bemerkungen über die anderen Gäste ins Ohr. Wie zufällig streiften sich ihre Hände, wenn sie ihre Gläser an die Lippen führten.

Die Stimmen und das Gelächter der tanzenden Menge verbündeten sich mit der Musik des Orchesters. Der Klangteppich umhüllte Magalie, stieg ihr zu Kopf und vertrieb jeden Gedanken an eine Welt und Zeit außerhalb des Lokals. Lily nahm Magalies linke Hand in die ihre und hauchte einen Kuss auf jede Fingerspitze. Magalie entzog sich ihr nicht. Nie zuvor war ihr eine Frau schöner, begehrenswerter erschienen als die Künstlerin, deren Augen im Licht der Kronleuchter mit einer geheimnisvollen Kraft strahlten. In diesem Augenblick wünschte sie nirgendwo sonst zu sein, mit niemand anderem an ihrer Seite.

Lily holte ein silbernes Döschen aus ihrer Tasche und klappte den Deckel auf. Etwas Weißes kam zum Vorschein. In das Pulver tauchte die Künstlerin einen winzigen Löffel, den sie an ein Nasenloch führte. Nachdem sie geschnupft hatte, breitete sich ein Lächeln auf ihrem Gesicht aus. Erneut tauchte sie den Löffel in die Dose, die, wie Magalie gewahr wurde, Kokain enthielt. Lily bot ihr davon an. Sie lehnte ab.

Lily sah enttäuscht aus. »Ein bisschen Medizin, um die Nacht noch schöner werden zu lassen.«

Etliche weitere Male setzte Lily den Löffel an ihre Nasenlöcher. Mit einem Seufzen lehnte sie sich dann zurück, streichelte über Magalies Arm und bekannte: »Es gibt keine reichhaltigere Nahrung für einen Künstler. Du solltest sehen, wie sich deine Perspektive durch die feinen Kristalle verändert. Eben hast du an dir und deinem Talent gezweifelt, plötzlich weißt du, dass nur du es kannst und sonst kein anderer.«

»Ich finde, Alkohol hat eine ganz ähnliche Wirkung«, sagte Magalie.

»Alkohol macht einen stupiden Rausch. Kokain hingegen ist Nahrung für das Genie.«

»Es macht abhängig, und es ist verboten«, erwiderte Magalie.

»So viel ist verboten, was menschlich ist. Wart's ab, morgen verbieten sie dir das Essen, weil du nicht davon lassen kannst.« Lilys Stimme wurde sanft. »Du bist eine faszinierende Frau, wenn du nur nicht so voller Anstand wärst.« Magalie lächelte.

»Wie wär's, wenn du deine ganzen bürgerlichen Regeln einmal vergessen würdest. Gib dich dem Augenblick hin.«

»Das kann ich nicht.«

»Du willst nicht«, brauste Lily auf. Magalie rückte von ihr ab. Auf einmal bemerkte sie hinter Lilys Kopf die Risse unter dem aufgetragenen Gold der Säulen, die Gips offenbarten.

»Das Leben besteht aus mehr als aus Augenblicken«, erklärte sie.

»Ja, aus viel mehr. Aus wahrer Liebe, aus Selbstaufgabe für die Kunst und aus Verschmelzung mit dem Universum. Etwas, was du nie erfahren wirst, weil du dich selber gefangen hältst in deiner armseligen Welt.« Die Lautstärke, mit der Lily dies hervorbrachte, erschreckte Magalie.

»Ich möchte gehen.« Sie stand auf. Ohne darauf zu achten, was die Künstlerin tat, schlängelte sie sich durch die Menschenmassen zum Ausgang. Jetzt sah sie den schäbigen Flitter verlogenen Glücks. Frauengelächter aus monströs aufgerissenen Mündern schallte in ihren Ohren. Der Rhythmus der Musik klang pöbelhaft. Sie taumelte nach draußen. Über dem Eingang warf das Licht der Laternen harte Schatten. Sie hielt sich an einem Geländer fest. Die Menschen, die an ihr vorbeidrängten, wirkten in dem bleichen Licht hässlich wie abgeschminkte Schmierenschauspieler. Der nervöse Rausch von Sekt und Wein war dummer Trunkenheit gewichen. Es bereitete ihr Mühe, geradeaus zu gehen.

»Warte!« Lily kam ihr nach und hielt sie am Arm fest. »Bitte warte.« Magalie blieb stehen.

»Es tut mir Leid, ich wollte nicht, dass der Abend so endet«, sagte Lily. »Das ist doch noch nicht das endgültige Aus, oder?«

Langsam schüttelte Magalie den Kopf.

*

Jane fühlte sich elend, als sie mit Fräulein Hemmersbach ihre Patrouille antrat. Auf einmal hätte sie einiges für ein, zwei Tage der Routine gegeben, die sie in London so langweilte. Tatsächlich hatte sie nach dem Aufwachen überlegt, ob sie einfach nach Hause fahren sollte. Dann aber war ihr klar geworden, dass sie ihre Probleme unweigerlich im Gepäck mitnehmen würde.

Sie blickte zu Fräulein Hemmersbach, unter deren Augen schwarze Ringe prangten. Jane fragte nicht nach dem Grund. Zu sehr war sie damit beschäftigt, sich zu überlegen, wann sie zu Sankt Maria im Kapitol gehen konnte, um dort nach dem zu suchen, das ihr aus der Hand gefallen war. Sie hoffte, darüber Gewissheit zu erlangen, ob Jack etwas damit zu tun hatte. Zum Glück endete ihr Dienst bald.

Ein Auto hupte mehrmals. Sie starrte auf die Straße, die ein Blinder langsam tastend überquerte. Plötzlich blieb er mit seinem Stock in einer Straßenbahnschiene hängen und stürzte. Das Klingeln der Straßenbahn kündigte das drohende Unglück an. Jane hastete zu dem Blinden. Gemeinsam mit Fräulein Hemmersbach zog sie ihn vom Pflaster auf den Bürgersteig. Gerade noch rechtzeitig. Die Straßenbahn ruckelte an ihnen vorbei. An den Fenstern gafften die Fahrgäste mit enttäuschten Mienen, dass nichts Aufregendes geschehen war.

»Was ist passiert?« Der Blinde wirkte konfus. Bei seinem Sturz hatte er sich Abschürfungen am Handgelenk zugezogen, aus denen Blutstropfen sickerten. Sie erklärte ihm den Hergang.

»Das Hupen des Automobils hat mich abgelenkt«, erwiderte der Mann. »Sonst orientier ich mich nach dem Gehör, aber in den letzten Jahren ist alles so laut geworden in der Welt.«

»Wir bringen Sie besser nach Hause«, schlug Fräulein Hemmersbach vor. Der Blinde nannte ihnen seine Adresse. Es war das Haus, in dem Luise gewohnt hatte. Jane erkannte ihn. Sie hatten bereits mit ihm gesprochen.

Sie hakte den Mann auf der einen Seite unter, Fräulein Hemmersbach auf der anderen, den Stock trug sie unter den Arm geklemmt. So halfen sie ihm nach Hause. An der Haustür fragte Jane, ob sie die Deutsche mit ihm alleine lassen könne, sie müsse ins Headquarter, um einen Bericht zu verfassen. Zu ihrer Erleichterung nickte Fräulein Hemmersbach.

Magalie sah Miss Fairchild nach, die mit schnellen Schritten davoneilte. Die Patrouille konnte sie auch alleine fortsetzen. Ihr war sowieso nicht nach Unterhaltung zumute. Seit letzter Nacht fand sie ihr Leben seltsam leer. Sie würde nicht noch einmal ein Nachtlokal besuchen. Diese Art von Ablenkung und Vergnügen war nicht für sie geeignet. Es brachte sie vom eigentlich Wichtigen ab, vom Alltag und der Arbeit. »Müßiggang ist aller Laster Anfang«, zitierte ihre Mutter immer wieder gern. Magalie wusste ihre Pflicht zu erfüllen. Dennoch musste sie an die Anziehungskraft denken, die von der Künstlerin ausging.

»Ab hier komme ich allein klar, Fräulein«, meldete sich der Blinde zu Wort.

»Ich bringe Sie auf jeden Fall in Ihre Wohnung«, sagte Magalie.

An der Wohnungstür blieb sie stehen. »Haben Sie jemanden, der sich um Sie kümmert?«

»Frau Pelzer sieht ab und an nach mir und kauft für mich ein.«

»Soll ich sie bitten herzukommen?«

Der Blinde lauschte. Weiter unten auf der Treppe waren Schritte zu hören.

»Nicht nötig«, meinte er. »Da ist sie.«

Erstaunt fragte Magalie: »Woran merken Sie denn das?«

»Ihre Schritte sind besonders schwer. Sie trägt die Last ihres Lebens mit sich«, erklärte der Blinde. »Ich erkenne alle Schritte wieder, auch wenn ich sie nur einmal gehört habe. Das ist so, wie Sie etwas einmal sehen und sich beim zweiten Mal daran erinnern.«

Tatsächlich kam Frau Pelzer, die sie bereits mit Miss Fairchild befragt hatte, die Treppe hoch. Magalie verabschiedete sich. Sie wollte zu Hanni.

Im Dachgeschoss klopfte sie an. Niemand antwortete ihr. Sie klopfte erneut. Nichts. Als sie die Klinke herunterdrückte, fand sie die Tür unverschlossen.

Der Geruch, der aus dem Zimmer strömte, weckte unangenehme Erinnerungen in ihr. Sie stieß die Tür ganz auf und trat ein. Vor das Fenster war der Vorhang gezogen, sodass sie kaum etwas erkennen konnte. Jemand lag zusammengerollt auf einem der Betten. Sie schob den schmutzigen Fetzen Stoff vor dem Fenster zurück und öffnete es. Im spärlichen Licht erkannte sie Hanni auf dem Bett. Ein bedrohliches Brummen lag in der Luft. Sie rüttelte an der Schulter der Dirne. Nichts regte sich. Magalie sah auf das Bettlaken herunter. Hanni lag in einer Lache aus Blut. In den schwarzen Schatten auf ihrem Unterleib kam Bewegung. Ein Schwarm Fliegen flog auf.

VIERZEHN

Die Sonnenstrahlen, die durch die bemalten Glasfenster drängten, warfen bunte Flecken auf die Steinplatten zu Janes Füßen. Trotzdem vermochte sie die Furcht nicht abzuschütteln, die Sankt Maria im Kapitol bei ihr auslöste. Nur zögernd näherte sie sich der Stelle, an der sie niedergeschlagen worden war. Ein Geräusch ließ sie herumfahren. Aus den Augenwinkeln nahm sie eine dunkle Gestalt wahr. Ihr Herzschlag setzte aus. Dann erkannte sie, dass es nur ein altes Mütterchen war, das ihr freundlich zunickte, bevor sie zu beten anfing. Auch wenn die zerbrechliche Alte keinerlei Schutz darstellte, beruhigte ihre Anwesenheit Jane ungemein. In diese Ecke der Kirche drang wenig Licht, daher ging sie in die Hocke und tastete mit den Händen. Außer Dreck und einem Stückchen heruntergetropftes und erhärtetes Wachs fand sie nichts. Sie suchte die weitere Umgebung ab. Als sie den Kopf hob, sah sie, wie die Alte sie anstarrte. Vage erklärte sie:

»Ich habe was verloren.«

Das Mütterchen gab sich damit zufrieden.

Bald brach Jane ihre Suche ab. Sie setzte sich auf die vorderste der Holzbänke. Vielleicht hatte jemand den Gegenstand, von dem sie nicht wusste, was es war, vor ihr gefunden. Auf jeden Fall war es eine verpasste Gelegenheit. Ihre Kopfschmerzen meldeten sich erneut. Sie betrachtete das Licht, das durch das Kirchenfenster fiel und sich auf den Steinplatten ausbreitete. Etwas blitzte darin auf. Sie kniete sich hin und nahm dieses Etwas in die Hand. Es war ein polierter Messingknopf mit einer eingravierten Krone.

Hannis kleine, weiße Hand fühlte sich an, als gehöre sie einer Porzellanpuppe. Magalie saß neben ihr auf dem Bett und hielt die Hand in der sinnlosen Hoffnung, mit der Wärme ihres Körpers dem Mädchen das Leben zurückzugeben. Dieses Mal jedoch war der Tod nicht aufgeschminkt und die Kälte der Haut nicht durch nasse Tücher hervorgerufen. Dieses Mal war der Tod so real wie der Lärm der Straße, der von draußen ins düstere Zimmer drang.

Kinder schrien und lachten mit einer Freude an ihrem ärmlichen Leben, die in Magalies Ohren gellte. Sie wollte aufstehen und das Fenster schließen, aber dann hätte sie Hannis Hand loslassen müssen. Sie konnte das Mädchen nicht alleine lassen. Stattdessen begann sie, eine Melodie zu summen, wie um Hanni in den Schlaf zu wiegen, den sie längst schlummerte und aus dem sie niemals wieder erwachen würde. Es war die Melodie, die sie ihrem Sohn vorgesummt hatte, obwohl auch er sie nicht hatte hören können. Tot war er auf die Welt gekommen, ein winziger, grauer Leichnam. Ihre Tränen um Hanni mischten sich mit den Tränen um ihr Kind.

*

Zwischen den Fingern drehte sie den Messingknopf hin und her. Jane saß auf dem Sofa im Salon. Die Kanne mit Tee auf dem Beistelltischchen hatte sie nicht angerührt, ebenso wenig die frisch gebackenen Scones. Angewidert sah sie zu, wie sich die Butter darauf mehr und mehr verflüssigte. Die Kresse auf den Sandwichs welkte vor sich hin. Sie hatte den ganzen Tag schon keinen Appetit gehabt. Allein der Gedanke an Essen bewirkte, dass ihr Magen revoltierte. Das Einzige, was sie in regelmäßigen Abständen zu sich nahm, war Wasser; dennoch fühlte sich ihre Zunge pelzig an. Als sie die Türklingel hörte, war sie zu schwach, um zu reagieren.

Hedwig kündigte Fräulein Hemmersbach an, die hinter dem Dienstmädchen im Zimmer auftauchte. Ihr sonst gut durchblutetes Gesicht war erstaunlich blass. Eigentlich hatte Jane sich entschuldigen lassen wollen, jetzt winkte sie sie zu sich. Bevor sich Fräulein Hemmersbach in einen Sessel fallen ließ, stieß sie atemlos hervor:

»Hanni ist tot.«

»Ermordet?«

Fräulein Hemmersbach schüttelte den Kopf. »Hab ich zuerst gedacht und Kommissar Neumann geholt, aber der hinzugezogene Arzt meinte, dass sie an inneren Blutungen gestorben ist. Wahrscheinlich wegen der Abtreibung.«

Jane wusste keine Antwort. Sie brauchte Zeit, um das Gehörte zu verarbeiten. Laut und deutlich war das Ticken der Wanduhr zu vernehmen. Sonst geschah nichts. Schließlich erhob sich Fräulein Hemmersbach.

»Ich geh dann mal.«

Jane spürte die Hilflosigkeit. »Wollen Sie nicht noch was trinken oder essen?«

»Ich hab keinen Hunger.« Gebeugt wie eine alte Frau ging die Kollegin zur Tür.

»Sie können nichts dafür«, sagte Jane. Fräulein Hemmersbach blieb stehen und sah sie an. In ihrem Blick lag Schmerz.

»Wenn Sie diese Nacht vielleicht hier bleiben wollen«, bot Jane ihr an.

»Danke, ich muss nach Hause.«

Sie hatte noch nie danach gefragt, in was für Umständen Fräulein Hemmersbach lebte. »Wartet da jemand auf Sie?«

»Meine Mutter.«

»Vielleicht möchten Sie ihr was von dem Gebäck mitnehmen.« Jane kam sich schrecklich dumm vor, als sie das sagte, doch Fräulein Hemmersbach nickte.

Während sie die Scones in eine Serviette einwickelte, bemerkte sie den Messingknopf, den sie bei Fräulein Hemmersbachs Erscheinen auf dem Tisch abgelegt hatte. Sie überlegte, ihr von ihrem Verdacht gegenüber Jack zu erzählen, entschied sich aber dagegen. Es war ein viel zu delikates Thema. Mit diesem Problem musste sie allein fertig werden, so wie Fräulein Hemmersbach mit ihren Schuldgefühlen wegen Hanni.

»Dann sehen wir uns morgen im Dienst«, sagte Jane zum Abschied. Die Kollegin ging zur Tür. Dort blieb sie abrupt stehen.

»Ich habe die ganze Zeit vergessen, etwas zu erzählen. Es ist vielleicht wichtig. Luise hatte Syphilis.«

Jack hatte mit ihr verkehrt. Vielleicht hatte er sich angesteckt trotz seiner Beteuerung, ein Kondom benutzt zu haben, und wenn er erkrankt war, war sie es womöglich auch. Janes Schläfen pochten, und sie spürte das dringende Bedürfnis, sich zu übergeben.

*

Die Wärme des hereinbrechenden Sonntages erfüllte die Küche, als Magalie aufwachte. Sie musste daran denken, dass Hanni nie wieder Hitze oder Kälte würde empfinden können. Sie beschloss, gar nicht erst aufzustehen, sondern sich krankzumelden. Ein hartnäckiges Klopfen an der Wohnungstür durchkreuzte ihren Plan. Sie raffte sich auf und öffnete, was sie sogleich bereute. Frau Reiners stand vor ihr. Für die Begegnung mit der resoluten Hauswirtin fühlte sie sich nicht gewappnet. Mit einem missbilligenden Blick auf Magalies Nachthemd bemerkte Frau Reiners:

»Wenn ich doch nur so lange schlafen könnte. In meinem Alter geht das ja leider nicht mehr.«

»Was möchten Sie?«

Die Vermieterin reichte ihr ein in Papier eingewickeltes Stück Fleisch. »Aus der Eifel.«

Magalie wog mit der Hand das Gewicht. »Das ist alles?«

Sie hatte mit weit mehr Ausbeute gerechnet, als sie Frau Reiners die Brosche und die Halskette gegeben hatte, um sie gegen Lebensmittel einzutauschen. »Der Schmuck war sehr viel wert. Mein Vater hat ihn meiner Mutter zum fünften Hochzeitstag geschenkt.«

»Mehr ist nicht. Die Bauern werden mit Schmuck nur so überhäuft. Im Kuhstall lagern feinste Teppiche, und die Mägde melken das Vieh mit dicken Klunkern an den Fingern. Vielleicht gäb's ja was mehr für die Uhr da.« Sie zeigte auf Magalies Taschenuhr, die auf der Kommode im Flur lag.

»Die ist von meinem Vater, die geb ich nicht her.«

»Wer sich Sentimentalitäten leisten kann …« Frau Reiners verschwand die Treppe hinunter. Magalies Laune war schlechter als zuvor. Sie hatte das Wenige, was sie noch besaß, gegen höchstens zwei Mahlzeiten eingetauscht, und die Bauern und Frau Reiners profitierten von ihrer Not. Das waren nicht die Einzigen. Täglich berichteten die Zeitungen von Gerichtsverfahren gegen Preistreiber und Wucherer. Wie viele gingen dann erst den unsauberen Geschäften völlig unbehelligt nach? Kein Wunder, dass es überall zu Krawallen und Plünderungen kam. In nur zwölf Tagen war der Preis für einen Liter Milch auf hundertvierundsechzigtausend Mark gestiegen.

»Bringst du mir mein Frühstück?«, rief die Mutter aus ihrem Zimmer.

Magalie ging zurück in die Küche. Sie warf einen bedauernden Blick auf das Bett. Das Fleisch legte sie in einen Kochtopf, um Brühe daraus zu kochen. Braten konnte sie es nicht, weil ihr das Fett fehlte. Als Nächstes setzte sie heißes Wasser für einen Kaffee auf.

Es klopfte wieder. Sie erwartete die Hauswirtin, die vergessen hatte, eine Mieterhöhung anzukündigen. Stattdessen war es Lily.

»Du?« Sie schämte sich ihres ungewaschenen Äußeren.

»Es war gar nicht so leicht, deine Adresse herauszubekommen. Ich habe Kuchen mitgebracht.«

Magalie wusste nicht, wie sie sich verhalten sollte.

»Wie wär's, wenn du mich hereinbitten würdest«, sagte Lily. Genau das hatte Magalie nicht vor. Doch bevor sie sie wegschicken konnte, erschien ihre Mutter in ihrem verschlissenen Morgenmantel im Flur.

»Haben wir Besuch?« Unverhohlen musterte sie Lily. »Aber Magalie, du darfst doch einen so sympathischen Verehrer nicht einfach vor der Tür stehen lassen. Wofür habe ich dir Manieren beigebracht.«

Bevor sie erklären konnte, dass es sich bei Lily nicht um einen Herrn handelte, trat diese in die Wohnung.

»Gnädige Frau, ich danke für die freundliche Einladung.«

Mit einem vornehmen Lächeln schickte die Mutter Magalie in die Küche zum Kaffeeholen. »Und zieh dir was Nettes an.«

Dann ergriff sie Lilys Arm und führte sie in ihr Zimmer. Seufzend fragte sich Magalie, wie viele Höllenmartern ihr dieser Tag noch bescheren würde.

Jane saß in der Amtsstube im Hauptbahnhof. Sie war froh, dass niemand da war und sie ungestört in einer Aufklärungsbroschüre über Geschlechtskrankheiten lesen konnte, die die Frauen-Wohlfahrtspolizei für gewisse Fälle bereithielt. Sie blätterte zu den Symptomen der Syphilis vor. Im Falle einer Ansteckung trat nach sieben bis elf Wochen Hautausschlag auf ebenso wie Halsentzündung, Erkrankungen der Augen, der Knochen und

Gelenke und der Hirnhaut. Dies äußerte sich durch Kopfschmerzen.

Sie sah von ihrer Lektüre auf. Das Pochen in ihrem Schädel war wieder da. Angsterfüllt las sie weiter. »Bald sehen wir Flecken am Körper, bald Knötchen, bald kleine Geschwüre, bald himbeerartige Wucherungen.«

Im Spiegel über dem Handwaschbecken besah sie sich ihre Augen, die ihr ein wenig rötlich vorkamen. Die Haut wirkte hell wie immer, doch da entdeckte sie auf der Wange einen Fleck, der womöglich das erste Anzeichen eines Ausschlags sein konnte. Sie öffnete den Mund und versuchte, sich in den Rachen zu blicken, konnte aber nichts erkennen. Weil ihr schwindelte, setzte sie sich wieder hin. Kalter Schweiß stand ihr auf der Stirn. Gegen den inneren Widerstand griff sie erneut nach der Broschüre.

»Tritt die Krankheit erst einmal ins zweite Stadium über, ist eine Heilung viel schwieriger«, stand dort. »Die Ausbrüche der Syphilis pflegen sich bei normalem Verlauf mehrfach zu wiederholen. Es gibt Intervalle und Pausen von mehreren Wochen und Monaten, in denen die Kranken sich ganz wohl fühlen, dann tritt plötzlich Kopfschmerz auf, die Kranken werden müde, frösteln. Die Syphilis ist heilbar, wenn der Kranke nicht zu spät zum Arzt kommt.«

Sie schlug das dünne Heft zu. Auf dem Titelbild war die Syphilis als nackte Frau dargestellt. Neben Angst spürte Jane Ärger in sich aufsteigen. Frauen wurden als ansteckend bezeichnet, die Männer hingegen als angesteckt, aber in ihrem Fall hatte eindeutig nicht sie die Krankheit weitergetragen.

Als Magalie wenig später in ein Sommerkleid geschlüpft war und mit dem Ersatz-Kaffee das Zimmer ihrer Mutter betrat, plauderten Lily und die Mutter angeregt. Der ganze Besuch kam Magalie wie eine Groteske vor. Die Mutter verhielt sich, als hätte sie einen richtigen Salon, um Gäste zu empfangen, dabei wirkten die Möbel abgenutzt, die Tapete im Raum war über und über mit Fliegendreck besprenkelt, und alles roch schal.

»Wissen Sie, Magalie ist eine ganz wundervolle Tochter, wie sie den Haushalt führt und wie sie kochen kann.« Vertraulich legte die Mutter Lily eine Hand auf den Arm. Diese zwinkerte Magalie zu, als sie den Kaffee eingoss.

»Ich würde sie ja nur sehr ungern hergeben, wenn sie einmal heiratet«, fuhr die Mutter fort. »Übrigens kann sie sich vor Angeboten gar nicht retten. Es ist bislang nur nicht der Richtige dabei gewesen.«

Die Mutter spielte Kupplerin, weil sie einfach nicht begriff, dass es sich bei Lily um eine Frau handelte. Angesichts dieser Absurdität brachte Magalie ein Lachen zustande. Sie beschloss, ihrer Mutter einen Denkzettel zu verpassen.

»Wir müssen noch die nächste Stunde ausmachen, in der ich Modell sitze«, sprach sie Lily an.

»Modell?« Die Mutter klang verwirrt.

»Herr Delarue ist Künstler, Mama. Kein besonders erfolgreicher, aber äußerst talentiert. Du würdest seine Bilder lieben. Sie sind sehr modern!«

Was auch immer die Mutter von dem angeblichen Herrn erhofft hatte, ein Künstlerdasein war es sicher nicht. Schlagartig endete ihre Plauderei. An Lily richtete sie kein Wort mehr; den mitgebrachten Kuchen verschmähte sie trotzdem nicht.

Allmählich schien auch Lily den Spaß an der Situation zu verlieren. Sie verabschiedete sich von der Mutter, die sich ein höfliches Lächeln abquälte. Magalie brachte sie in den Flur.

»Was sollte dieses Theater?«, flüsterte sie. Anstelle einer Antwort nahm Lily ihre Hand und küsste sie. Als die Lippen Magalies Haut berührten, begann ihr Herz wild zu schlagen. Sie verspürte das Verlangen, den Kuss mit ihrem Mund zu erwidern.

»Magalie, ist der Herr weg?«, rief die Mutter.

»Bis bald.« Lily ging. Magalie war erleichtert darüber. Ihr Leben war zurzeit schrecklich verworren, wie ein Wollknäuel, mit dem eine Katze fangen spielte. Sie musste es Schritt für Schritt entwirren. Dafür hatte sie sich auf das Wesentliche zu konzentrieren. Der Anfang und das Ende von allem war die Suche nach Luises Mörder.

*

Obwohl es ihr auf das Heftigste widerstrebte, machte sich Jane am Montag zu Jacks Soldatenunterkunft auf. Über einen Kameraden ließ sie ihn auf die Straße bitten. Als er auf sie zutrat, sah er feindselig aus. Mit Scham erinnerte sie sich an die schroffen Worte, die er ihr zuletzt entgegengeschleudert hatte.

»Haben Madame es sich wieder einmal anders überlegt?« In Jacks Stimme schwang Sarkasmus mit. »Du kriegst wohl nicht genug von mir, was!«

»Ich wollte dir zurückbringen, was du bei mir verloren hast.« Als sie ihm den Messingknopf mit schweißnassen Händen gab, beobachtete sie sein Gesicht.

»Mir gehört er nicht.« Er reichte ihr den Knopf zurück. Sie fragte sich, ob er sie anlog.

»Dann muss er wohl von einem Lieferanten sein.« Unschlüssig, wie sie sich verhalten sollte, blieb sie vor Jack stehen. Er grinste sie an, aber es war nicht das jungenhafte Lachen, das sie an ihm so fasziniert hatte, sondern strotzend von Gehässigkeit.

»Glaubst du wirklich, du kannst mit so einem fadenscheinigen Vorwand hier antanzen, und alles ist wieder gut, und der liebe Jack besorgt es dir?«

»Ich weiß nicht, wovon du sprichst«, stammelte sie.

»So einfach mach ich es dir nicht.«

»Es tut mir Leid, ich ...« Blut schoss ihr in den Kopf.

»Weiter. Das reicht nicht.«

Fassungslos drehte sich Jane um und eilte davon.

»Du wirst darum betteln müssen«, rief Jack ihr hinterher.

»Aktuelle Abendausgabe des Stadt-Anzeigers. Reichskanzler Cuno zurückgetreten!« Die Stimme des Zeitungsjungen überschlug sich in seinem Eifer, seine papierne Ware an den Käufer zu bringen.

»Ich hätte gern eine«, sagte Magalie zu dem sommersprossigen Knaben.

»Macht zwölftausend Mark.«

Innerhalb von vierzehn Tagen hatte sich der Preis der Zeitung vervierfacht.

Der Zeitungsjunge steckte das dicke Bündel Scheine, das Magalie ihm in die Hand drückte, ein. Sofort pries er dem nächsten Passanten das Blatt an: »Ganz frisch gedruckt. Neuste Nachrichten. Cuno nicht länger Reichskanzler.«

Auf dem Weg zum Spätdienst überflog Magalie die Überschriften. Stresemann war nach dem Rücktritt Dr. Cunos mit der Bildung eines Kabinetts der Großen Koalition beauftragt worden. Sie fragte sich, ob dies wirklich half, die Lebensumstände im Land zu verbessern. Solange der Widerstand gegen die Ruhrbesetzung anhielt, zweifelte sie daran.

Aus einer übel aussehenden Spelunke kehrte die Putzfrau den Dreck in den Bordstein und mit ihm ein Paar, das sich lautstark stritt.

»Du nutzloses Stück Dreck, versäufst alles Geld«, keifte die Frau.

»Was sonst, wo meine Frau 'ne versaute Schlampe is'.«

Der Mann, der sich kaum auf den Beinen halten konnte, holte mit der Faust aus und schlug der Frau ins Gesicht.

»Du Sohn von 'ner Hure!«, heulte sie auf und biss ihm in die Nase, woraufhin er wie ein Säugling zu jammern begann.

»Jetzt nehmen Sie doch Vernunft an.« Magalie ging dazwischen.

»Was is 'n das für'n Weib?« Der Säufer wollte ihr einen Schlag versetzen. Ohne große Mühe wich Magalie ihm aus und hielt seinen Arm fest.

»Schluss jetzt! Sie hören sofort auf, Ihre Frau zu schlagen.«

Da zog eben diese Frau an ihren Haaren. Es dauerte eine Weile, bis sich Magalie ihrer entledigt hatte. Missmutig überließ sie das Paar sich selbst, das sich auf einmal prächtig zu verstehen schien. Die Woche fing ja gut an.

Sie musste daran denken, dass aus der Liebe zwischen Mann und Frau oft nicht viel Gutes erwuchs. Ihr fielen Luise und Hanni ein und auch sie selbst und der Tod ihres Kindes. Mit all diesem schrecklichen Unglück war ein Mann verbunden. Vielleicht war es nicht so verkehrt, sich von Männern fern zu halten.

*

Sie brachten eine Herumtreiberin, die unter dem Verdacht stand, Straßendirne zu sein, in die Kellerräume des Polizeipräsidiums. Eigentlich hätte Jane Genugtuung darüber empfinden müssen, dass die Sittenpolizei eigens nach der Frauen-Wohlfahrtspolizei verlangt hatte, stattdessen wuchs mit jedem Schritt das Unbehagen, das Arztzimmer betreten zu müssen. Auch Fräulein Hemmersbach wirkte mitgenommen. Ihre Frisur war ganz durcheinander.

»Es gibt eine neue Spur.« Jane reichte ihr den Messingknopf. »Als der Angreifer auf mich losging, habe ich ihm das hier abgerissen.«

Sie erwartete, dass Fräulein Hemmersbach sich erneut weigern würde, weitere Nachforschungen anzustellen, doch mit einem Blick auf die Herumtreiberin sagte diese: »Dann müssen wir herausbekommen, ob Sie wissen schon eine Jacke mit solchen Knöpfen trägt.«

»Meinen wir denselben?«, fragte Jane.

Die Kollegin nickte. »Haben Sie eine Ahnung, wie wir das anstellen sollen?«

»Wenn ich ihm den Knopf zeige, schöpft er sofort Verdacht«, antwortete Jane.

»Weil er Ihre Abneigung ihm gegenüber spürt. Vielleicht findet er mich harmloser.«

Vor dem Untersuchungsraum blieben sie stehen. Fräulein Hemmersbach öffnete die Tür. Sie starrte einen Augenblick in den Raum und stammelte dann: »Entschuldigung. Ich konnte ja nicht wissen …« Mit einem Knall schloss sie die Tür wieder.

Jane hatte nicht sehen können, was sich in dem Raum tat. Irgendetwas Seltsames musste es sein, denn die Kollegin wirkte verwirrt. Kurz darauf ging die Tür auf. Hanses kam heraus. Er lief grußlos an ihnen vorbei. Jane warf Fräulein Hemmersbach einen Blick zu.

»Später!«, meinte diese.

Als sich die Frau mit nacktem Unterleib hinlegte, hatte Jane das Gefühl, selber entblößt zu sein. Dr. Meents begann mit seiner Untersuchung.

»Haben die Geschlechtskrankheiten in letzter Zeit eigentlich zu- oder abgenommen?«, erkundigte sie sich bei ihm.

»Zu. Seit dem Krieg verbreiten sie sich mehr und mehr«, antwortete Dr. Meents. »Mir ist vor kurzem eine Statistik in die Hände gefallen. Aus ihr kann man ersehen, dass fast jede Prostituierte früher oder später geschlechtskrank wird.«

»Dagegen lässt sich gar nichts tun? Warum verteilt man nicht Kondome? Die helfen doch«, sagte Jane.

»Nicht unter allen Umständen. Sie können leicht platzen und unwirksam werden. Außerdem müssen sie nach jeder Anwendung sorgsam gewaschen werden, um eine Ansteckung zu verhindern.«

Die Aussage Dr. Meents' trug nicht gerade zu Janes Beruhigung bei. Als sie den Arzt betrachtete, wie er sich über die gespreizten Beine der Frau beugte, wandte sie sich ab. Es war ungerecht, dass Männer, die zu Prostituierten gingen, nicht ebenfalls untersucht wurden.

»Meinen Sie nicht auch, dass zur Eindämmung von Geschlechtskrankheiten die Freier in die Überwachung mit einbezogen werden müssten?« Eigentlich hatte sie Fräulein Hemmersbach angesprochen; an ihrer Stelle antwortete Dr. Meents:

»Das Beste wäre, ein Ehestandsdarlehen anzubieten, um der Bevölkerung eine frühe Heirat zu ermöglichen. Überall da, wo die Männer später zur Heirat gelangen, ist die Anzahl der Geschlechtskrankheiten höher.«

Sie glaubte nicht, dass dies wirklich eine Lösung war. Auch verheiratete Männer gingen zu Prostituierten, und Ehefrauen boten ihre Körper an.

*

Die Herumtreiberin musste die Nacht im Präsidium verbringen. Als sie sie in der Zelle abgeliefert hatten, begegneten sie Neumann und Stechemesser im Foyer. Magalie fühlte sich beim Anblick des Kommissars ertappt. Eilig wollte sie sich an ihm vorbeidrücken, doch Miss Fairchild blieb stehen und erkundigte sich nach Fortschritten im Mordfall Luise Röhl. Magalie empfand ihren Tonfall als herausfordernd und befürchtete einen weiteren Ausfall des Kommissars. Stattdessen setzte Neumann ein joviales Lächeln auf.

»Wir sind auf dem besten Weg, den Mörder dingfest zu machen.«

Derweil blickte Stechemesser auf seine glänzenden Schuhe. Er musste sehr viel Sorgfalt darauf verwendet haben, sie zu polieren.

»Das heißt, Sie haben eine Spur. Darf ich fragen, in welche Richtung Sie ermitteln?« Die Kollegin ließ nicht locker.

»Wir wissen, dass der Mörder aus dem Morast der Gesellschaft geboren wird. Er mordet aus Veranlagung. Das schränkt den Kreis der Verdächtigen erheblich ein, nicht wahr?« Neumann warf sich in die Brust. Sein Untergebener klaubte ihm ein paar Haare von der Jacke.

Als der Kommissar mit Stechemesser verschwunden war, regte sich Miss Fairchild auf: »Was für ein geschwollenes Gerede. Ich glaube ihm kein Wort. Ich bin sicher, dass er immer noch keinen einzigen Verdächtigen hat und es ihn auch nicht besonders kümmert.«

Aber Magalie beschäftigte etwas ganz anderes. Sie hatte die ganze Zeit über das geschwiegen, was sie in Dr. Meents' Zimmer gesehen hatte, weil die Straßendirne dabei gewesen war. Jetzt musste sie es Miss Fairchild unbedingt mitteilen.

»Ich habe Hanses mit heruntergelassenen Hosen bei Dr. Meents gesehen.«

Die Kollegin runzelte die Stirn. »Wieso sollte er so was tun?«

»Er hat sich bei Dr. Meents untersuchen lassen.«

Miss Fairchild begriff nicht. »Warum?«

»Überlegen Sie mal. Luise hatte Syphilis und hat für Hanses gearbeitet. Wahrscheinlich musste sie ihm hin und wieder auch zu Willen sein.«

»Sie meinen, dass sie ihn angesteckt hat?«

»Das wäre ein Motiv für den Mord.«

»Inwiefern?«

»Gesetzt den Fall, Luise wusste von ihrer Krankheit, dann hat sie Hanses vielleicht absichtlich angesteckt, um sich dafür zu rächen, dass er sie ausnahm wie eine Weihnachtsgans«, sagte Magalie.

»Damit hätte sie sich strafbar gemacht. Hanses hätte sie dafür ins Gefängnis bringen können.«

»Nur hätte er dann riskiert, dass sein illegaler Nebenverdienst herauskommt und er wegen Zuhälterei ebenfalls hinter Gitter wandert.« Sie traten aus dem Präsidium in die Hitze des zu Ende gehenden Tages.

»Vorsicht!« Miss Fairchild zog an ihrem Ärmel. Mit dem rechten Absatz landete Magalie in einem Hundekothaufen. Angewidert mühte sie sich, den Schuh an der Bordsteinkante sauber zu kratzen. Es stank bestialisch.

»So eine Sauerei«, schimpfte sie.

»Sie haben Recht«, erklärte die Kollegin, und Magalie wusste für einen Moment nicht, worauf sie anspielte. »Außerdem hätte Hanses sich somit auch einer unliebsamen Zeugin gegen ihn erledigt. Nur fehlt uns mal wieder jeder Beweis.«

»Ganz so schlecht stehen wir nicht da«, widersprach Magalie. »Immerhin haben wir den Messingknopf mit der Krone.«

»Von dem wir nicht wissen, ob er Hanses gehört. Das reicht nicht. Wir sollten ihn festnageln können. Wir müssten genügend Aussagen von Prostituierten zusammenbekommen.«

»Luise ist tot und Alma hält bestimmt dicht.«

»Es gibt da noch eine«, erinnerte Miss Fairchild.

*

Sie hatten warten müssen, bis Dr. Meents seinen Dienst beendete. Dann bekamen sie, was sie wollten; den Namen der Straßendirne Wilma Knorr, die Hanses bei der Razzia davor bewahrt hatte, mit Jane zum Amtsarzt zu müssen, und die er gerade erst selber zur amtsärztlichen Untersuchung gebracht hatte.

Auf der Breite Straße drängten sich vergnügungslustige Engländer neben überwiegend Frauen und Mädchen. Mit Kennerblick sprach Fräulein Hemmersbach diejenigen an, die so aussahen, als verdienten sie ihr Geld auf der Straße. Natürlich wollte keine jemals zuvor von einer Wilma gehört haben.

»So kommen wir nicht weiter«, befand Jane.

»Was bleibt uns anderes übrig?«

»Wir sollten es mit, nun ja, Bestechung probieren.«

Die Kollegin war einverstanden, also boten sie einem Mädchen mit rot gefärbten Haaren zwei Pfundnoten, wenn sie ihnen in drei Tagen die Adresse oder zumindest einen regelmäßigen Aufenthaltsort von Wilma Knorr nennen konnte. Angesichts ihrer Uniformen wirkte das Mädchen misstrauisch. Als Jane ihr jedoch einen Geldschein als Vorschuss in die Hand drückte, willigte sie in den Handel ein.

*

Ausgeschlafen betrat Magalie am Donnerstagmorgen die Amtsstube von Hanses. Ihr betont freundliches »Guten Morgen« ließ die anwesenden Polizisten herumfahren. Bei ihrem Anblick verzog Krüger das Gesicht.

»Wenn der Morgen jemals gut war, dann ist es jetzt damit vorbei.«

Zielstrebig ging Magalie auf Hanses zu. »Ich brauche Ihre Hilfe.«

Er verschluckte sich an seinem Kaffee und spuckte ihn auf die Zeitung vor sich. Nachdem er ein paar Mal gehustet hatte, bot er ihr den Stuhl vor seinem Schreibtisch an.

»Danke.« Bevor er es sich anders überlegen konnte, setzte sie sich. »Es geht um die Prostituiertenkartei. Aus meiner Zeit als Fürsorgerin kenne ich einige der Damen, aber lange nicht alle. Zu manchen habe ich ein paar Fragen. Da dachte ich, Sie als versierter Polizeibeamter …«

Ihr Schmeicheln schien zu wirken. Vielleicht lag es auch daran, dass sie vor drei Tagen Hanses' bloßen Hintern bei Dr. Meents gesehen hatte. Genau aus diesem Grund war sie allein zu dem Sittenpolizisten gegangen.

»Ich bin Ihnen gerne behilflich, Fräulein Hemmersbach. Lassen Sie mich nur kurz hier zusammenräumen. Möchten Sie einen Kaffee?«

»Bitte.«

»Krügerchen, wärst du mal so gütig.«

Murrend leistete Krüger Folge. Hanses faltete die Zeitung zusammen. »Man sollte sich das Elend gar nicht mehr antun. Steht doch nur Schreckliches drin.«

»Was Neues wegen der Ruhrgebietsbesetzung?«

»Das übliche Theater der Franzosen. Aber bald haben wir den Ausnahmezustand hier in Köln. In den Fabriken weiten sich die Streiks immer mehr aus. Es wird vor linksradikalen Umtrieben gewarnt.«

»Die Leute sind eben wütend, weil sie immer horrendere Preise für die Grundnahrungsmittel bezahlen müssen. Falls sie sie überhaupt kaufen können«, erwiderte Magalie.

Krüger stellte ihr eine Tasse, deren Rand angeschlagen war, auf den Tisch; dabei schimpfte er: »Verdammte Kommunisten!«

»Ein elendes Pack«, stimmte ihm Hanses zu. Er holte eine Flasche Schnaps aus seinem Schreibtischfach und schraubte sie auf. Großzügig bot er Magalie davon zu ihrem Kaffee an. Sie lehnte ab. Hanses schüttete sich ein Wasserglas halb voll und hob es an.

»Auf unseren Kaiser und das Kaiserhaus!«

In einem Zug kippte er den Hochprozentigen hinunter. Magalie nahm einen Schluck von dem Kaffee. Bitter schmeckte er, einfach scheußlich. Mit zu viel Zichorie versetzt, vermutete sie. Hanses schob eine Strähne zurück auf sein Haupt, die sich von der Glatze gelöst hatte. »Verzeihen Sie, dass ich damit angefangen habe. Politik ist nichts für zarte Frauenseelen.«

Er ging zu einem Aktenschrank, holte ein paar Ordner heraus und brachte sie zu seinem Schreibtisch. Darauf stapelten sich bereits Berge von mit einer feinen Staubschicht bedecktem Papier. Der Polizist zog seinen Stuhl näher an Magalies heran. Deutlich sah sie den sich immer mehr ausbreitenden herpesähnlichen Ausschlag an seinem Mundwinkel. Sie vermutete, dass er ein Anzeichen der Syphilis war. So weit, wie es ging, ohne unhöflich zu wirken, rückte sie mit dem Stuhl nach hinten. Derweil blätterte Hanses durch die Akten und erzählte, dass sie in den letzten Tagen über hundert Herumtreiberinnen festgenommen hatten.

»Das werden immer mehr, je länger die Besatzung andauert. Bald ist ganz Deutschland ein einziger großer Puff für das Ausland«, spielte er sich als Saubermann auf.

»Mir machen vor allem die Geschlechtskrankheiten Sorge. Die Syphilis greift ja geradezu um sich. Und die macht leider auch vor Deutschen nicht halt«, stichelte Magalie. Sie glaubte, ein Zucken seiner Lider festzustellen, mehr ließ er sich jedoch nicht anmerken. Also trieb sie ihr Spiel weiter. »Beinahe jedes Mädchen, das ich zur amtsärztlichen Untersuchung gebracht habe, hat sich die Krankheit eingefangen. Stellen Sie sich vor, sogar die Tote, diese Lulu, war an Syphilis erkrankt.«

Sie fing einen Blick von Hanses auf, in dem sie Gefahr und Angst zu lesen meinte. Um ihr eigentliches Vorhaben nicht zu gefährden, war sie bemüht, ihn wieder in Sicherheit zu wiegen. So legte sie ihm mit einiger Überwindung die Hand auf den Arm.

»Ich bin mir sicher, dass wir das Problem der Zusammenarbeit unserer Abteilungen bald in den Griff bekommen werden. Zum Glück kann sich die Frauen-Wohlfahrtspolizei auf so erfahrene Kräfte wie Sie stützen, Herr Hanses.«

»Wegen neulich; das war, ich wollte nur …«

»Ich weiß gar nicht, wovon Sie reden«, sagte Magalie. Sie ließ einen Augenaufschlag folgen, der seine Wirkung nicht verfehlte. Der Sittenpolizist entspannte sich sichtlich. Die nächsten zwanzig Minuten brachten sie mit der Durchsicht der Akten zu. Bei etwa jeder dritten Prostituierten erklärte Hanses etwas zu ihrem besonderen Fall, was sie mit enthusiastischen »Ahs« und »Ohs« und »wie interessant« kommentierte. Als sie die Zeit für gekommen hielt, griff sie in die Tasche ihrer Uniform. Ihre Finger umschlossen den Messingknopf. Sie bückte sich und tat so, als habe sie den Knopf gerade auf dem Boden entdeckt. »Ist das Ihrer?«

Den Knopf reichte sie Hanses. Mit angehaltenem Atem wartete sie auf seine Antwort.

»Könnte sein.« Er stand auf, holte sein privates Jackett und untersuchte es. An einer Stelle fehlte ein Knopf. Die an der Jacke verbliebenen Knöpfe wiesen alle dasselbe Kronenmuster auf.

*

Die Verlockung der englischen Währung hatte Wunder bewirkt. Pünktlich wie vereinbart erschien das Mädchen mit den roten Haaren mit der nötigen Information. Die Pfundnote, die Jane ihr gab, verschwand blitzschnell in ihrem Ausschnitt.

»Wilma hockt im »Zerbrochenen Krug« und säuft sich eins.«

Es kostete Jane einige Mühe und Geldscheine, um die schöne,

aber reichlich betrunkene Prostituierte Wilma dazu zu bewegen, die Kaschemme zu verlassen und mit ins Headquarter zu kommen. Der Weg dorthin dauerte ewig, denn Wilma war nicht in der Lage, geradeaus zu gehen. Jane musste sie unterhaken. Trotz ihrer Magerkeit war die Dirne schwer wie ein Sack Kohle. Mit einem Mal blieb sie stehen und erbrach sich auf Janes Stiefel. Jane wurde hundeelend. Magensäure stieg ihr in den Mundraum. Sie würgte und wünschte sich, Fräulein Hemmersbach hätte ihre Nachforschungen bei Hanses verschoben.

Als sie mit Wilma im Büro stand, lenkte sie sie zum Schreibtischstuhl. Die Hure plumpste hinein. Jane ging zum Fenster, um frische Luft hineinzulassen in der Hoffnung, sie würde die schlimmen Ausdünstungen vertreiben, die von Wilma ausgingen. Dann drehte sie den Wasserhahn auf und wusch sich mit viel Seife die Hände und das Gesicht. Anschließend setzte sie Wasser auf. Den schwarzen Tee ließ sie kurz ziehen, um den letzten Rest an Lebensgeistern in Wilmas umnebeltem Gehirn zu wecken. Die Dirne weigerte sich jedoch, ihn zu trinken. »Will Schnaps!«

»Erst schluckst du das hier.« Beinahe gewaltsam flößte Jane ihr den Tee ein. Viel nutzte es nicht. Wilma schloss die Augen. Jane hockte sich ans Fenster und atmete tief durch. Ihr war immer noch schlecht. Sie hoffte, dass Fräulein Hemmersbach bald kam, um sie dabei zu unterstützen, der Dirne eine Aussage zu entlocken.

Im Headquarter erwiderte Miss Fairchild, deren Gesicht kalkweiß war, müde Magalies Gruß. Die laut schnarchende Prostituierte ließ sich selbst durch das vehemente Rütteln an ihrer Schulter nicht wecken, daher füllte Magalie einen Krug mit Wasser und schüttete ihr den Inhalt über den Kopf. Prustend kam die Dirne zu sich.

»Was soll der Scheiß?«

»Wir unterhalten uns jetzt!«, sagte Magalie.

»Krieg ich was zu saufen?«

»Danach.«

»Kann nich reden. Mein Mund ist trocken.«

»Trink Wasser« Wilma jammerte noch ein bisschen, gab aber

Ruhe, als sie merkte, dass nichts zu machen war. Weil Miss Fairchild zu angeschlagen aussah, setzte sich Magalie an die Schreibmaschine, spannte ein Blatt Papier ein und tippte in großen Buchstaben »Verhör« darauf.

»Name?«, fragte sie der Ordnung halber.

»Wilma.«

»Weiter.«

»Hä?«

»Deinen Nachnamen will ich wissen.«

»Knorr.«

»Geboren?«

»Weiß nich.« Magalie seufzte.

»Kennst du einen Sittenpolizisten namens Hanses?«

»Weiß nich.«

»Der dich zum Amtsarzt gebracht hat. Max Hanses. Mit einer Glatze.«

»Kenn ich.«

Na also, dachte Magalie.

»In welchem Verhältnis stehst du zu ihm?«

Anstelle einer Antwort kam blödes Starren, daher formulierte sie die Frage um: »Ist er dein Freier?«

»Nee.« Wilma wickelte eine Haarsträhne um ihren Finger. »Der springt umsonst auf mich drauf.«

Miss Fairchild stand von ihrem Platz am Fenster auf. »Erpresst er dich? Musst du ihm was von dem Geld abgeben, das du auf der Straße verdienst?«

»Woher wissen Sie das?«

»Du bist nicht die einzige Prostituierte, durch die er dazuverdient«, antwortete Magalie.

»Weiß ich«, sagte Wilma.

»Woher?«

»Die Mädchen reden drüber.«

»Kannst du mir Namen nennen?«

»Kenn nur die Vornamen. 'ne Alma, 'ne Clara, 'ne Lulu.«

Bei der Nennung von Luises Spitznamen merkte Magalie auf.

»Handelt es sich bei Lulu um Luise Röhl?«, fragte Miss Fairchild.

Wilma zuckte mit den Schultern. »Weiß nur, dass sie tot ist. Ermordet.«

Damit erschöpften sich die Informationen, die sie aus der Prostituierten herausbekamen. Magalie tippte Wilmas Aussage zu Ende, dann reichte sie ihr einen Stift, um das Protokoll zu unterschreiben. Die Dirne war Analphabetin. Das brachte Magalie auf eine Idee. Sie nahm ein Tintenfass, benetzte Wilmas Daumen mit Tinte und drückte ihn auf das Papier unterhalb des Protokolls. Zufrieden schickte sie das gefallene Mädchen davon.

»Haben Sie im Präsidium eigentlich was über Hanses herausbekommen?«, fragte Miss Fairchild matt.

»Der Knopf stammt definitiv von seiner Jacke.«

Die Kollegin reagierte verhaltener auf diese Nachricht, als Magalie erwartet hätte.

»Was machen wir jetzt mit der Aussage?«, erkundigte sie sich.

»Ich denke, wir haben genug Anhaltspunkte gegen Hanses, um Commandant Allen davon zu berichten.«

Ein wenig widerstrebend folgte Magalie Miss Fairchild zu Miss Allens Büro.

Commandant Allen stellte gerade eine rote Rose unter das Porträt einer Frau in britischer Polizeiuniform, als sie eintraten. Mit den Fingern fuhr sie über die samtigen Blätter und sagte auf Englisch: »Sie fühlen sich wie Haut an, wenn man darüberstreicht.«

Magalie war diese Geste unangenehm intim. Sie mochte es nicht, Miss Allen dabei zu beobachten, zumal sie glaubte, dass deren Augen feucht schimmerten. Sie wäre gerne wieder gegangen.

»Wenn ich doch nur mehr Zeit hätte, könnte ich ein Buch über die Geschichte der Frauenpolizei schreiben und Damers Einsatz herausheben, damit ihr Werk endlich gewürdigt wird«, sagte Miss Allen.

»Wer ist das?«, fragte Magalie Miss Fairchild.

»Damer Dawson. Sie war mal Chief der Polizei« Miss Fairchild sprach Miss Allen an: »Wir haben wichtige Neuigkeiten. Allerdings sind sie ziemlich delikat.«

Magalie war unsicher, ob sie nicht einen riesigen Fehler begingen, Miss Allen ihre Ermittlungen anzuvertrauen, deshalb überließ sie es Miss Fairchild, davon zu berichten. Mit einer Mischung aus Angst und Spannung verfolgte sie die auf Englisch geführte Unterhaltung.

Ihr fiel ein, wie zärtlich Miss Allen von Damer Dawson gesprochen hatte. Außerdem trug die Vorgesetzte am Ringfinger den gleichen Ring wie die Polizistin auf dem Bild. Das Verhältnis der beiden Frauen zueinander musste engerer Natur gewesen sein. Das Wort »Liebe« kam ihr in den Sinn.

*

Jane hatte sich bei der Unterredung mit Commandant Allen zusammenreißen müssen. Nun fühlte sie sich ausgelaugt und ihr war schwindelig. Wahrscheinlich lag das noch an dem Schlag, der sie niedergestreckt hatte, redete sie sich ein. Sie nahm vor Fräulein Hemmersbach Aufstellung. Der Jiu-Jutsu-Trainer zeigte ihnen einen Griff, den Jane nicht kannte. Eigentlich hätte sie sich darauf konzentrieren müssen, aber ihr war einfach nur schlecht. Schwarze Punkte tanzten vor ihren Augen. Bevor sie stürzte, fing Fräulein Hemmersbach sie auf.

Die Deutsche packte sie in eine Kraftdroschke, und als sie sie gemeinsam mit Hedwig in ihr Bett verfrachtet hatte, ermahnte sie Jane, unbedingt einen Arzt zu rufen. Vielleicht habe sie von dem Übergriff in der Kirche eine Gehirnerschütterung davongetragen. Im Stillen gab Jane ihr Recht. Sie musste einen Arzt konsultieren. Es schien ihr immer wahrscheinlicher, dass eine Geschlechtskrankheit ihren Körper in Besitz genommen hatte.

*

Beamte der Wucherpolizei, erkenntlich durch Armbinden mit der Aufschrift »Staatliche Polizei«, begegneten Magalie in der Altstadt, als sie nach Hause ging. Auf ihre freundliche Begrüßung erhielt sie von den Kollegen nur verhaltene Antwort. Sie beschloss, sich nicht darüber zu ärgern. Ihr Blick fiel auf ein Plakat. »Schokolade ist eines der besten Nahrungsmittel. Gebt Euren Kindern Lohmann« stand darauf. Ein Storch fütterte seinen Küken Schokoladentafeln. Trotz der Hitze bekam sie Appetit auf Schokolade. Aber sie verbot sich, Geld für unnötige Dinge auszugeben. Die steigenden Preise machten ihr zu schaffen. Dennoch war in ihr eine große Erleichterung, weil sich Miss Allen ihrem Verdacht gegenüber Hanses angenommen hatte. Sie hatte um äußerste Diskretion gebeten und auch darum, in dieser Sache nichts mehr auf eigene Faust zu unternehmen. Alles lag jetzt in der Hand Commandant Allens, die sich mit dem Commander-in-chief besprechen wollte. Magalie war froh darüber, die Verantwortung abgegeben zu haben. Sie und Miss Fairchild hatten ihr Möglichstes getan. Jetzt lag alles an den Vorgesetzten. Sicher war es nur noch eine Frage der Zeit, bis man Hanses als Luises Mörder verhaftete.

FÜNFZEHN

Die Untersuchung durch einen Arzt hatte Jane auf die neue Woche verschoben. Jetzt war es Montag, und sie konnte nicht länger warten. Doch sie hatte darauf bestanden, dass Hedwig einen deutschen Arzt holte. Auf keinen Fall wollte sie von einem Landsmann untersucht werden. Nicht in dieser intimen Angelegenheit. Die britische Gesellschaft in Köln war zu überschaubar. Sie mochte nicht ins Gerede kommen.

Der Arzt mit dem Spitzbärtchen und dem Monokel stellte sich als Doktor Sombart vor. Zunächst maß er ihren Puls, hörte die Herztöne ab und sah ihr in den Rachen.

»Welche Symptome haben Sie außer Schwindel und Übelkeit?«

»Ich verspüre ein Ziehen in der Brust und im ... im Unterleib.« Jane mochte nicht so recht mit der Sprache rausrücken. Es war ihr furchtbar peinlich, dem Doktor von ihrem Verdacht zu erzählen.

»Würden Sie sich bitte unten herum frei machen«, bat der Arzt.

Mit vor Scham rotem Gesicht entkleidete sich Jane. Als sie ihre Beine auseinander spreizte, dachte sie an die Frauen und Mädchen, die sie zum Amtsarzt gebracht hatte. Dr. Sombart führte einen Finger in ihre Vagina und drückte im Inneren herum. Jane fühlte sich erbärmlich. Endlich zog er die Hand zurück.

»Ich vermute mal, Sie sind im Frühstadium.«

Ein kaltes Grausen packte sie. Mit brüchiger Stimme brachte sie ihre Frage heraus: »Also ist es Syphilis?«

Dr. Sombart bedachte sie mit einem seltsamen Blick, der Jane das Schlimmste vermuten ließ. Ein Lächeln huschte über sein Gesicht.

»Wie kommen Sie denn darauf? Sie sind schwanger.«

*

Vor dem Headquarter, in dem Magalie ihren Dienst antreten wollte, wartete Lily in dem roten Wagen. In Magalies Magen verknotete sich etwas. Zögerlich näherte sie sich der Künstlerin. Kaum war sie auf der Höhe des Automobils angekommen, stieg Lily aus.

»Hallo schöne Frau!«

Es war Magalie vor den englischen Soldaten, die wie gewohnt auf- und abexerzierten, unangenehm, so angesprochen zu werden, gleichzeitig spürte sie Freude darüber.

»Ich musste dich sehen«, sagte Lily und streckte ihre Hand aus.

Magalie wich zurück. »Es freut mich.« Lily schien enttäuscht über die distanzierte Begrüßung zu sein, deshalb fügte sie schnell hinzu: »Wirklich.«

Ein Lachen breitete sich auf dem Gesicht der Künstlerin aus. »Treffen wir uns heute Abend?«

»Heute ist es ungünstig«, behauptete Magalie.

»Morgen?« Lily ließ nicht locker.

»Gut, zum Modellsitzen«, erwiderte Magalie. Sie wusste, dass sie eine Entscheidung treffen musste. Eine weitreichende Entscheidung. Wahrscheinlich war es das Beste, der Beziehung zu der Frau, deren Anziehung sie nicht verleugnen konnte, ein für alle Mal ein Ende zu setzen, doch sie brachte es nicht über sich.

*

Bei einer frisch aufgebrühten Tasse Tee besprachen Jane und Fräulein Hemmersbach den neusten Stand der Dinge. Die vergangenen Tage war nicht viel passiert. Sie hatten ihren Dienst versehen und geduldig abgewartet, dass ihre Vorgesetzten sich um die Aufklärung des Mordfalls kümmerten. Offenbar geschah in dieser Hinsicht nichts.

»Wir sollten alles schriftlich zusammenfassen, was wir bisher herausgefunden haben«, schlug Jane vor und führte ihre Tasse an die Lippen.

»Der Angriff auf Ihre Person zusammen mit dem Knopf von

Hanses' Jacke, das sind doch stichhaltige Beweise«, sagte Fräulein Hemmersbach.

An dem heißen Tee verbrannte sich Jane die Zunge. »Aua! Aber nicht für den Mord.«

»Wir haben Wilmas Aussage. Vielleicht können wir Alma auch dazu bewegen.«

»Das reicht höchstens für eine Anklage wegen Zuhälterei. Wir brauchen etwas, um Hanses direkt mit Luise in Verbindung zu bringen.«

»Die Syphilis«, entgegnete Fräulein Hemmersbach.

»Könnte er sich sonst wo eingefangen haben«, gab Jane zur Antwort.

Schweigend blies die Kollegin in ihren Tee. Plötzlich hellte sich ihr Gesicht auf. »Ich hätte viel früher drauf kommen müssen. Wissen Sie noch, der Blinde, der in Luises Haus wohnt?«

»Ja?« Jane begriff nicht, worauf sie hinauswollte.

»Er kann alle Schritte wiedererkennen. Vielleicht könnten wir ihn unauffällig mit Hanses in Kontakt bringen. Wenn wir Glück haben, hat er Hanses' Schritte in der Mordnacht gehört.«

Jane spürte wieder dieses unangenehme Ziehen im Unterleib. Sie hoffte, dass sich endlich ihre monatliche Blutung einstellte. Wie hatte sie sich über die unerfahrenen Mädchen empört, die so dumm waren, sich schwängern zu lassen. Dabei war sie nicht besser als sie. Und das in ihrem Alter. Vor zwei Wochen war sie noch Jungfrau gewesen, jetzt wuchs womöglich ein Kind in ihr. Es war zu früh, um eine Schwangerschaft sicher feststellen zu können, aber laut Dr. Sombart sprach alles dafür. Für den nächsten Morgen hatte er sie zu sich in die Praxis bestellt.

Miss Fairchild hatte Magalies Begleitung abgelehnt, als sie mit bleichem Gesicht nach draußen gegangen war. Magalie griff zum Telefon. Den Hörer am Ohr ließ sie sich mit Prof. Dr. Hasenkopf verbinden. Sie hoffte, dass das Fräulein vom Amt nicht mithörte.

»Der gleichgeschlechtliche Verkehr zwischen Frauen ist zu allen Zeiten bekannt«, erklärte der Professor. »Besonders in Griechenland. Haben Sie schon den Ausdruck ›sapphische Liebe‹ gehört? Heutzutage wird sie vor allem in Bordellen, Mädchenpensionaten und Weiberstrafanstalten ausgeübt. Wir sprechen hierbei von der erworbenen Homosexualität.«

»Kann jede Frau lesbisch werden?«

»Wenn Gründe dafür vorliegen.«

»Die da wären?«

»Angst vor Geschlechtskrankheiten oder vor Schwängerung und Ekel vor dem Mann. Es gibt außerdem noch die angeborene Homosexualität. Die findet man bei den Mannweibern.«

»Frauen, die in Männerkleidung herumlaufen?« Magalie dachte an Lily und Commandant Allen.

»Eigentlich sprechen wir von Mannweibern bei Frauen, die einen männlichen Gang und männliche Gesichtszüge, eine tiefe Stimme oder beispielsweise Bartwuchs haben.«

Magalie atmete auf, denn keines der genannten Merkmale passte auf Lily.

»Darf ich fragen, weshalb Sie sich speziell für die weibliche Homosexualität interessieren?«

»Das hat mit dem Mord an der Prostituierten zu tun«, log Magalie.

Der Professor sagte: »Sie wissen, dass nach dem deutschen Strafgesetz die widernatürliche Unzucht zwischen Männern strafbar ist, während sie zwischen Weibern straffrei bleibt.«

*

Trotz ihrer regelmäßigen Schwindelanfälle hatte Jane darauf bestanden, die abendliche Patrouille gemeinsam mit Fräulein Hemmersbach durchzuführen. Es konnte nicht sein, dass sie ihrem Körper diese Schwäche erlaubte. Dennoch war sie erleichtert, als sie am Ende ihrer Runde anlangten.

Vor ihnen ging die Tür einer Kneipe auf. Fetzen eines Schlagers drangen hinaus: »Man lebt ja nur so kurze Zeit und ist so lange tot.« Zwei Betrunkene folgten, die mit Fäusten aufeinander einschlugen. Einem der beiden Kontrahenten lief Blut aus einer Platzwunde an der Schläfe. Es waren britische Soldaten, die sich auf das Unflätigste beschimpften.

»Ich denke, das fällt in meinen Zuständigkeitsbereich«, sagte Jane, der das Verhalten ihrer Landsleute peinlich war. Sie fasste denjenigen, der gerade zuschlagen wollte, am Arm. Es war ein grobschlächtiger Kerl, der sie um etliches überragte.

»Stop this stupid behaviour. Immediately!«, befahl Jane. Der Soldat glotzte sie stupide an, bevor er sie zu Boden warf. Anschließend stürzte er sich wieder auf seinen Gegner. Jane rappelte sich hoch. Ihr Hinterteil schmerzte von der unsanften Landung auf den Pflastersteinen.

»Let it be!« Sie gab nicht auf, sondern stellte sich zwischen die beiden Streithähne, was diese trotzdem nicht davon abhielt, sich zu prügeln.

»Passen Sie bloß auf, Miss Fairchild«, rief Fräulein Hemmersbach, die sich in sicherem Abstand befand. Die Warnung lenkte Jane für einen Augenblick ab, daher traf sie ein Hieb am Hinterkopf. Zum Glück war der Betrunkene offenbar nicht im Vollbesitz seiner Kräfte, sonst wäre sie sicherlich ohnmächtig geworden. So schwankte sie leicht, hielt sich aber auf den Beinen. Mit einem Mal war Fräulein Hemmersbach neben ihr. Gemeinsam versuchten sie, mit der erlernten Jiu-Jutsu-Technik die Soldaten davon abzuhalten, aufeinander und auf sie einzuschlagen. Sie kämpften Rücken an Rücken. Jane wurde übel.

»Ich kann nicht mehr«, keuchte sie. In letzter Sekunde sprang ihnen ein Mann bei. Er packte die beiden Soldaten im Nacken und zog sie auseinander. Die pöbelten noch, zappelten ansonsten hilflos wie zwei Käfer auf dem Rücken. Bald gaben sie ihren Widerstand gegen den Mann auf, der ihnen körperlich haushoch überlegen war, und verhielten sich ruhig. Der Eingreifer gab dem einen Soldaten einen Stoß.

»Ab ins Bett.«

Der Betrunkene torkelte davon. Als er um die Ecke verschwunden war, ließ der Mann den anderen in die entgegengesetzte Richtung gehen. Jane hatte sich in der Zwischenzeit auf den schmutzigen Bürgersteig gesetzt.

»Danke«, murmelte sie in die Richtung des Mannes.

Fräulein Hemmersbach musterte ihn. »Ich kenne Sie.«

Er erwiderte ihren Blick. »Von der Razzia im Nachtasyl.«

»Auch. Und Sie waren bei den Matrosen, die 1918 in die Stadt gekommen sind.«

»Da kannst du dich dran erinnern, Mädel? Erstaunlich. Aber es stimmt. Darf ich mich vorstellen, ich bin Jakob. Wer bist du?«

»Magalie Hemmersbach.«

»Was tragt ihr für komische Uniformen?«

»Wir sind von der Frauen-Wohlfahrtspolizei.«

»Frauen bei der Polizei, na, das macht's auch nicht gerade besser. Dann mal Auf Wiedersehen!«

Ebenso schnell, wie er gekommen war, verschwand der ehemalige Matrose. Fräulein Hemmersbach setzte sich zu Jane. »Was für eine Nacht. Alles in Ordnung?«

Jane fing an zu weinen.

»Haben Sie sich verletzt?«, fragte Fräulein Hemmersbach. Jane verneinte. Die Kollegin umarmte sie. Es war eine Geste, die Jane sehr berührte.

»Ich habe mich so furchtbar dumm benommen.«

»Es war vielleicht keine besonders gute Idee, sich in die Prügelei einzumischen, aber es ist zum Glück alles gut ausgegangen.«

»Das meine ich nicht. Ich habe mich auf einen Mann eingelassen. Er hat mich geschwängert.«

»Er will Sie nicht heiraten«, vermutete Fräulein Hemmersbach.

»Er weiß es nicht einmal.«

»Warum nicht?«

»Weil ...« Jane erkannte, dass sie die ganze Geschichte erzählen musste. Stockend begann sie, von Jacks Tatauierung und seiner Bekanntschaft mit Luise zu berichten. Als sie geendet hatte, atmete Fräulein Hemmersbach hörbar aus.

»Aber jetzt wissen Sie doch, dass Mr. Longman nichts mit dem Überfall zu tun hat. Schließlich stammt der Knopf nicht von ihm. Und zu Dirnen geht beinahe jeder Mann.«

»Egal. Ich werde mir das Kind wegmachen lassen.«

»Das dürfen Sie nicht tun. Denken Sie nur an das, was Hanni passiert ist!«

*

Der Himmel war mit grauen Schlieren überzogen. Magalie fühlte die Schwere ihrer Glieder. Es schien ihr, als würde das Blut in ihren Adern durch die drückende Schwüle verklumpen. Sie hatte eine schlaflose Nacht in Gedanken an das verbracht, was sie nun zu tun beabsichtigte. Noch immer wusste sie nicht, ob es das Richtige war.

Mr. Longman kam auf sie zu. Sie hatte ihn im Headquarter ausfindig gemacht und ihn um eine private Unterredung auf der Straße gebeten. Der Soldat deutete eine Verbeugung an.

»Was verschafft mir die Ehre?«, fragte er.

»Es geht um Miss Fairchild«, antwortete sie mit ihrem dürftigen englischen Vokabular.

»Hat sie Sie geschickt?«

Magalie schüttelte den Kopf. »Sie ist in Erwartung.«

»Von was?«

»Ein Kind. Ihr Kind.«

Mit keiner Regung gab er ihr zu verstehen, dass er begriff, was sie gesagt hatte.

»Sie will es sich wegmachen lassen«, fügte Magalie hinzu. »Sie müssen sie daran hindern.«

»Aber wie ist … Für ein Kind … ich dachte … sie ist zu alt!«, stammelte Mr. Longman.

Das Behandlungszimmer Dr. Sombarts empfing Jane mit der Nüchternheit eines Schlachthofs. Das Weiß des Arztschranks verschwamm mit den bis zur Decke gekachelten weißen Wänden. In der Mitte des Raumes befand sich eine mit Wachstuch überzogene Liege, daneben stand ein Tisch mit medizinischen Instrumenten, Spritzen, Nadeln, Handpumpen und Kathetern, die Jane an die Werkzeuge in der Pathologie erinnerten. Am Waschbecken wusch sich der Arzt die Hände. Der beißende Geruch von Karbol drang in ihre Nase ein und paarte sich mit ihrer Angst. Höflich wurde sie von Dr. Sombart gebeten, sich hinter einem Paravent frei zu machen.

Sie hatte Mühe, die Bänder an ihren Schuhen zu lösen und die Strümpfe und Unterwäsche auszuziehen. Gebeugt schlich sie zur Liege. Kaum lag sie darauf, wich alle Kraft aus ihrem Körper. Sie vermochte die Arme und Beine nicht mehr zu bewegen. Davonzulaufen war ihr unmöglich. Wie Luises Leiche auf dem Seziertisch war sie dem Arzt ganz ausgeliefert. Dr. Sombart knipste die Lampe über ihr an. Das Licht brannte in ihren Augen.

Sie hatte in Schützengräben Deckung gesucht, in denen das Blut und der Schlamm ihr bis zu den Knien reichten. Sie hatte einen Mann gestützt, der sich die Hand auf den Bauch presste, über die seine Därme quollen. Sie hatte Ratten gesehen, die sich an den Leichen des Schlachtfelds fett fraßen. Aber all die grauenhaften Bilder hatten in ihr nicht diese Angst ausgelöst, die sie in der weißen Makellosigkeit der Praxis verspürte.

Dr. Sombart presste ihr eine Maske mit Lachgas auf Mund und Nase. Im nächsten Augenblick wich das Weiß einem alles umschließenden Schwarz.

Zum Treffpunkt am Dom war Lily mit dem Automobil gekommen. Während Magalie sie zum Eigelstein lotste, erklärte sie ihr, dass sie einen blinden Mann ins Präsidium bringen wollte.

»Ich spiele gern den Chauffeur«, sagte Lily. »Unter einer Bedingung. Danach sitzt du mir Modell.«

Zerstreut stimmte Magalie zu. Ihre Gedanken waren bei ihrer Kollegin. Sie hatte Mr. Longman die Adresse von Dr. Sombart gegeben. Jetzt lag es an ihm, sich seiner Verantwortung zu stellen. Sie konnte nichts mehr für Miss Fairchild und das Ungeborene tun.

Als Magalie an die Tür des Blinden klopfte, spürte sie Lilys Anwesenheit im Rücken.

»Die Frau Polizist«, grüßte der Blinde. »Ich habe Ihre Schritte schon die Treppe hochkommen gehört.«

Zur Begrüßung reichte sie ihm die Hand. Er schlug nicht ein. Sie bemerkte ihren Fehler und sagte: »Ich bin es. Mit meiner Kollegin.«

Sie gab Lily als Mitglied der Frauen-Wohlfahrtspolizei aus, weil es ihr zu umständlich erschien zu erklären, wer sie war.

»Ich möchte Sie bitten, mir bei meinen Ermittlungen behilflich zu sein. Dürfen wir Sie ins Präsidium mitnehmen?«, fragte sie.

»Ein bisschen Abwechslung kann nicht schaden«, antwortete

der Blinde. Nachdem er seine viel zu große Anzugjacke geholt hatte, half Magalie ihm die Treppe hinunter. Die verkrüppelten Finger des Mannes lagen auf ihrer Hand. Lily ging hinter ihnen und trug seinen Stock.

Im Polizeipräsidium ließ Magalie den Pförtner nach Hanses rufen. Gemeinsam mit dem Blinden, den sie über das, was sie vorhatte, nicht informierte, wartete sie im Eingangsbereich. Lily war im Auto geblieben. Dann erschien Hanses. Seine Schritte hallten von den Wänden des Flurs wider. Aufmerksam sah Magalie den Blinden an. Er horchte konzentriert.

»Was gibt es denn, Fräulein Hemmersbach?« Hanses wirkte nervös. Sie erfand eine Ausrede. Ungehalten über die unwichtige Störung kehrte der Sittenpolizist zu seinem Büro zurück.

»Sie haben mir doch gesagt, dass jeder Mensch einen eigenen Gang hat, an dem Sie ihn identifizieren können«, begann Magalie. »Haben Sie diesen Mann erkannt?«

»Die Schritte kenne ich«, bestätigte der Blinde. Sie ballte ihre Hand zur Faust.

»War der Mann in der Mordnacht bei Luise Röhl? Haben Sie seine Schritte im Treppenhaus gehört?«

Der Blinde überlegte. »Nein. Er war nicht da. Aber Sie waren in der Mordnacht bei Luise. Und Ihre Kollegin.«

*

Zwei Mädchen schwangen ein Seil, über das ein drittes sprang, dass die Zöpfe flogen. Daneben pinkelte ein Kleinkind in den Rinnstein und lächelte Jane an, als sie vorbeiging. Sie blickte weg. Nach dem Abort hatte sie sich ein paar Stunden in einem Nebenzimmer der Praxis ausgeruht. Noch immer fühlte sie sich schwach. Sie schob es auf die reglose, schale Luft.

Was sie soeben getan hatte, war richtig gewesen. Sie wollte kein Kind, jetzt nicht mehr. Vielleicht hatte sie einmal eins gewollt, zusammen mit einer Familie. Wenn, dann war es lange her. Sie wusste, dass sie über die nötigen finanziellen Mittel verfügte, um das Baby bei einer Pflegefamilie unterzubringen und sich so die gesellschaftliche Schande zu ersparen. Dies aber hätte bedeutet, sich monatelang zu verbergen, monatelang sich selbst zu verleugnen und jede Beziehung zu dem Kind in ihrem Bauch. So war es besser. Besser für sie selbst.

Ein Mann stieß mit Jane zusammen. Er musste aus einem der Häuser zu ihrer Rechten gekommen sein. An seinem extravaganten Schnurrbart erkannte sie ihn. Es war Süßholz-Paule. Auch er wusste, sogar ohne die Uniform, wen er vor sich hatte.

»Die Frauen-Polizei! Sie kommen wie gerufen.«

Widerwillig hörte sie ihm zu.

»Wilhelmine, das Mädchen, das Sie bei Ihrem Besuch getroffen haben …«

»Ihre Cousine«, sagte Jane und legte Schärfe in ihre Stimme.

»Na ja, sie ist sehr krank.« Wenigstens errötete er.

»Bringen Sie sie zum Arzt.« Das ging sie nichts an. Sie hatte ihre eigenen Sorgen.

»Nicht so krank. Sie ist krank im Kopf. Sie hat sich ins Schlafzimmer eingeschlossen und weigert sich seit Tagen, rauszukommen und was zu essen.«

»Was soll ich da tun?«

Schließlich ließ sich Jane von Süßholz-Paule überreden, mit hinaufzukommen. Das Treppensteigen fiel ihr äußerst schwer. Zwischen ihren Beinen floss es heiß entlang. Dr. Sombart hatte ihr dicke Stoffbinden mitgegeben, und sie hoffte, dass diese das Blut halten konnten.

Paul führte sie durch das überladene Wohnzimmer zu einer Tür. Sie klopfte. Keine Antwort.

»Holen Sie mir einen Stuhl«, befahl Jane. Paul schleppte einen Sessel herbei, auf den sie sich setzte.

»Wilhelmine, ich bin Jane Fairchild von der Frauen-Wohlfahrtspolizei. Erinnerst du dich? Hallo! Bist du da? Gib wenigstens ein Lebenszeichen von dir.«

»Ja«, kam es schwach aus dem Zimmer.

»Das heißt, du kannst dich erinnern?«

»Ja.«

»Dann weißt du, dass ich für die Belange von Mädchen und Frauen bei der Polizei eingestellt bin. Mich interessiert nur dein Wohlergehen.«

Ein Schluchzen war zu hören.

»Ich möchte mit dir reden«, sagte Jane. »Wir können das auch durch die Tür hier, aber mir ist es lieber, wir reden von Angesicht zu Angesicht miteinander. Danach gehe ich wieder, wenn du willst.« Rasch fügte sie hinzu: »Paul wird auf jeden Fall draußen bleiben.«

Kurz darauf vernahm sie schlurfende Schritte, und der Schlüssel drehte sich im Schloss. Schwerfällig erhob sich Jane aus dem Sessel. Im Zimmer hockte das Mädchen auf dem Bett. Sie sah vernachlässigt aus. Ihr Haar hing in fettigen Strähnen herunter. Jane setzte sich neben Wilhelmine, die ihre Beine ganz nah an den Körper zog und leise vor sich hinwimmerte.

»Was ist mit dir passiert?«

Es stellte sich heraus, dass die angebliche Cousine fest an die Liebe Pauls geglaubt hatte. Als er sie dazu gebracht hatte, sich mit einem Freier zu treffen, hatte sie sich geweigert, diesem zu Willen zu sein. Der Freier hatte auf seinem Vergnügen bestanden, für das er teuer bezahlt hatte, und war über sie hergefallen.

»Kannst du irgendwohin? Zu deinen Eltern?«

Wilhelmine schüttelte den Kopf. »Nie mehr! Sie sagen doch niemandem, was geschehen ist?«

»Nein. Pass auf, ich werde sehen, ob ich dich bei einer englischen Familie als Dienstmädchen unterbringen kann. Ich hol dich hier raus.«

Dankbarkeit sprach aus Wilhelmines Augen, als Jane das Zimmer verließ. Draußen wartete Paul auf sie.

»Nehmen Sie sie nicht mit? Ich kann sie nicht mehr brauchen.«

Wut überkam Jane. »Dann muss ich sie für einige Nächte in Gewahrsam nehmen. Das tut Wilhelmine in ihrem Zustand nicht gut. Nein, sie bleibt hier, und Sie kümmern sich um das Mädchen. Bringen Sie sie dazu, sich zu waschen und etwas zu essen, und lassen Sie sie ansonsten in Ruhe. Haben Sie verstanden?«

Paul nickte.

»Ich werde mich in der Zwischenzeit um eine Unterbringung für Wilhelmine kümmern.«

Sie warf einen strengen Blick auf den Zuhälter, der vor dem Gemälde einer Prostituierten stand. Das Bild bewegte Jane eigentümlich, rührte etwas in ihr an. Sie betrachtete die bunte Farbgebung, die schwungvollen Pinselstriche. Süßholz-Paule nahm es von der Wand.

»Das schenke ich Ihnen. Als Dankeschön.«

»Ich kann es unmöglich annehmen.«

Trotz ihrer Ablehnung drückte er es ihr in die Hand. Sie gab es ihm wieder zurück, dabei sah sie auf der Rückseite der Leinwand etwas, das ihrem Herz einen Stich versetzte. Es war eine Spirale, das Zeichen, das der Mörder in Luises Leiche geritzt hatte. Atemlos fragte sie: »Wer hat das gemalt?«

»Niemand Besonderes. Nur so 'ne verrückte Frau in Männerkleidern.«

Eine Ecke der Farbpalette säuberte Lily mit einem in Terpentin getränkten Tuch. Dann drückte sie eine neue Tube darauf aus. In die Farbmasse tauchte sie einen Pinsel und strich damit über die Leinwand, die zuvor auf dem obersten Regalbrett gelegen hatte. Magalie konnte nur die Rückseite sehen. Ein kleines Zeichen war in die untere Ecke gemalt, das sie von ihrer Position aus nicht zu erkennen vermochte.

Kaum hatten sie den Blinden abgesetzt und das Atelier betreten, war eine Wandlung mit der Künstlerin vor sich gegangen. Sie wirkte erregt auf Magalie. Ein missmutiger Zug lag um ihren Mund. Wahrscheinlich lag es an der schwülen Gewitterluft.

»Es ist schlecht«, klagte Lily, während sie eine weitere Farbschicht auftrug. »Einfach nur schlecht. Ich bin schlecht. Ich habe kein Recht, mich Künstler zu nennen.«

Sie fixierte das Bild mit einem Auge, das andere hatte sie zugekniffen. Ihr Ausdruck verriet Unzufriedenheit.

Magalie stand auf. »Darf ich mal sehen?«

Sie wartete nicht auf eine Antwort, sondern ging zu Lily, die ihr die Sicht auf das Bild verstellte. Ganz nah war ihr Gesicht an dem der Künstlerin. Ganz nah ihre Lippen. Magalie konnte nicht länger widerstehen. Sie küsste sie.

Innerhalb von wenigen Minuten verdüsterte sich der Himmel. Ein kühler Wind wehte durch das offen stehende Fenster in die

Amtsstube. Sekunden später schlugen vereinzelte Tropfen an die Glasscheiben.

»Sie müssen mir die Fingerabdrücke von der Tatwaffe zeigen«, bat Jane.

»Dazu bin ich nicht befugt«, erwiderte Stechemesser.

»Ich wäre nicht gekommen, wenn es nicht äußerst wichtig wäre.«

»Bedaure. Kommissar Neumann würde das nie erlauben.«

Sie holte das Papier hervor, das sie in Fräulein Hemmersbachs Schreibtischschublade gefunden hatte. Darauf befanden sich neben den Fingerabdrücken von Seiwert und den Künstlern auch die Abdrücke von Fräulein Delarue.

»Es geht um Leben und Tod. Genauer um das Leben von Fräulein Hemmersbach.«

Bei der Nennung dieses Namens sah der Polizist alarmiert aus. »Sie ist in Gefahr?«

»Das vermute ich. Zeigen Sie mir jetzt die Fingerabdrücke?«

Stechemesser holte die Fotografien aus dem Aktenschrank. Die Aufnahmen von der Tatwaffe sortierte er aus. Jane legte das Papier daneben.

Draußen brach ein Gewitter los. Es wurde finster. Der Wind peitschte den Regen in alle Richtungen. Hektisch schloss Stechemesser das Fenster. Es blitzte. Die Scheiben wurden vom Schein des Blitzes in Brand gesetzt. Für einen kurzen Moment war die Stadt wie mit Blut bespritzt.

Jane reichte ein Blick. Die Fingerabdrücke der Mordwaffe waren mit denen der Künstlerin identisch. Ein furchtbarer Donnerschlag erschütterte das Gebäude.

Die Luft vibrierte. Grell aufzuckenden Blitzen folgte krachender Donner. Vor den Fenstern des Gartenhauses beugten sich die Baumwipfel tief unter dem Ansturm des Windes und des Regens. Alles war in ein diffuses Licht getaucht.

Magalie löste sich aus der Umarmung mit der Künstlerin, verblüfft über ihre eigene Courage und über die Wonnen, die der Kuss ihr bereitet hatte.

»Endlich traust du dich.« Lily holte ihr Döschen mit dem Kokain hervor, tunkte den kleinen Löffel ein und schniefte. Dann steckte sie den Löffel erneut in das Pulver und bot Magalie davon an. Ein kurzes Zögern nur, und sie nahm die Droge. Es konnte nicht viel schlimmer als Alkohol sein. Ein Gläschen machte schließlich auch nichts aus. Lange genug hatte sie abstinent gelebt.

Sie wartete darauf, was passieren würde. Außer einem angenehmen Gefühl verspürte sie nichts, keinen Schwindel, keine Übelkeit. Stattdessen fühlte sie sich gut, sehr gut sogar. Ihre Verlegenheit war wie fortgeblasen. Warum sollte ihre Vergangenheit ihr Leben auch in Zukunft zerstören? Sie wollte wieder leben und fühlen und glücklich sein. Sie kicherte. Es überkam sie Lust nach einem weiteren Kuss, aber Lily wandte sich wieder der Staffelei zu. Magalie trat neben sie, um sich das Bild anzusehen. Auf der Leinwand war ein gemalter Frauenkörper zu erkennen, dessen rosa Fleischigkeit sich von dem mit breiten Pinselstrichen angedeuteten Hintergrund abhob. Der Körper trug Luises Kopf. Die Farbe war noch nicht ganz getrocknet. Verwirrt sah Magalie zu Lily.

»Was soll das?«

Die Künstlerin griff nach einem Messer. Mit der Klinge kratzte sie den Kopf ab. Er verschwand in einem braunen Farbbrei. Von der Frau blieb nur der Körper, ein verstümmelter Stumpf, eine rosige Wunde.

Magalie griff nach ihren Sachen. »Es tut mir Leid, ich hätte nicht … Ich muss gehen.«

»Du verlässt mich? Und der Kuss?« Lilys Gesicht wirkte verzerrt. Magalie antwortete nicht.

»Wir lieben uns doch.« Die Künstlerin klang verzweifelt und wütend. »Du bist ein Teil von mir.«

»Ich weiß nicht, wovon du redest.« Magalie wollte raus aus dem Atelier. Lily stand ihr im Weg. In der Hand hielt sie das Messer. Ein Messer, wie Magalie es schon einmal gesehen hatte.

Sie wich vor Lily zurück und stieß dabei gegen das Regal. Es kippte. Die Puppe geriet ins Rutschen. Magalie regte sich nicht, als die Puppe zu Boden fiel. Der Porzellankopf zersprang mit einem Knall. Etliche Scherben verstreuten sich über den Boden.

Lily starrte auf die Zerstörung. Noch immer hielt sie das Messer umklammert. Ein Blitz zuckte. Der Stahl der Klinge leuchtete auf.

Die Stadt roch wie ein Waldboden nach Erde und Moos. In einem Gewaltakt spülte der Regen den Dreck auf dem Pflaster und den Geruch nach Urin und Fäkalien hinweg. Jane hatte ihre Uniformjacke über den Kopf gezogen, trotzdem waren ihre Haare völlig durchnässt. Gemeinsam mit Stechemesser hastete sie durch das dahinfließende Wasser zu seinem Motorrad. Er hatte es sich nicht nehmen lassen, sie zu begleiten. Ein Blitz zerriss den Himmel.

Plötzlich stand Jack vor ihr. »Ich habe dich gesucht.«

Er sah sie mit einem seltsamen Ausdruck an. Der Regen rann ihm in Strömen über das Gesicht.

»Wir müssen weiter«, drängte Stechemesser.

Sie blieb stehen.

»Das Kind«, begann er. Woher wusste er davon, wunderte sie sich.

»Ich bin bereit, die Verantwortung dafür zu übernehmen. Wir sollten heiraten.«

»Es ist vorbei«, erwiderte Jane. Sie konnte nicht sagen, ob es Erleichterung oder Enttäuschung war, die aus seinen Augen sprach. Sie nahm sich nicht die Zeit, es herauszufinden, sondern eilte davon. Einem Revolverschuss gleich knallte der Donner.

Draußen ertönte ein Grollen wie aus der tiefen Kehle eines wilden Tieres.

»Du hast Billy getötet. Wie konntest du das tun?«

»Das wollte ich nicht.« Magalie bekam es mit der nackten Angst zu tun.

»Du also auch!« Die Stimme Lilys klang schrill in ihren Ohren. »Du wendest dich gegen mich. Du willst mich zerstören. Dabei gehörst du mir.«

Magalie begriff, wer Luise getötet hatte. Sie begriff nur nicht, warum. »Es tut mir Leid, Lily, ich schenke dir eine neue Puppe. Oder vielleicht kann man sie reparieren.«

»Du hast meine Liebe verraten. Weggeworfen hast du sie.«

»Nein, nein, es waren Gefühle von meiner Seite da, das stimmt. Ich leugne nicht, dass es mir gefallen hat, dich zu treffen. Aber ich wollte Freundschaft und keine Liebe.« Magalie schluckte.

»Wem lügst du etwas vor? Du wolltest von mir berührt werden, von mir geliebt werden. Du wolltest mich lieben.«

»Das hier geht zu weit.«

»Es ist nie weit genug gegangen.«

»Wie weit hätte es sonst gehen sollen? So weit wie mit Luise?«

»Lulu? Sie hat in mir nur einen Freier gesehen. In mir, die ich ihre Schönheit erschaffen habe aus ihrem Dreck.«

»Luise hat ihren Körper verkauft, weil sie Geld brauchte. Hast du geglaubt, sie trifft sich aus Vergnügen mit dir?«

»Vor mir war sie eine hässliche Straßendirne, ein billiges Flittchen. Ein Niemand. Ich habe ihr mit meiner Liebe Leben eingehaucht.«

»Wie kannst du das glauben? Sie hatte vorher schon ein Leben. Armselig vielleicht, aber ein Leben. Du hast es ihr genommen.«

»Weil sie nur mein Geld wollte und meine Liebe mit den Füßen getreten hat. Sie wollte ein Nichts sein. Sie hatte kein Recht zu leben.«

Wenn Magalie aus dieser Situation heil herauskommen wollte, musste sie sich etwas einfallen lassen.

»Warum hast du den Brief an die Zeitung geschickt?«

»Weil die nur von dem Frauenmörder geschrieben haben. Das bin ich nicht. Ich war ihr Geliebter. Sie war nichts wert ohne mich, ohne meine Liebe. Ein Ding ohne Verstand. Ich habe nur genommen, was ich ihr zuvor gegeben habe. Im Grunde habe ich nichts anderes getan, als eine Fliege zu erschlagen.«

»Du lügst!« Magalie geriet in Rage. »Sie war kein Ding, sie war ein Mensch. Und du hast sie nicht erschlagen, du hast sie bestialisch ermordet. Du hast in ihren Körper geschnitten, in ihrem Fleisch gewütet.«

Die Hand mit dem Messer zuckte. Magalie wurde still.

»Wieso die Spirale?«, fragte sie leise.

»Das ist mein Zeichen. Eine Spirale, weil alles mit mir zusammenhängt. Ich signiere meine Werke damit.«

»Du hast sie gezeichnet wie eins deiner Bilder?« Magalie spürte Abscheu.

»Ich habe sie geliebt.«

»Das hat mit Liebe überhaupt nichts zu tun. Wahre Liebe empfindet nur jemand, der in dem anderen einen Menschen erkennt, aber darum ging es dir nicht.« Sie trat näher. »Du hast dich nicht für den Menschen Luise interessiert. Genauso wenig wie ihre Freier. Zu Recht hat sie in dir einen ebensolchen gesehen. Die Männer haben mit ihr geschlafen, und du hast sie gemalt. Was hast du von ihr erwartet? Dankbarkeit?«

Magalie kam nicht dazu, hinzuzufügen, dass sich Lily auch für sie nicht interessiert hatte. Auch von ihr hatte sie nicht wissen wollen, wer sie war, was sie begehrte. Das Messer drang in ihre Schulter. Ein heißer Schmerz durchfuhr sie.

Als Jane die Tür zum Gartenhaus aufriss, holte Fräulein Delarue mit einem Messer in der Hand aus. Hinter Jane folgte Stechemesser. Alarmiert drehte sich die Künstlerin zu ihnen um. Das gab Fräulein Hemmersbach Gelegenheit, sich auf den Boden zu werfen und außer Reichweite zu rollen.

»Lassen Sie die Waffe fallen, oder ich schieße.« Jane hob ihren Arm. Tatsächlich ließ Fräulein Delarue das Messer los. Es knallte, als es auf den Holzdielen aufschlug. Im nächsten Moment rannte sie an Jane vorbei nach draußen. Stechemesser stürzte zu Fräulein Hemmersbach. »Schießen Sie doch!«, fuhr er Jane an.

»Geht nicht. Ich habe nur geblufft. Das ist keine Waffe.« Sie steckte die Trillerpfeife in ihre Tasche zurück. »Ich halte sie auf!«

Sie lief Fräulein Delarue nach. In dem vom Regen durchweichten Rasen waren die Fußabdrücke der Künstlerin deutlich zu erkennen. Sie folgte ihnen bis auf die Straße, wo sich der rote Wagen von Frau von Anselm in Bewegung setzte. Hilflos sah sie mit an, wie Fräulein Delarue davonfuhr. Da fiel ihr Stechemessers Motorrad ein. Der Schlüssel steckte. Sie raffte den Rock hoch und saß auf, doch das Zweirad sprang nicht an.

»*Goddamned!*« Verzweifelt stellt sich Jane mitten auf die Straße. Unaufhörlich prasselte der Regen auf sie nieder. Zwei nasse Gestalten näherten sich ihr. Fräulein Hemmersbach wurde von

Stechemesser gestützt. Ein Blick auf die rot verfärbte Schulter sagte Jane, dass sie verwundet war.

»Ist sie weg?«, fragte Fräulein Hemmersbach.

Jane wies mit dem Finger in die Richtung, in die Fräulein Delarue verschwunden war. Dort tauchten zwei Lichter auf. Scheinwerfer. Ein Auto hielt auf sie zu. Mit beiden Armen winkte Jane und brüllte gegen den Regen an: »Stopp! Polizei!«

Der Wagen kam zum Stehen. Sie riss die Fahrertür auf. Ein Mann sah ihr entgegen.

»Ich brauche Ihr Auto«, herrschte sie ihn an. Der Fahrer regte sich nicht, also zog sie ihn mit einer bislang unbekannten Kraft heraus. »Es eilt!«

In der Zwischenzeit war Fräulein Hemmersbach zur Beifahrerseite gewankt und stieg ein. Stechemesser wollte sie zurückhalten, doch sie schlug ihm die Tür vor der Nase zu. Es blieb keine Zeit für Diskussionen. Jane startete den Wagen, trat aufs Gaspedal und legte den Rückwärtsgang ein. Als sie wendete, fuhr sie haarscharf an dem Fahrer und Stechemesser vorbei.

Sie heizte Fräulein Delarue hinterher. Bald hatte sie sie auf Sichtweite eingeholt. Das rote Automobil war trotz der Düsternis gut auszumachen. Fräulein Delarues Flucht kam ihr ziellos vor und führte sie in die Stadt hinein. Rasant bog sie in die Maternusstraße ein. Orkanartige Böen und ein nicht enden wollender Regen erschwerten die Fahrt. Auf dem Beifahrersitz stöhnte Fräulein Hemmersbach vor Schmerzen.

»Fahren Sie rechts«, rief sie.

»Wieso?«

»Rechts!«

Jane bog ab. Zu dem Regen, der aus allen Himmelsrichtung auf die Erde zu fallen schien, kamen Hagelkörner, groß wie Eiswürfel.

»Weiter geradeaus. Jetzt links!«

Sie fuhr auf eine Kreuzung zu. Von links näherte sich plötzlich der rote Wagen. Jane nahm den Fuß nicht vom Gas. Als sie das Auto rammte, durchfuhr ein Schlag ihren Körper. Sie wurde nach vorne geschleudert und zurück auf den Sitz gerissen. Die Windschutzscheibe barst. Sie hielt die Hände vors Gesicht.

Nach ein paar Sekunden sammelte sie sich. Ein Blick auf die Straße zeigte, dass das Auto der Künstlerin gegen eine Häuserwand geprallt war. Die Front war zusammengestaucht. Sie drehte sich zu Fräulein Hemmersbach, die neben ihr kauerte. »Alles in Ordnung?«

*

Als Magalie zu sich kam, hörte sie die Stimme ihrer Mutter: »Wie konnte sie sich nur mit diesem ... dieser Frau einlassen? Sie wird eine Narbe davontragen.«

Im Raum war noch eine andere Stimme zu vernehmen: »Sie hat überlebt. Alles andere ist nebensächlich.« Miss Fairchild. Magalie war froh, dass sie da war.

»Zum Glück ist diese Perverse tot.« Das war wieder Mutter. Langsam begriff Magalie, worüber sie redeten. Lily. Sie war gestorben. Schmerz erfasste sie. Sie wunderte sich über das Mitleid, das sie empfand, weil die Künstlerin, die sich so nach Liebe gesehnt hatte, dermaßen von Hass zerfressen gewesen war.

»Ich halte nichts von diesen neumodischen Sitten. Frauen sind Frauen, und Männer sind Männer. Das kommt dabei raus, wenn man alles durcheinander bringt.« Es raschelte, jemand stand auf. Kaum fiel die Tür ins Schloss, öffnete Magalie die Augen. Miss Fairchild saß neben ihrem Bett, einen großen Strauß Blumen in der Hand, und lächelte.

»Wusste ich doch, dass Sie wach sind. Ihre Augenlider haben verdächtig geflattert.« Sie ergriff Magalies Hand und drückte sie fest.

Als sie gegangen war, dachte Magalie an die letzten Wochen. Vier Jahre lang hatte sie keine Liebe mehr empfunden, bis sie Lily begegnete. Wie abgestumpft war sie gewesen, ganz aus Stein, seit sie ihr Kind in den Rheinwiesen vergraben hatte. Erst durch die Künstlerin hatte sie ihre Gefühle wiederentdeckt. Sie waren nicht tot, sie hatten sich nur tief in ihr verborgen. Nun fühlte sie wieder. Sie fühlte tiefe Trauer. Aber sie fühlte auch Liebe. Liebe zu ihrem Kind. Eine Liebe, die sie vier Jahre lang nicht zugelassen hatte. Sie beschloss, ihrem Sohn einen Namen zu geben. Max.

*

Ein Peitschenknall trieb den trägen Gaul an. Die Kutsche ruckelte über den ausgedörrten Feldweg. Jane wurde gegen Fräulein Hemmersbach geschleudert. Dabei verzog diese das Gesicht, klagte aber nicht. Es war nicht einmal eine Woche seit dem unglückseligen Vorfall vergangen, trotzdem hatte es sich Fräulein Hemmersbach nicht nehmen lassen, Jane in die Eifel zu begleiten. Die Sonne stand weit oben am Himmel und leuchtete so hell, als hätte es den Schrecken und den Tod nie gegeben.

Manches war geklärt. Wegen Zuhälterei musste Hanses einen Monat im Gefängnis absitzen. In der Zeitung war Jane zudem auf eine Notiz gestoßen: »Festnahme einer weisen Frau«, lautete die Überschrift. »Die Kriminalpolizei nahm eine Wärterin wegen Verdachts der Abtreibung in mehreren Fällen fest. In einem Falle soll ein Mädchen infolge des Eingriffs der Frau gestorben sein.«

Nach Fräulein Delarues Tod hatte die Presse die Künstlerin als sittlich verwahrlost, erblich belastet und moralisch minderwertig geschildert. Immer wieder zitierte man Lombrosos Theorie vom geborenen Verbrecher. Jane mochte nicht daran glauben, dass Luise starb, weil Fräulein Delarue, die eigentlich Lieselotte von Aufwegen hieß, von Grund auf verdorben war. Vielleicht kannte Fräulein Hemmersbach die Antwort. Eines Tages würde sie sie danach fragen.

Die Kutsche hielt vor einem windschiefen Bauernhäuschen.

»Hier ist es!« Mit seiner schwieligen Hand wies der Kutscher zu dem Haus, das nicht viel besser aussah als der baufällige Stall daneben. Sie stiegen aus. Wind kam auf und wehte ihnen den penetranten Jauchegestank des Misthaufens entgegen. Hühner pickten zu ihren Füßen auf dem Boden herum. Sie gingen auf das schmutzige Fachwerkhaus zu. Ein Hund, an einer Kette vor den Stall gebunden, bellte sich heiser. Die Tür öffnete sich, und ein Junge von ungefähr vier Jahren lief ihnen entgegen. Ihm folgte ein größeres Mädchen mit plumpen Bewegungen.

»Ihr müsst Clara und Hubert sein«, sagte Jane, als die Kinder vor ihnen standen. Das Mädchen stierte sie an, die Nase mit Rotz verschmiert. Der Junge stellte sich schützend vor seine Schwester.

»Wer seid ihr?«

»Ich bin Magalie.« Fräulein Hemmersbach reichte Hubert die Hand. Eine verdreckte kleine Hand schüttelte sie. »Das ist Jane.«

Jane lächelte den Jungen an. Ihre Hand behielt sie bei sich. »Wir sind Bekannte eurer Mutter«, erklärte sie.

»Mama«, kam es von Clara.

»Sie ist tot«, sagte Hubert.

»Es tut mir sehr, sehr Leid für euch«, erwiderte Fräulein Hemmersbach.

»Was heißt tot?«, fragte der Junge, die Nase gekraust. Er kratzte sich am Hinterkopf.

Jane überlegte, bevor sie antwortete: »Das heißt, dass sie euch nie wieder besuchen kann.«

Hubert verzog sein Gesicht zu einer traurigen Grimasse. »Wie Großvater?«

Auf der Türschwelle erschien eine gebückte, runzelige Frau. Sie war ganz in Schwarz gekleidet. Misstrauen lag in dem Blick, mit dem sie Fräulein Hemmersbach und Jane musterte. »Lassen Sie uns in Ruh. Wir haben genug Unglück gehabt. Mein Mann ist tot.«

»Unser herzliches Beileid«, entgegnete Fräulein Hemmersbach. »Auch wegen Ihrer Tochter.«

Die Alte sagte nichts.

»Wegen Luise sind wir hier«, erklärte Jane.

»Mit der musste es ja so kommen. Mit ihrem Lotterleben hat sie meinen Mann, Gott hab ihn selig, ins Grab gebracht. Jetzt bin ich allein mit dem Jungen und der Blöden. Warum straft Gott mich so.«

Anstelle einer Antwort gab Jane ihr zwei Tragetaschen voller Geldscheine. »Das sind die 1.920.000 Mark, die die Beerdigung Luises kostet, und noch etwas mehr für die Kinder.«

Die Frau war sprachlos. Derweil überreichte Fräulein Hemmersbach Hubert einen Koffer mit Luises Sachen und Süßigkeiten. »Eure Mutter hatte euch furchtbar lieb, daran müsst ihr immer denken.«

Der Satz brachte Clara und Hubert zum Strahlen.

Sie stiegen in die Kutsche, um zurück zum Bahnhof zu fahren. Die Kinder winkten zum Abschied. Dann machte sich Clara über die Tüte mit Bonbons her, die sie im Koffer entdeckt hatte.

Nach einer Kurve ließen sie die drückende Atmosphäre des armseligen Bauernhofs hinter sich. Jane packte eine Thermoskanne aus.

»Trinken wir erst einmal eine gute Tasse Tee.«